前情提要

生性自在，做事不遵常理，内心善良的山村少年白小纯，总以自己的方式“帮助”他认为需要帮助的人，从而将事情搞砸，被村民视为离经叛道之人。

进入赫赫有名的灵溪宗后，他刻苦修炼，结识一群各怀本领又性格古怪的小伙伴，惹出许多麻烦，令人啼笑皆非。

之后，白小纯阴差阳错成为外门弟子，却在无意中得罪陈飞。陈飞对白小纯怀恨在心，便请自己的表兄——钱大金，出面教训白小纯。钱大金乃执法堂成员，遂利用职权，逼迫白小纯外出执行任务，实则安排冯炎暗杀白小纯。

白小纯早已识破冯炎的真面目，一路小心防备，才得以保住性命。两个月后，几人到达任务点——落星山脉，却发现落陈家族早已叛变。几人势单力薄，勉力支撑，生死攸关。

一念永恒

一念永恒 2

耳根 著

时代出版传媒股份有限公司
安 徽 文 艺 出 版 社

图书在版编目（CIP）数据

一念永恒. 2 / 耳根著. -- 合肥 : 安徽文艺出版社, 2019.12（2023.2重印）
ISBN 978-7-5396-6710-2

Ⅰ. ①一… Ⅱ. ①耳… Ⅲ. ①长篇小说－中国－当代 Ⅳ. ①I247.5

中国版本图书馆CIP数据核字(2019)第150910号

YI NIAN YONGHENG 2

一念永恒2

耳根 著

出 版 人：姚　巍
责任编辑：王婧婧　宋潇婧
装帧设计：田星宇

出版发行：安徽文艺出版社 www.awpub.com
地　　址：合肥市翡翠路1118号 邮政编码：230071
营 销 部：(0551)63533889
印　　制：湖南天闻新华印务有限公司 电话：(0731)88387856

开本：710 mm×1000 mm 1/16　印张：18　字数：280千字
版次：2019年12月第1版
印次：2023年2月第6次印刷
定价：32.00元

目录

CONTENTS

目录
CONTENTS

第 55 章

少主陈恒

“紫气化鼎！”

侯云飞与杜凌菲同时惊呼，二人都无比震撼。

尤其是杜凌菲，她已然掌握了举重若轻，知晓施展紫气化鼎的难度，那是整个南岸，甚至紫鼎山也没多少人能掌握的神通。

轰隆一声，巨大的鼎直接与厉鬼砸到了一起，地面都震动了一下。

厉鬼发出了凄厉之音，化作无数黑气，向着八方扩散，原本被黑气罩住的奄奄一息的陈越露了出来。

陈越喷出一口鲜血，身体轰的一声，落在了地上，他苦涩地望着那消散的大鼎，喃喃低语：“紫气……化鼎……”

说完，他挣扎着看了白小纯一眼，气绝身亡。

他之前施展秘法，本就伤及五脏六腑，此刻被紫气化鼎破了神通，就连饲养的厉鬼都消逝了，他又岂能继续活下去？

直至死亡，他都睁着眼，望着白小纯。

眼看陈越死去，白小纯一下就放松了，他体内灵气消耗太多，以至于头都晕了，此刻仿佛泄了气的球，瘫软在地。

他面色惨白，不敢相信自己居然击杀了所有人。

回想方才的一幕幕，白小纯只觉得口中腥甜，鲜血再次溢出。

“我流血了，我、我差点就被干掉了。”

白小纯觉得全身都痛，尤其是肩膀，抬都抬不起来，很多地方都被烧焦了，那种疼痛令白小纯想起了方才激烈的战斗，不由得一阵后怕。

“我怎么回来了？刚才一个不小心，说不定小命就丢了。我白小纯稳稳当当了小半辈子，这次怎么就冲动了呢？”

白小纯正有些后悔的时候，忽然，一人直接扑到了他的怀里，正是杜凌菲。

白小纯一愣，表情肃然，一把抱住杜凌菲，淡淡地开口：“杜师姐不怕，有我白小纯在，任何人也休想伤害你一丝一毫！”

“谢谢你，谢谢你……”

杜凌菲一时激动，眼中含泪，过了一会儿，才发现自己抱着白小纯，似乎不是很合适，脸顿时红了，赶紧退后几步，怒气冲冲地看向白小纯。

白小纯低下头，有些尴尬，心中暗道，杜凌菲不愧是南岸五大美人之一，只是轻轻抱一下，自己身上仿佛就染上了她的香气。

此刻，侯云飞神色古怪，干咳一声，笑着看向白小纯。

“白师弟，以后有的是时间回味。这些人没回去，落陈家族一定会派出下一批人来追杀我们，到时候，来的可就是除筑基老祖外的最强者了，我们得抓紧时间逃走。”

一听此话，白小纯顿时心惊，方才，他拼尽全力才胜出，一想到对方还会出动更多强者，他就有些害怕，四处乱看了一阵后，缩着脖子赶紧点头。

“对对对，快走，我们赶紧逃！”

说着，他立刻向前跑去，这怕死的样子，与方才铁骨铮铮的样子形成了鲜明的对比，可杜凌菲非但不觉得厌恶，反倒觉得可爱，于是也跟了过去，她看向白小纯时，想起白小纯救下自己的样子，对白小纯的好感不由得更多几分。

侯云飞摇头，将落陈家族的人身上的储物袋都拿走，追上白小纯，递给了他。

“白师弟，这些是你的战利品。”

白小纯也没细看，就将其揣进了怀里，此刻，他止不住地哆嗦，脑海里唯一的念头，就是逃命。

在白小纯击杀第一个落陈家族的人时，落陈家族的地宫中，血湖四周的阵法节点上，一个节点轰的一声，直接碎裂，里面的血液也干枯了。

这一幕，让四周的落陈家族族人一愣，还没等他们反应过来，紧接着第二个，第三个，第四个，第五个……

节点陆续碎裂开来。

这一幕，让落陈家族的人无比吃惊，一个个面色大变，血湖内的老祖也缓缓睁开了眼。

就在他睁眼的瞬间，陈越所在的节点，蓦地炸开。

“陈越居然都被斩杀了。”

“都死了，出去七个人，竟都死了！”

“这怎么可能？他们七人只是去追杀几个外门弟子而已，莫非灵溪宗知道了我们的事情，派来了筑基修士？”

四周的落陈家族族人，再也忍不住了，一片哗然，不少人很恐惧。

“聒噪！”

就在他们惊呼时，一个苍老冰冷的声音从端坐在中心的老祖口中传出，如天雷炸响，回荡在地宫之内，使得众人身体一颤，一个个收声，忐忑不安地看向老祖。

“逆天改命，去除血脉中的印记，本就是我族千年才有的一次机会，既已决定，就不要胡思乱想。若有筑基修士踏入老夫的阵法内，老夫会第一时间察觉，如今还没有筑基修士到来，更没有任何消息传出，你们慌什么？”

老祖缓缓开口，他的脸色也很难看，若他没在主持重要的阵法，可以外出，他必定会亲自斩杀白小纯等人。

而如今他一旦外出，家族逆血阵法就会失控，直接导致他们功亏一篑，甚至遭到反噬，他或许还可以勉强活下去，但所有族人，都会瞬间血液逆转而亡。

“能够击杀陈越等人，也不一定就是筑基修士，这几个外门弟子，要么身上有至宝，要么就是修炼了其他术法。”

“即便是隐藏修为，最多也就是凝气八层而已，至于至宝……至宝的威力越大，对凝气修士的要求就越高，限制也就越多，他们不可能轻易利用至宝。”

“恒儿！”

老祖眼睛一亮，抬起右手，一掌拍下，湖水立刻翻滚，之后，一个穿血袍的青年竟从湖水内慢慢升了起来。

青年俊美非凡，面部线条棱角分明，此刻，他猛地睁开双眼，整个人的气势骤然变得无比逼人。

他的四周，竟出现了九个厉鬼，向着四方发出无声的怒吼。

落陈家族的人，在看到这青年时，一个个振奋精神，齐齐低头拜见。

“恒儿，你身为我族少主，是除老夫外，家族内的最强者，修为达到了凝气九层，你带九人一同前去，务必将灵溪宗的那几个外门弟子，全部击杀！”

老祖望向青年时，眼神慈祥，语气也柔和了一些。

“他们若不死，我不会回来。”

青年点了点头，目光冰冷，一跃而起，那九个厉鬼化成黑色雾气，飘在他的脚下，使得他如腾云驾雾一般。

青年飞出血湖，带上九个族人，迅速离去。

很快，在陈恒的帮助下，其他人脚下都出现了雾气，托着众人飞行。

那十人速度之快，远非在大地上奔跑可比，眨眼间，众人就依靠家族血脉指引，朝着陈越等人死亡的地点而去。

这十人中，最弱的都达到了凝气七层，还有五人是凝气八层。

这种阵容，已是落陈家族能出动的最强之力。

只花了一炷香时间，陈恒就带着其他人冲出了丛林，到了陈越等人死亡的地方。

看着地上的尸体，除陈恒外，其他人都面色一变。

陈恒神色冰冷，望着地面上的一具具尸体，发现几个族人脖子被捏断之后，目光不由得变得更加凶狠。

“炼体之修！”

他一闪身，来到陈越的尸体旁，低头看了一会儿，若有所思，然后突然抬起右手，向着地面一按，闭合双目，很快，他就睁开了双眼。

“有意思，竟是紫气化鼎的残余波动……”

“这是一个法体同修之人，拥有强悍的肉身，惊人的术法，难怪能斩杀陈越等人。”

“此人应该是灵溪宗的天骄之一，是上官天佑，还是吕天磊？”

陈恒眼中闪过一丝杀意，战意更浓。

“你等各自选择一个方向追击，若有线索，立刻发出信号！”

陈恒声音冰冷，九人低头称是，各自散开，全力寻找。

“阵法范围极大，没有半个月，他们走不出去。我绝对不会让他们逃出去的！”

陈恒冷哼一声，也选择了一个方向，快速飞出。

第 56 章

相依为命

出逃的第二天黄昏，白小纯三人疾驰，不时拿出传信玉简尝试联系宗门，可始终没有结果，就算他们无比心急，三人也没有任何办法。

好在丹药够多，被击杀的落陈家族的人的储物袋内也有一些丹药，虽然不如灵溪宗的丹药的品质高，可在如今这个时候，总比没有好。

吃了丹药之后，杜凌菲与侯云飞打起精神，与白小纯一起在夜色中奔跑。

一路上白小纯胆战心惊，任何风吹草动都会让他惊出一身冷汗。他脑中始终绷着一根弦，双眼通红，肩膀上的伤也让他感觉到了疼痛。

这疼痛不是不可以忍受，毕竟，他修炼不死长生功时，受了更多的苦。他看着自己身上的伤，有些担心伤势恶化，危及生命，不由得愁眉苦脸。

若是以前，杜凌菲一定十分不屑，越发看不起白小纯，可是，现在她的态度完全逆转，眼神温柔，竟然开始安慰白小纯了。

“没事的，白师弟不怕，这点伤看起来严重，实际上不会危及性命的。”

“你别动，我给你擦一些药膏……”

看着白小纯疼得龇牙咧嘴的样子，杜凌菲忍不住掩口轻笑，那笑容里还带了一丝说不清的情感。

她知道白小纯怕死，越是知道这一点，越是被白小纯回去救他们的举动感动，她觉得白小纯有一种远超旁人的勇气。

勇敢的白小纯让她再也讨厌不起来。

在杜凌菲的安慰下，白小纯也忍不住得意起来，暗道自己这一次拼命，结果似乎还不错，不仅成功救下了两人，还让杜凌菲对他改观了。

侯云飞看着这一幕，眼中也带了笑意，在逃亡的过程中，竟然难得地感受到了一丝温暖。若是三人能够相互扶持，逃出生天，相信三人的关系一定会有些变化。

“若我们能回到宗门，白师弟，杜师妹，此恩，一生不忘！”侯云飞凝重地说道。

“若能回到宗门……”

杜凌菲并未将话说完，很快，轻叹一声，望了白小纯一眼，心底苦涩。她明白，三人此番能够活着回去的可能性，真的是微乎其微。

白小纯也沉默了。

时间流逝，一晃两天过去了，三人几乎没有休息，全力奔跑，途中多次拿出传信玉简尝试联系宗门，一直没有成功。

侯云飞的伤势加重了，杜凌菲面色渐渐变得苍白，两人本就受了伤，再加上一路都没有休息，心神憔悴也是正常的。

“可惜我们无法躲藏，要尽快传信给宗门，在我看来，落陈家族的仪式应该就快完成了，一旦完成，筑基老祖就能腾出手来对付我们了。到时候，不管我们躲得多好，也必死无疑。”

侯云飞轻叹一声，向白小纯与杜凌菲说道。

就在这时，白小纯忽然神色一变，拉着杜凌菲与侯云飞，直奔一旁的山坳，迅速蹲了下来。

杜凌菲与侯云飞面色大变，心知有人追了过来，立刻收声。

没过多久，忽然，天空中有一片雾气飘过，雾气之上有一个凝气八层的落陈家族族人，正四下打量，因为躲避及时，所以那人并未发现三人，也没有在此地停留太久，便乘着雾气去了别的地方。

白小纯只感觉一颗心怦怦直跳，看着对方远去的身影，眼中的血丝更多了。可他明白，自己不能出手，除非可以瞬间击杀此人，不然的话，怕是用不了多久，就会暴露自己，将更多敌人引来。

“他们追上来了……”

杜凌菲轻叹一声，看着白小纯，犹豫了一下，正要说些什么，却被白小纯一把拉住，向前狂奔。

一路上，三人越发沉默，周围的一切都变得压抑起来，让人心底升起强烈的不安，似乎死亡的阴影越来越大，要将三人完全遮住，使他们陷入无边的黑暗。

“我们还有希望！”侯云飞忽然说道。

“那落陈家族的老祖身为筑基修士，虽远比我们强大，但他的阵法不可能无边无际。我侯家的老祖也是筑基修士，我曾看到他老人家布置一个阵法，覆盖万里之内的地方，可是那需要提前去烙印一些节点。”

“侯师兄的意思，是说哪怕落陈家族的老祖再怎么准备，阵法的范围也不可能超过万里！”杜凌菲眼睛一亮，立刻说道。

“没错，我们距离落陈家族越远，用传信玉简联系到宗门的概率就越大，只要把消息传回了宗门，我们就得救了！”侯云飞坚定地说道。

“万里范围，按照我们的速度，差不多还需要八九天……”

白小纯喃喃自语，咬着牙，继续前行。

一路上，他们躲躲藏藏，一连几次险些碰到落陈家族的人，幸亏白小纯机敏，拉着他们躲开了。

由于精神高度集中，再加上不停地逃命，又拉着杜凌菲和侯云飞，他越来越累，面色也越发苍白。

而侯云飞与杜凌菲的伤势，也越来越严重，于是，三人不得不放慢速度，到了最后，几乎是白小纯一个人在拉着他们两个前行。

越到后面，白小纯越小心谨慎，他办事一向稳妥，又心细如发，对危险的感知力超强，在他的努力之下，三人一连熬过了三天。

这三天，三人躲躲藏藏，白小纯疲惫不堪，神色憔悴，在进入一处山谷时，没走出几步，忽然，白小纯心跳漏了一拍，立刻带着杜凌菲和侯云飞躲在一块大石头后面，没想到还是慢了。

呼啸之声瞬间从后方传来，白小纯猛地一推两人，接着自己急速后退。

轰的一声，一道白光从半空落下，直接轰在这块石头上，石头炸裂，侯云飞喷出鲜血，杜凌菲嘴角也溢出鲜血。

“原来你们躲在这里！”

只见一个凝气七层的落陈家族族人站在一片雾气之上，左手拿着一个镜子，右手一拍储物袋，手中出现了一枚玉简，正要传信。

“不能让他传信！”

侯云飞十分焦急，杜凌菲面色苍白，正要勉强催动飞剑。

就在这时，后退的白小纯面色苍白，身体颤抖，眼珠赤红。他狠狠一咬牙，将气血凝聚到右脚，然后猛地一跺脚，轰的一声，他身后的地面直接碎裂了，他的身体弹入空中，速度之快，宛如一道长虹。

就在那人要传信的瞬间，白小纯呼的一声冲到了那人的面前，那人面色一变，来不及传信，立马后退，左手拿着的镜子突然射出了数道白光。

白小纯目露凶光，竟没有闪躲，任由那几道白光轰在自己身上，接着前冲，到了那人面前，伸出右手，直接卡住那人的脖子，狠狠一捏。

碎喉锁!

咔嚓一声，这个凝气七层的落陈家族族人睁大了眼，口中喷出鲜血，气绝身亡。

直至死亡，那人也没来得及传信。

此刻，白小纯嘴角也溢出鲜血，他一把抢过对方的储物袋，回到杜凌菲身边时，一闪身，险些摔倒，他咬了一下舌头，强打精神。

“走！”

他一把拉起杜凌菲与侯云飞。

“放开我！”

侯云飞忽然开口。

“你们两个走，这样你们的速度会快不少。”

侯云飞望着白小纯与杜凌菲，果断开口。

“白师弟，你自己……”

杜凌菲深深地望着白小纯，其实，她也早就想说这句话了，此刻正要开口。

“闭嘴！我这么怕死的人都拼命了，你们不能让我白白拼命，要走一起走！”

白小纯怒吼，打断侯云飞与杜凌菲的话，拉着侯云飞与杜凌菲猛地冲出，侯云飞与杜凌菲沉默了，没有继续开口，可心底早已无比感动。

白小纯更谨慎了，不断改变方向，数次避开了落陈家族的人，又过去了三天，黄昏时，天空中有闪电划过，乌云弥漫，雨水渐渐落下，整个天地只剩下落雨之声。

寒气扩散开来，侯云飞与杜凌菲身体一颤，被寒气一激，面色更苍白了，白小纯焦急，知道二人受不住寒气，于是找到一个山洞，生起了火。

白小纯找东西遮住洞口，不让别人看到火光，然后盘膝坐下，望着杜凌菲与侯云飞。

火堆燃烧，发出噼啪声，温暖渐渐驱散了寒冷，杜凌菲与侯云飞的面色虽然渐渐恢复了一些，但还是有些苍白。

三人在山洞里，沉默不语，望着火，都十分疲惫。

“还有三天，我们就可以逃到万里之外了，哈哈，等我们回到宗门，立下这种大功，你们说宗门会怎么奖励我们？”

白小纯呵呵一笑，打破了沉默。

杜凌菲望着白小纯，目光柔和。

侯云飞想笑，可一张口，一口鲜血喷出，他面色更为苍白，身体都在摇晃。

逃了这些日子，丹药都吃完了。

白小纯立刻站起来，刚要过去看看侯云飞，忽然，他神色一变，猛地一甩袖子，挡在了二人身前，几乎与此同时，挡在洞口遮挡火光的石块被人大力轰开了。

碎石飞溅，被白小纯一一挡下，随着外面寒气的涌入，火堆摇晃，借助火光，白小纯看到山洞外站着一个大汉。

大汉极为魁梧，手持一杆长枪，眼中满是杀意，修为达到了凝气八层，看起来比陈越还要强一些。

第 57 章

我们都要活下去

“少主说得对，如此寒雨天，你们有伤在身，受不得寒气，一定会躲起来养伤，陈某一连搜寻了上百座山峰，果然找到了你们。”

大汉开口的瞬间，白小纯蓦地冲出，与大汉交手，轰轰之声响起，大汉看似狂傲，可心中始终警惕，根本就没进山洞，并且一直在后退。

眨眼间，白小纯就追出了山洞，与大汉战在了一起。

可是，很明显，这大汉根本就不攻击白小纯，只是在全力防护。

眼见如此，白小纯内心咯噔一声，知道不妙，一咬牙，不惜受伤，疯狂地杀过去。

寒风吹入山洞，火堆熄灭，侯云飞挣扎着要站起来，却再次喷出鲜血。

杜凌菲一咬牙，勉强操控飞剑，起身追出，在山洞外掐诀，帮助白小纯对付大汉。

片刻后，一声凄厉的惨叫在雷雨夜里响起，大汉的胸口被一把木剑直接穿透，而他手中的长枪，也刺入了白小纯的右腿，尽管没有穿透，可也刺入了小半截。

“你们逃不掉的，少主很快就会到来！”

大汉死死地盯着白小纯，口中吐出鲜血，脑袋一歪，气绝身亡。

白小纯面色苍白，身体颤抖，为了尽快击杀此人，他不得不放弃一部分防御。此刻，他右腿传来阵阵剧痛，雨水落在他的身上，他整个人湿漉漉的，血水染红地面，他半个身子都冷了。

杜凌菲踉跄着跑过来，一看到白小纯的右腿，她的眼泪就流了下来，她来到白小纯面前，慢慢地帮白小纯把长枪拔了出来。

杜凌菲拔长枪的过程中，白小纯身体颤抖，却没有哼一声，对方死前明显就是在拖延时间，这让他的心沉了下去。

他甚至感受到了风声的变化，他明白，要不了多久，其他来追杀他们的人都会出现。

不多时，在杜凌菲的搀扶下，二人回到了山洞内。

山洞内，白小纯呼吸急促，此刻，他右腿酸麻，好在没有伤到骨头，因此他的行动没受什么影响。

"我们现在就走，落陈家族的人随时会来！"

白小纯深吸一口气，站起身。

再看侯云飞，他此刻已是奄奄一息，折腾了这些日子，他的伤势又恶化了。

杜凌菲整个人无比憔悴，这一路来，她的经脉已断了一些，刚才帮助白小纯，她是咬着牙坚持下来的，此刻，她抬起头，凝望白小纯。

夜色下，她的双眸特别美。

"白师弟，不要管我们，你速度快，你自己走吧！"

杜凌菲柔声开口，一旁的侯云飞也挣扎着坐起，疲惫地望着白小纯，点了点头。

"还有三天我们就可以逃到万里之外了，你们闭……"白小纯眼睛通红，话还没说完，就被侯云飞打断了。

"白师弟，你逃出去后，传信给宗门，我和杜师妹或许还有一丝生机……"

白小纯惨笑，他又不是三岁孩童，岂能相信这种话？他很清楚，等自己逃出去后，恐怕宗门的人还没来，侯云飞与杜凌菲就不知道死多少次了。

“也好，我死了，你就能走了。”

眼看白小纯要拒绝，侯云飞忽然笑了。

白小纯内心一颤，发觉侯云飞全身灵气震动，似要自断经脉。

“白师弟，你走，还是不走？”侯云飞平静地望着白小纯。

白小纯悲痛欲绝，退后几步，望着侯云飞与杜凌菲，他的内心真是无比苦涩。

“如果还有希望，如果还有来生，我希望能有一个重新认识你的机会。白师弟，活下去！”杜凌菲凝望着白小纯，轻声说道。

她撩了一下被寒风吹起的发丝，将其别到耳后，虽然脸色苍白，但这个时候的她，比以往更加美丽。

“活下去”三个字说出口的瞬间，白小纯的身体猛地一震，仿佛被一记重锤锤在了胸口上，让他觉得胸口很痛。

他怔怔地望着杜凌菲和侯云飞，沉默下来，半晌后，他不知道怎么了，一言不发，蓦地后退，消失在二人面前，出了山洞，飞跃到半空之中。

眼看白小纯选择离去，侯云飞松了一口气。

杜凌菲默默望着山洞出口，内心开始祈祷，她真的希望白小纯能够活下去。如果时光可以倒流，她希望回到第一次遇到白小纯的时候，那样的话，她就可以重新认识白小纯了。

四周一片寂静，侯云飞与杜凌菲凝望着半空中的白小纯，忽然，两人面色大变。

只见半空中的白小纯，体内的灵气一瞬间轰然爆发，不断释放出来，向外扩散。

此刻，白小纯就如同在黑夜中熊熊燃烧的火把，就连冰冷的雨水也无法将其浇灭，距离很远的人，都可以注意到白小纯的存在。

闪电和雷鸣齐至，远处落陈家族的人都发现了白小纯。

尤其是陈恒，他眼睛一亮，加快速度朝着白小纯所在的地方冲来。

白小纯一闪身，向着远处疾驰，越过杜凌菲与侯云飞所在的山洞时，他说了一句话。

“我引走他们，你们找机会快走！”

杜凌菲一听到这话，眼泪就流了下来，此刻，她的心湖翻起了滔天大浪，侯云飞更是全身都在颤抖。

与此同时，白小纯用尽全力，朝着另一个方向，呼啸而去。

“落陈家族，我灭不了你们一族，可灵溪宗，一定会来灭你全族！”

白小纯一边飞奔，一边发出凄厉的惨笑，歇斯底里的声音蓦然传出，他故意朝着阵法边界冲去，装出一种拼死也要冲出去传信的模样，这样落陈家族的人才会将注意力全都放在他身上，杜凌菲和侯云飞才有一线生机。

陈恒面色一变，来不及多想，带着其他人冲向白小纯。

洞外风吹雨打，雷电轰鸣，山洞内一片漆黑，杜凌菲狠狠一咬牙，擦去眼泪，她变得无比坚决。

她知道唯一能救白小纯的方法，就是冲到万里之外，将消息传回宗门。

她看向侯云飞，发现黑暗中的侯云飞，同样万分坚决。

“不用扶我，我们兵分两路，无论是谁第一个冲出去，都立刻让宗门来救白师弟！”

侯云飞心意已决，哪怕是死，也要冲出去，让宗门的人来救白小纯。

二人深吸一口气，冒雨冲出山洞，之后分头行动，向着远处飞奔。其实，他们都快撑不下去了，体能已经到了极限，可是，一股惊人的意志力支撑着他们，竟让他们奔跑起来。

雷声轰鸣，闪电划过天空，白小纯全力狂奔，此刻，他的右腿已失去了知觉，双眼也是通红的。

他害怕，他怕死，他觉得死神快要追上自己了，要将自己拖入深渊。

他真的非常有危机感，现在，他不知道自己方才是不是太冲动了，也不知道自己会不会后悔，毕竟，他修仙是为了活得更好一些。这一路上，他心底也有一个声音在说，要不就独自逃走吧。

他只是忘不了这段日子，几人相依为命，同生共死，忘不了侯云飞以死来要挟他，让他逃命的样子，忘不了杜凌菲凄美的笑容。

在独自生存与同门情谊之间，他选择了后者！

“杜师姐，侯师兄，我们都要活下去！”

白小纯咬了咬牙，玩命飞奔。

“落陈家族，你们如此赶尽杀绝，那么就来吧！”

白小纯眼露凶光，好似绝境之中伸出利爪的野兽。

第 58 章

困兽犹斗

雨夜，雷声轰鸣，闪电划过苍穹，使得天地忽明忽暗，豆大的雨滴不断落下。

远远看去，整个天地都笼罩在雨幕之中，什么都看不真切了。

地面上，白小纯身体颤抖，双眼赤红，他正全力向前奔跑，时而狠狠一踏地面，如离弦的利箭一样射出去。

“活下去，我们都要活下去！”

白小纯打着哆嗦，口中不断说着这句话，杜凌菲与侯云飞的身影浮现在他脑海之中。

死亡的阴影笼罩着白小纯，使得四周越发寒冷。

此刻，有八个人正在追击他。陈恒虽然距离他最远，但速度极快，转眼间就到了众人前面。

“你逃不掉，没有人可以逃出我家老祖布置的阵法！”

陈恒眼中闪过一丝杀意。

这一路，陈恒都在追杀白小纯三人，陈恒没想到，他们居然这么能逃，再有几天，就能逃到阵法之外了，尤其是正被自己追杀的人，修为不俗，还杀了两个他带来的族人。

陈恒不由得暗自判断，对方必定是灵溪宗南岸赫赫有名的上官天佑或者吕天磊，毕竟这片地方归南岸管，北岸的人很少出现。

“灵溪宗天骄……”

陈恒眼中杀意更盛，他甚至还隐隐有些兴奋。

雷声轰鸣，白小纯咬牙疾驰，他呼吸急促，体内灵气正在快速消耗，天地一片模糊，仿佛一头远古凶兽张开大口，要吞噬一切。

猛然间，白小纯抬头，看向前方，数十丈外，一股大力传来，无数雨滴向着白小纯飞来。

在雨幕之后，有一个落陈家族的人！

那是一个中年男子，脸上有一道疤痕，整个人看起来很凶恶，修为达到了凝气七层大圆满。此刻，中年男子右手拿着一把巨大的战斧，大吼一声，如一阵狂风一般，来到白小纯面前，双手持斧，向着白小纯，狠狠一斩！

“给我滚回去！”中年男子的声音如闷雷炸开，在四方回荡。

白小纯双眼通红，完全没有停顿，在对方的斧头落下之前，抬起左手，抓向斩来的斧头！

中年男子冷笑，催动灵气，掀起一阵狂风。

白小纯抬起左手的刹那，不死铁皮爆发，这时，他的左手看起来已成了黑色的，与斧头碰到了一起。

轰的一声，白小纯的左手一把抓在斧刃上，竟震得斧刃上的雨水全都倒飞了出去。

虽然白小纯的左手有鲜血流下，但幸好不死铁皮起了作用，并未伤及筋骨。

中年男子皱起眉头，用力一拽，可白小纯的手如铁钳一样，死死地扣住了斧头，中年男子竟然拽不动。

中年男子面色一变，他一抬头，就看到了白小纯正双眼通红地走近自己，仿佛一头凶兽！

看到白小纯的眼神，中年男子内心咯噔一声，全身上下出现了数道防护光幕，接着松开斧头，身体快速后退。

他快，白小纯更快！

就在白小纯用左手扣住大斧的瞬间，他的右手同样变成了黑色，闪电划过天空，他漆黑的右手伸到了中年男子面前，穿透了中年男子体外的防护光幕。

咔咔之声回荡，防护光幕碎裂，这一刻，白小纯的碎喉锁似乎与平常不同，竟然有一股大力从他的手掌内爆发出来，逼得中年男子不得不退后，没等中年男子反应过来，白小纯的右手就卡住了他的脖子。

白小纯狠狠一捏，咔嚓一声，中年男子露出难以置信的表情，口中鲜血溢出，甚至无法发出惨叫。

随着脖子被掐断，中年男子的头颅耷拉了下来。

直至死亡，中年男子都无比骇然，虽然他知道对方很强大，也做了一些准备，方才出手不是为了击杀对方，而是打算周旋一下，拖延时间，可没想到，对方居然强大到了这种程度。

就在中年男子死亡的瞬间，远处有两人朝这边急速跑来，其中一人修为达到了凝气八层。

“陈忠！”

眼看中年男子死亡，赶过来的二人悲伤地大吼。

“这是你们逼我的！”

白小纯右手一甩，将中年男子的尸体扔出。他呼吸急促，一闪身，改变了方向，再次狂奔。此刻，他全身颤抖，可眼里满是杀意。

他知道自己不能被阻拦，而他原本的打算，就是引走落陈家族的人，让杜凌菲和侯云飞活下去，现在，他骤然改变方向，跑向了一条连绵不绝的山脉。

那条山脉不是划定势力范围的边界，所以没有名字，可山脉比落星山脉更大，就连降雨和闪电雷霆都好像比较多。

白小纯抬头看去，看到无数闪电连成一个个闪电球，在那条无名的山脉上方炸开。

呼的一声，白小纯继续飞奔，他身后那两个落陈家族的人，正死死地追击，他还能看到其他落陈家族的人在后面跟着。

尤其是远方还有一道长虹，那正是陈恒，他也在飞速靠近。

随着落陈家族的人不断靠近，白小纯距离那条山脉也越来越近，只剩下数十丈距离了。他全身湿透，狠狠一踏地面，身体一跃而起，眼看就要冲入那条山脉之中。

“拦住他！”陈恒沉声道。

就在这时，距离白小纯最近的两人低吼一声，其中那个凝气八层的人一把抓住凝气七层的同伴，两人对望一眼，立马知道了对方的心思。凝气七层的人蜷缩成一个球，被凝气八层的男子狠狠地扔了出去。

那缩成一个球的人，速度猛然加快，穿梭在雨幕之中，眨眼间就追上了白小纯。

那人立马展开攻击，白小纯略微停顿，转身掐诀一指，木剑呼啸而去，没想到那人竟不顾生死，任由木剑穿透身体，在死亡的刹那，那人脸上露出了诡异的笑容。

他的身体轰的一声炸开，血肉化作一条绳索，试图缠绕住白小纯。

白小纯面色一变，立刻后退，就在他后退的时候，破空之声传来，那是一支箭！

白小纯回头一看，那个凝气八层的人手中拿着一把大弓，弓弦还在颤动。

那人故意选白小纯无法闪躲的时刻射箭，与之前那个凝气七层的人配合得极为巧妙！

危急关头，白小纯眼中精光一闪，他身体强行停顿，主动靠近那支利箭。

呼的一声，那支利箭直接刺在了白小纯的身上，剧痛传来，白小纯面色更加苍白。

这支箭穿透白小纯的右肩胛骨后，似乎被骨头卡住了，因为此箭材质不俗，更是由凝气八层的人射出的，力道极大，被骨头卡住后，竟带着瘦小的白小纯飞了出去，避开了之前炸开的那人所化绳索的缠绕。

咚的一声，这支箭带着白小纯，狠狠地刺在了丛林边缘的一棵大树上，将白小纯死死地钉在了上面！

见此情景，射出利箭的那人不由得狂喜，他在急速靠近的同时，右手拉弓，要射出第二箭。

远处，其他人也在不断靠近，就在这时，陈恒面色一变。

“小心！”

第 59 章

你死我活

陈恒声音传出的瞬间，被钉在大树上的白小纯猛地抬头，他眼神凶狠，抬起左手，一把抓住右肩外的箭尾，不顾箭上的倒刺，向外狠狠一拽。

箭被拽出，鲜血喷出，白小纯痛得直打哆嗦，但他完全没有犹豫，直接使出紫气驭鼎功，施展举轻若重之法，把箭朝着那个凝气八层的人甩了出去。

尖锐的破空声蓦然传出，那支箭以更快的速度，直直地射向那个凝气八层的人。

与此同时，白小纯身体坠落，双手掐诀一指，发出第二击，木剑呼啸飞出。

那个正要射出第二箭的落陈家族族人面色大变，他没想到白小纯居然这么狠，此刻回想起来，方才白小纯之所以中箭，或许是白小纯故意的，想让他放松警惕，同时借助那一箭之力，躲开炸开的那人所化绳索的缠绕。

那人猛地退后，作为修为达到了凝气八层大圆满的人，他常年在落星山脉内与凶兽交战，经验丰富，此刻虽然失去了主动权，但还是十分冷静，竟没有立刻防御，而是将拉开了一半的弓，完全拉开。

“你挡不挡？”那人低吼一声，第二支箭呼啸而出，直奔白小纯，神情狰狞。

在他看来，白小纯必定会用木剑阻挡，如此一来，他就可以化解危机，变被动为主动。

而此时，白小纯更加疯狂了，他不能留给对方丝毫机会，一旦被缠上，其他人很快就会赶来，到了那个时候，他必死无疑。

他一咬牙，没有让木剑阻挡第二支箭，任由那支箭从自己腹部穿过，而他甩出的箭，也在这一瞬间穿过了那人的胸口。

那人发出一声凄厉的惨叫，无比震惊，正要后退。

就在这时，白小纯的木剑在那人的脖子上绕了一圈。

又解决一个。

做完这些，白小纯喷出一口鲜血，没有丝毫停顿，转身朝后面的丛林冲去，很快，他就消失在了丛林中。

不一会儿，落陈家族的其他人赶来了，看到此地的场景，他们无比心惊，对于白小纯的手段有了更深的了解。

陈恒也出现在了丛林边缘。

他望着那个失去头颅的人，又看了一眼那个炸开的人，沉默下来。

“陈风，陈古，你们两个去搜寻其他地方，防止此人调虎离山，其他人跟我进去，不取此人的头颅，我绝对不回来！”陈恒袖子一甩，率先踏入丛林。在他身后，还站着五个人，三个人的修为达到了凝气八层，还有两个人的修为达到了凝气七层。

陈风和陈古都是凝气七层的修士，两人遵从陈恒的命令，外出搜寻，而那三个人，则跟着陈恒冲入了丛林。

丛林内，白小纯头晕眼花，他的肩膀、腹部、右腿都受了伤，又还在下雨，寒气入体，他忍不住直打哆嗦。

“要死了吗？”白小纯惨笑，他看着自己的伤，泪水在眼中打转，想起了爹娘病逝在自己面前的场景。从那个时候起，他就特别害怕死亡。

“我要活着！”

白小纯抬起左手，擦去眼角的泪，狠狠一咬牙，在丛林内飞奔，他不知道要去什么地方，也不知道以后会如何，此刻，他脑海里只有一个念头。

“活下去！”

对于死亡的恐惧，使他爆发出了无穷的力量，在雷雨夜里，他急速奔跑。

他慢慢发现，在几次生死交战之后，自己竟然有了要突破的迹象。

天边出现了一缕阳光，那是初升的朝阳，天渐渐亮了。一束束阳光穿透层层叠叠的树叶，照在雨珠上，折射出了各种颜色的光，只是雨依旧在下。

白小纯的身后，陈恒带着人急速追击。

陈恒的脸色越来越难看，哪怕白小纯有重伤在身，他追了一夜竟没追上。这场雷雨洗去了白小纯逃亡的痕迹，他都有些弄不清白小纯所在的方向了。就算他们是长期居住在山林的修真家族，常年与凶兽打交道，在大雨天，也很难找出白小纯的踪迹。

“分散寻找，此人受了重伤，逃不出太远，你们三个间隔百丈，一旦发现此人，不要立即开战，马上后退，传信给我！”

陈恒咬牙，一字一句地开口。他身后的三个人迟疑了一下，最终还是点了点头，各自散开。

一天后，白小纯已经疲惫到了一个临界点，若非强烈的求生意志在支撑着他，恐怕他早就倒下了。

他双唇干裂，面色憔悴，速度也慢了下来，又前行了一炷香的时间后，忽然，他面色一变，猛地看向右侧，看到了一道身影。那个人没有冲向白小纯，而是开始向后逃遁。

那是一个长脸青年，修为达到凝气八层，此刻，他正一边后退，一边拿着一枚玉简，狠狠一捏，传信出去。

白小纯心底一沉，猛地加速，向着丛林深处疾驰。

长脸青年面色一变，对白小纯心存忌惮，还在考虑是否追击，忽然，他面露喜色，只见百丈之外，有两个身影，正急速赶来。

赶来的两人修为都是凝气八层，更远处，一道长虹冲天而起，正是陈恒。

三人朝着这里赶来，看那两个凝气八层的人，估计十息就可临近，而陈恒，最多二十息，也会赶到。

长脸青年大笑，有了决断，他催动全身灵气开启防护之光，右手一拍储物袋，手中立刻出现了一把大剑。

大剑足有七尺长，锋利无比，外表看起来却很古朴。长脸青年将其拿在手中，不断挥舞，眼中流露出一丝杀意，全力加速，想追上白小纯。

“若能击杀灵溪宗的天骄，一定十分愉快，比杀那些散修更有成就感，哈哈哈……”长脸青年大笑几声，长剑向前狠狠一斩。他左手掐诀，向前一指，一个拳头大的火球立即出现，飞向白小纯。

轰的一声，火球爆开，掀起一股冲击波，白小纯身体一顿，转头时，面带杀意，他知道若不解决对方，自己将无法继续逃走。

就在白小纯转身的瞬间，长脸青年忽然后退，面露讥讽，他绝对不会给白小纯机会，也绝对不会靠近，他的目的只有一个，那就是牵制白小纯。

白小纯握紧拳头，再次开始疾驰，可是很快，那长脸青年又来干扰了，几次呼吸之后，另外两个修为达到凝气八层的人也到了附近，看到白小纯之后，两人直接奔向白小纯。

与此同时，长脸青年大笑一声，与另外两人一起，从三个不同的方向，杀向白小纯。

看到三个凝气八层的族人一起攻击白小纯，就连陈恒也放松下来，知道这一次，对方即便再有什么手段，也必死无疑。

“可惜，你没有成长起来的可能了。”陈恒淡淡开口，没想到，才过了几秒，他就面色一变。

三人临近，各自施展神通，只见白小纯右手掐诀，木剑呼啸而出，直直地射向其中一人，同时右手握拳，向着另一人一拳轰去。

巨响回荡，木剑被挡了下来，而那一拳，则使得一个凝气八层的人嘴角溢出了鲜血。

白小纯同样被震得后退了几步，伤口又开始渗血。

长脸青年蓦然靠近，手中长剑泛着冷光，一剑刺来。

危急关头，白小纯勉强避开，那把长剑虽然穿透了他的胸口，但是幸好没有刺中心脏。

他哆嗦了一下，疼出一身汗。

长脸青年大笑一声，正要抽回长剑，突然，白小纯一把抓住胸口的长剑，身体猛地向前一冲，任由长剑穿过身体，只余剑柄在前面。

以此为代价，他变得无比贴近长脸青年。

长脸青年先是一愣，明显没想到白小纯这么不要命，接着感觉头皮都要炸开了，正要松开手往后退，白小纯的右手就抓住了长脸青年的脖子。

“你……”长脸青年睁大了眼。

“咔嚓！”

第 60 章

生死激战

这一切太快了，电光石火间，落陈家族就又死了一人，其他两个凝气八层的人倒吸一口气，来不及多想，双双杀向白小纯。

白小纯嘴角溢出鲜血，身体倒退，撞在一棵大树上，胸口的长剑被猛地撞出。他右手抓住此剑，猛然扫向其中一人，在对方避开的同时，另一个凝气八层的人已然临近，那人右手掐诀，指向白小纯。

轰的一声，白小纯身体飞起，全身的衣服都被鲜血染红了，两个凝气八层的人追来，白小纯依旧没有绝望，强烈的求生意志让他发出一声低吼，他两手掐诀，一杆长枪、一把大斧，还有两把飞剑同时飞出。他还使出了紫气驭鼎功。

那两个落陈家族的人面色大变，施展术法，化作无数黑雾，试图躲过白小纯这一击，巨响传来，那些法器纷纷被弹开，白小纯口吐鲜血，不断后退。

“该结束了！”

那两人再次冲来，这一次速度更快，准备击杀白小纯。

“活下去，我要活下去！”

白小纯嘶吼一声，这些年来，无数积累在经脉内的微弱灵力，全部爆发。

“轰轰轰！”

在此危急关头，那些灵力终于全部被调动了，齐齐涌向白小纯的主经脉，眨眼间，就汇聚成了一条大河，在白小纯全身游走，噼啪之声不断传出，不少经脉都被冲开了。

白小纯身上，突然爆发出了一股凝气七层的气息。

那两个人察觉到白小纯的变化，无比震惊。

“在战斗中突破，这、这怎么可能？”

二人心底骇然。

白小纯猛地抬头，这股多出来的灵力虽然无法缓解白小纯的伤势，但还是让他再次焕发出了生机。

他瞬间冲出，直接出现在一人面前，施展碎喉锁。

这个人根本无法闪躲。

“咔嚓！”

另外一人头皮发麻，发现白小纯看向自己，惨叫一声，开始后退，他已被白小纯吓破了胆。

“少主救我！”

此刻的陈恒，距离白小纯不过三十丈，眼看这一幕，他发出一声怒吼。

“你找死！”

白小纯看都不看陈恒一眼，右手掐诀一指，掉落在四周的那些法器全都颤抖着飞了起来，还发出了嗡鸣之声，似乎在回应白小纯。

那些法器全部飞起，速度比之前快了太多，一瞬间就飞到了陈恒面前。

即便陈恒的修为达到了凝气九层，也无法立即突出重围，被阻挡了一下。

陈恒被阻挡的时候，白小纯闪身飞出，靠近那个逃走的人，一拳轰去。

轰的一声，那人喷出一口鲜血，正要继续后退，却没看到白小纯的左手早已掐诀，一把木剑无声无息地飞到了那人身后，很快就穿透了他的头颅，接着飞到了白小纯面前。

那人睁大了眼，呆呆地看着这个世界，砰的一声，坠落至地面，抽动几下，口中不断吐出鲜血，很快，眼神变得呆滞，气绝身亡。

做完这些，白小纯身体一个踉跄，他虽然突破了，但方才这一系列动作使得他消耗过度，难以支撑。他猛地后退，再次逃入丛林。

他知道，能威胁到自己的就只剩凝气九层的陈恒了。

“凝气九层……”

白小纯心底苦涩，可强烈的求生欲望支撑着他，让他心中有团火在燃烧，他明白，这一次，不是对方死，就是自己亡，没有第三种选择。

在他后退的瞬间，陈恒发出一声惊天怒吼，黑雾向外扩散，在这一刻，那些法器完全碎裂。

陈恒瞬间飞出，他呼吸急促，看着三个族人的尸体，发出更为愤怒的嘶吼，红着眼，向着白小纯离去的方向，急速追去。

二人一个逃，一个追，在这无名山脉深处越走越远，天空中，雷电轰鸣，雨下得越来越大。

“你是上官天佑，还是吕天磊？”陈恒怒道。

他伸手掐诀，四周出现九道黑雾，如同九条巨蟒，在他前方不断穿梭，直奔白小纯。

“我是你爷爷！”

白小纯虽然累，但感觉还是十分敏锐，多次避开了陈恒的黑雾。

眼看身后的人越来越近，白小纯突然跃起，做出要飞奔的样子，引得陈恒也猛地跃起，接着，白小纯一脚蹬在了前方的大树上。

大树猛地摇晃，白小纯借助这股力量蓦然弹起，在半空转身，直击身后的陈恒。

“不管你是谁，今天你都死定了！”

陈恒右手掐诀，猛地一挥，四周的九条巨蟒，向着白小纯张开大口，准备将其吞噬。

白小纯眼珠通红，低吼一声，双手掐诀，原本就剩余不多的灵气散出，一口紫色的鼎蓦然出现，将他笼罩在内，任凭那九条巨蟒如何攻击，白小纯的速度都没有减慢，他带着紫色的鼎，向陈恒砸去。

“雕虫小技！”

陈恒冷笑，伸手掐诀，那九条巨蟒瞬间化作一团黑雾，凝聚成一个骷髅头，飘浮在陈恒头顶，与砸来的紫鼎直接撞在了一起。

轰隆之声传出，紫鼎先是不断震动，接着碎裂，最后直接爆开，而那个骷髅头只消散了大半。

在紫鼎爆开的瞬间，白小纯蓦然冲向下方的黑雾。

与此同时，雾气内的陈恒猛地向上冲出，右手掐诀，整个右手瞬间被雾气缠绕，手心内还幻化出了一张狰狞的鬼脸。

就在他冲出来的时候，他看到了白小纯。

二人四目相对，直接开战，一个用的是拳头，一个用的是手掌，一个靠着不死铁皮，一个倚仗妖异术法。

“轰——”

巨响传出，白小纯喷出一口鲜血，全身传出噼啪之声，整个人如断线的风筝一般飘落，一路撞断了大量树枝。

而陈恒只是微微一震，面色苍白，体内气血翻涌，他对白小纯的力量也十分心惊。此刻，他一闪身飞出，追上白小纯。他抬起右手，雾气扩散，形成一张巨大的人脸，随着他一起，向着白小纯压过去。

既然被逼到了绝境，白小纯也顾不得那么多了，他眼神凶狠，在半空转身，右手猛然抬起，向着陈恒一指，紫气驭鼎功蓦然爆发。

白小纯并没有操控法器，而是要利用紫气驭鼎功操控陈恒的身体。这种做法真是闻所未闻。

陈恒立刻就发现有一只看不见的手掌要抓住自己，他冷笑一声，黑雾猛地扩散，身后的人脸发出一声低吼，白小纯直接与灵气断开了联系，但陈恒也因此微微一顿。

在陈恒一顿的瞬间，木剑呼啸而至，白小纯同时猛地冲出，不惜代价，催动不死铁皮，直奔陈恒。

“可笑！”

陈恒袖子一甩，人脸穿透他的身体，朝着下方镇压而去，与木剑碰撞在一起。木剑颤动，却没有碎裂，反而穿透了人脸，使其有了一个缺口。

白小纯凭着不死铁皮，顺着缺口，直接冲出。

陈恒瞪大眼睛，右手再次掐诀一指，一道弧形血光出现，如一把弯刀，斩向白小纯。

刹那间，弧形血光落在了白小纯身上，使其再次受了伤，可白小纯没有停下动作，凝聚全身灵力，朝着陈恒打出一拳。

巨响传出，陈恒身体一震，退后几步，面色更苍白了一些，但白小纯的攻击没有结束，他完全爆发了。

“轰轰轰轰！”

第 61 章

绝命一击

白小纯速度太快，根本就不给陈恒任何反应的机会，一拳接一拳，一脚接一脚，如同狂风一般，贴着陈恒打。

陈恒面色难看，释放出防护光幕和大量雾气，与白小纯在丛林间不断交战。

陈恒越战越是心惊，对于眼前这个灵溪宗的外门弟子，他之前已给出了极高的评价，没想到，亲自与之对战，才明白自己还是低估了对方，能连续击杀十多人，绝非寻常弟子可以做到的。即便灵溪宗的修炼资源要好很多，其弟子的实力也不至于比修真家族的人强这么多。

"他的肉身太坚韧了，这是什么炼体之法，居然能达到这种程度？而他超大的力气与超快的速度，都是通过那个炼体之法得到的！"

陈恒大袖一甩，雾气瞬间扩散，要将白小纯逼开，可白小纯不顾伤势，再次冲了上来。

轰鸣间，陈恒的面色越发苍白。

"而他最可怕的是恢复力，若他的修为到了凝气八层，那么我就不是他的对手了！"

陈恒难以想象一个人受了这么重的伤，竟然还能有这么强的爆发力，要换了其他人，估计早已昏死过去了，偏偏白小纯还能坚持。

“速战速决，早些杀了此人，免得节外生枝！”陈恒正准备下杀手，白小纯突然快速后退，双手掐诀，紫气化鼎再次出现，巨大的鼎朝着陈恒砸去。

陈恒眯起双眼，雾气蓦然凝聚，化作一只大手，试图阻拦大鼎，双方触碰的瞬间，大鼎竟直接破碎了。

见此情景，陈恒知道自己上当了，神色却没有什么变化。

“红魔大法！”他淡淡开口，全身上下都在渐渐变红，没多久，他整个人就成了一个红皮人。

就在他成为红皮人的瞬间，白小纯左脚直接画出一个半圆，朝着陈恒踢来。

陈恒冷笑，猛地抬起右手，向着身边一甩，直接与白小纯的左腿碰到了一起。

“轰！”

巨响传出，白小纯痛得直流眼泪，身体蓦然后退，他睁大了眼看着陈恒，心底咯噔一声。

“这家伙的力量怎么一下子这么大了？全身变成红色竟会使他变得这么厉害！”

白小纯痛得全身颤抖，左腿的骨头已经碎裂了。

至于陈恒，虽然看似一切如常，但仔细去看，可以发现他的手在颤抖，皮肤也变得更红了，至于体内的骨头，则满是裂缝。

“你有炼体之法，我落陈家族一样有！”

陈恒向前冲出，速度竟比之前快了不少，甚至超越了白小纯，此刻，他仿佛换了一个人，力大无穷。

眨眼间，二人在丛林内再次激战起来。

白小纯右腿有伤，左腿骨头又碎裂了，站立不稳，节节败退，陈恒算是白小纯至今为止，遇到的最强的敌人了。

白小纯心知形势危急，双眼充满血丝，右手突然抬起，施展碎喉锁，如同一道黑色的闪电，朝陈恒的脖子掐去。

陈恒早有防备，全身红光一闪，在白小纯靠近的瞬间，一把抓住白小纯的右手，狠狠一捏，咔嚓一声，白小纯右臂的骨头顿时碎裂。

陈恒皱起眉头，他没想到这么简单，紧接着心头一震，想起之前族人与白小纯交手时，白小纯不顾自身伤势，也要杀死族人的狠辣手段，他立刻后退，脖子更是向后狠狠一扭。

与此同时，白小纯的左手蓦然临近，从陈恒的脖子前擦过，没有停顿，一把扣在了陈恒的肩膀上。

碎喉锁爆发，咔嚓一声，陈恒左侧肩膀的骨头全部碎裂了，陈恒面色苍白，汗如雨下，那种剧痛让他忍不住发出一声低吼。

他全身红光闪耀，使出一股大力，一把抓住白小纯的左手，白小纯想要收回左手，陈恒却死也不放。

“死！”

陈恒低吼，左手掐诀，一指指向白小纯的眉心。

白小纯身体猛地一抖，咔嚓一声，任由左手手指断裂，给自己一点活动的空间，接着抬起右腿，轰的一声踢在陈恒身上。

陈恒不由得松开白小纯的手，喷出一口鲜血，开始倒退。白小纯同时开始后退。

这一退，二人之间就有了十多丈的距离，白小纯双手已废，右臂骨头碎裂，左臂虽然还可以抬起，但手指扭曲，无法施展碎喉锁，还有他的双腿，此刻更是在颤抖，左腿完全变形，右腿还在流血，方才那一脚，使得他的伤势更严重了。

白小纯站不稳，只能靠在一棵大树上，狠狠咬了下舌头，强忍着不让自己昏迷。他的体力已经透支到了极限，即便全身上下只有左臂可以动，其他地方都麻木了，白小纯依旧摆出了一副可以再战的样子。

而陈恒双眼赤红，左侧肩胛骨碎裂，左手无法抬起，胸口的几根骨头也断裂了，鲜血不断从嘴角溢出。

“我小看你了！”

陈恒盯着白小纯，声音沙哑地开口，他没想到以自己的修为，击杀白小纯还这么艰难，对方的炼体之法实在太强了。而他几乎施展了所有术法，就连红魔大法都用了。

“不过，这场斗法，该结束了！”

陈恒深吸一口气，凝聚起一大团雾气，而他的身体快速恢复了正常肤色，整个人似乎虚弱了不少，可不知为何，白小纯感觉他比方才还危险。

“红魔秘法，血刀斩！”

陈恒咬破舌尖，喷出一口鲜血，鲜血很快就融入了他四周的雾气，雾气立刻翻滚，眨眼间竟化作了一把红色长刀！

此刀足有一丈多长，其上还有无数面孔，一个个发出痛苦的嘶吼，随着陈恒一指，红色长刀斩向了白小纯！

施展秘法之后，陈恒变得更加虚弱了，不得不靠着一旁的大树。

“死吧！”

他望着白小纯，眼神狠毒。

白小纯有种强烈的预感，这一击，无论自己怎么闪躲，都无法避开，就像自己已被锁定一样。前方的地面甚至裂开了一道缺口，他身后的大树都枯萎了，那把红色长刀，对着他，直接斩下！

白小纯身体颤抖，他不想死，他害怕死亡，眼看长刀即将落下，他灵光一闪，没有任何迟疑，抬起左臂，向前一挥，一道乌光射出，一口大锅瞬间出现在他身前，正是龟纹锅！

大锅一出现，血色长刀就斩了下来，紧接着，传出了震耳欲聋的响声，红色长刀竟碎裂了，砰的一声，化作无数碎片。

而龟纹锅甚至连一道裂纹都没有，只是化作一道乌光，消失在白小纯体内。

“不可能！”

陈恒身体一颤，口吐鲜血，对这一切感到难以置信。他本就虚弱，此刻功法被破，遭遇反噬，灵力顿时枯竭，眼前有些发黑。

“那是什么东西？”

“那是你龟爷！”

白小纯死里逃生，没了力气，顺着身后的大树滑下来，坐在那里。他笑了，笑得惨烈。

“可惜，没有武器了……”

白小纯感觉眼前的一切都变模糊了，他想要召唤木剑，但没有力气，想要召唤龟纹锅，却发现没有灵力，更不用说打开储物袋了。

“不管你有什么秘密，死后，一切都没用了。”

陈恒气喘吁吁地开口，虽然他的灵力也枯竭了，但他的情况终究比白小纯好一些。他盯着白小纯，勉强直起身子，从储物袋内取出一把长剑，向着白小纯走去。

白小纯也望着他，沉默不语。他想到了村子，想到了大胖，想到了李青候，想到了灵溪宗，还有好多人，杜凌菲，侯云飞……

陈恒一步一步走到白小纯面前，低头望着白小纯，他看得出白小纯全身上下已废，就连储物袋都无法打开。

“记住我的名字，杀你的是落陈家族的陈恒。”

陈恒缓缓抬起手中的剑，这把平常可以随意操控的剑，此刻光拿在手中都觉得沉重。

“杀死一个天骄，这种感觉非常好。”

陈恒强撑着，才没有昏过去，他右手拿着长剑，向着白小纯的胸口，狠狠刺去。

就在他刺去的瞬间，白小纯唯一能动的左臂，猛然向一旁的地面狠狠一戳，咔嚓一声，白小纯的左臂也断了，一截骨头甚至刺穿了皮肤。

白小纯骤然撑起身体，挥舞左臂，用尽最后一丝力气，在长剑刺入自己胸口的瞬间，用刺穿皮肤的那一截断骨直接刺入了陈恒的咽喉。

做完这一切，白小纯直接倒下，气若游丝，彻底昏迷了过去。

陈恒身体一震，一切发生得太快了，快到他没有任何准备，快到他根本无法避开，大量鲜血喷出，染红地面。陈恒怔怔地看着白小纯，他觉得荒唐，觉得不可思议，觉得不甘心，他的未来，他的追求，他的一切，在这一刻，都远去了。

“临死一击吗？”陈恒踉跄着退后几步，缓缓倒下，直至死亡，他的双眼都睁着。

第 62 章

牛刀杀鸡

无名山脉，丛林深处，雨渐渐小了，直至黄昏时分，雨停，远处依稀还能看到彩虹。

随着夕阳落下，彩虹渐渐消失。

丛林内很寂静，就连血腥味都消散了，只有死去的人，昭示着这里曾经发生的一切。

陈恒倒在地上，直至死亡，他心中都有一股意志，不甘心。

白小纯倒在陈恒的尸体旁，一动不动，如果他的生命是一团火，那么此刻这团火已经快要熄灭了，只剩下一簇火苗，在那里挣扎。

许久，有脚步声从远处传来，一个人踩着浸在泥水中的落叶，一步步临近，直至站在陈恒面前。

那是一个老者，着一身黑色长袍，一头白发，脸上皱纹很多，一看就历尽沧桑，仿佛他已经存活了太久太久。

“执念凝魂……身死魂却不散，可堪一用。”

沙哑的声音回荡在四周，虚无缥缈。

陈恒的眉心突然裂开了一道缝隙，一丝丝青气飘出来，在半空中化作一道巴掌大小的模糊魂影，正是陈恒的样子，只不过他眼神茫然，仿佛失去了神志。

老者抬起右手一指，陈恒的魂立刻飞出，融入他的手指消失了。

神秘老者收走了陈恒的魂之后，转头默默地望向白小纯，神色有些复杂。

“没想到又看到了不死长生功。”

老者闭上眼，半晌之后轻叹一声，这声叹息似乎令时间都停止流逝了。

大树在摇晃，眨眼间就化作了尘埃。陈恒的尸体直接化作了灰尘，融入了泥水。唯独白小纯，身体不仅没有腐朽，反而得到了无限的生命力，正在飞速修复。

老者闭着眼，站在那里，如一尊雕像，一动不动，若仔细去感受，就能发现他身上似乎没有活人的气息，仿佛他并不存在于这个世界。

与此同时，落陈家族的老祖猛地睁开眼，心中升起阵阵不安，感受到陈恒的魂牌依旧在，心底才安稳了一些。

“只不过解决三个外门弟子而已，怎么会这么久？或许恒儿已将那三个小辈击杀，正在回来的路上。”

尽管他这样安慰自己，可还是有些不安，于是又派出了几个凝气七层的族人，外出查探。

做完这些，他深吸一口气，再次开始修炼。

“无论如何，还有一天时间，逆血大法就成功了！”

落陈老祖一咬牙，将不安的思绪压下去，他明白自己没有退路，也没有别的选择，只要再熬过一天，一切足矣！

同样是在这个时候，在距离落陈老祖阵法边界十里地的一片山谷内，侯云飞面色惨白，无法继续前行，口吐鲜血，无奈地倒下。

“白师弟，对不起，没能救你。”

昏迷前，侯云飞死死地握着拳头，心中充满了悲伤与无助。

另一个方向，杜凌菲披头散发，整个人憔悴到了极致。她全身的经脉已断得七七八八，样貌看起来也与往日截然不同，双眼无神，如同行尸走肉一般，全凭着一股惊人的意志支撑。

她的手中拿着一枚玉简，此刻，她脑海里只有一个念头，那就是冲出去，传信给宗门，救白小纯。

这一路来，杜凌菲跌跌撞撞，摔倒了就再爬起来，哪怕衣服都已磨破，血也快要流干，可她依旧坚持着向前飞奔。

时间流逝，杜凌菲早就忘了自身的伤势，她不知走了多久，终于，在迈出一步之后，全身猛地一颤，连呼吸都轻松了许多。

“出来了吗？”

杜凌菲双唇干裂，一把捏住手中的玉简，半个月来始终没有动静的玉简，在这一刻猛地震动了一下，似乎有一条无形的通道，穿越一切空间，将她与宗门连接到了一起。

“落陈家族叛变，冯师兄战死，侯师兄生死不明，白师弟为救我们引走敌人，正被追杀，弟子杜凌菲，求宗门速速救援。”

传信成功后，杜凌菲整个人一下子瘫软下来，坐在那里，回头望着身后的天地，默默流泪。

她忘不了白小纯转身救自己的身影，忘不了白小纯引走落陈家族族人时的悲壮，更忘不了这一路上的种种。

“白师弟，侯师兄，你们一定要活下去。”

说完这句话，杜凌菲再也支撑不住，昏迷了过去。

杜凌菲传信给宗门的瞬间，灵溪宗内，南岸香云山的任务阁热闹非凡，不少外门弟子来来往往。

阁楼深处，一个穿着道袍的中年男子正在整理档案，他面前放着数千枚玉简，凡是接下任务的弟子，这里的玉简都会有记录。

突然，其中一枚玉简闪了一下，中年男子神色如常，一招手，玉简飞来，他利用神识扫过之后，猛地睁大双眼，蓦然站起。

“落陈家族叛变！”

他呼吸急促，此事事关重大，不管是真是假，他都需要立刻上报。若有人敢压下这种事情，将犯下滔天大罪，中年男子不敢耽搁，立刻取出一枚紫色的玉简传信。

这件事情立马就被上报到了执法堂，尽管钱大金是执法堂的人，可他在执法堂地位低微，此事也不是他能插手的，因此就算他想使绊子，事到如今也不行了。

执法堂在接到消息后，立马开始行动，搜寻信息。捍卫灵溪宗的执法堂，在这一刻，终于展现出了自身的实力。

只用了一炷香时间，执法堂就确认了此事的真假。

很快，整个南岸就传出了阵阵战鼓声。当鼓声回荡八方时，所有南岸弟子都愣了一下，外门弟子不知晓战鼓声意味着什么，内门弟子可是知道的，无论是哪个内门弟子，听到鼓声的瞬间，都神色大变，猛地抬头。

“发生了什么事？”

“战鼓起，不见血，不灭族，灵溪不归！天啊！”

突然，一个苍老的声音在灵溪宗南岸蓦然传开。

“老夫执法堂欧阳桀，南岸三山，所有内门弟子，取消一切任务，一切活动，一切闭关，限二十息之内，集结于山门前！不得有误！”

随着欧阳桀的话传出，青峰山、香云山、紫鼎山所有内门弟子，全部身体一颤，一个个急速冲出。

即便有再大的事情，他们也不敢耽搁，因为欧阳桀作为执法堂的长老，十分冷酷无情。

他有一个道号，叫作豺道人，一旦他出现，那就代表出了什么让宗门勃然大怒的事情，需要杀人，甚至是灭族！

所有内门弟子呼啸而去，直奔山门，平日里，这些人不怎么出现，如今齐齐出动，令外门弟子感觉无比惊讶。

还有一群穿着黑色长衫的执法堂弟子第一时间冲出，为首之人是个老者，一头红发，整个人满身杀气，正是欧阳桀。

此刻，这些人集中在山门四周，一个个神情严肃。

“落陈家族叛变，奉掌门之命，灭此族，鸡犬不留，请种道传送！”欧阳桀大袖一甩，灵溪宗正中间的种道山猛地一震，爆发出一道光柱。

光柱在半空中化作了一个巨大的传送阵，笼罩住山门内外的两千多个弟子，传送即将开始。

见此情景，南岸的外门弟子全都倒吸一口凉气，心中无比自豪，升起了一种对宗门的认同感。

落陈家族与灵溪宗相比，只是一个小家族而已，只有一位筑基修士，如今，灵溪宗居然为了几个外门弟子，出动两千多人，就连欧阳桀都出现了，这显然是为了威慑，威慑灵溪宗范围内的所有修真家族！

第 63 章

碾压落陈

为了几个外门弟子，宗门可以如此不惜代价，对于所有外门弟子而言，都是一种安慰。

灵溪宗万年不倒，从一个小小的宗门一步步走到如今，自然有其过人之处。

就在这时，李青候面色铁青地从香云山山顶的大殿内飞出，带着一股滔天的煞气，直奔传送阵而来。

转眼，李青候就站在了传送阵内，他的神色无比阴沉，整个人如同一把出鞘的刀。

欧阳桀看了李青候一眼，所有南岸三山的掌座，他最在意的就是李青候。

李青候天资之高，极为少见，到如今，修道才百年，就已达到筑基后期，被视为宗门内最有可能突破筑基境踏入结丹境的人之一，而且他还是有名的药师。

“听说那几个外门弟子中，有一人与李青候有些关联……”

欧阳桀若有所思，传送阵发出耀眼光芒，眨眼间，聚集在山门内外的人就消失了。

当时，白小纯三人走了数月，才到达落星山脉，在传送阵的帮助下，内门弟子只花了几次呼吸的时间，就到了。

轰隆之声传出，昏迷的杜凌菲上方的天空，一下子变得昏暗无比。一个巨大的阵法瞬间出现，猛地落向大地，使得方圆百里的地面开始震动。一条条沟壑出现，一瞬间地面就被烙印出了一个巨大的阵法。

百里内的一切草木、山石，灰飞烟灭，这阵法太霸道，降临时就毁灭了周围其他东西。

杜凌菲所在的一小部分地方被保护着，使得她没有受到丝毫伤害，随着阵法落下，一道道身影出现。

很快，南岸的内门弟子就全部出现了，他们身上残留着传送之力，还可传送一次。欧阳桀与李青候快步走出，奔向昏迷的杜凌菲，几个内门女弟子上前，给杜凌菲喂下丹药，盖上衣服，以自身灵气滋养她，使得她慢慢睁开了眼。

看到这么多人，杜凌菲先是有些恍惚，反应过来之后，忍不住流下泪来，看到香云山掌座李青候之后，情绪更加激动。

“掌座，救白师弟……”杜凌菲哀求。

“白小纯怎么了？”李青候着急地问道。

“为了救我和侯师兄，白师弟独自飞出，将落陈家族的追杀者引走……”

杜凌菲一边哭泣，一边将这一路上的事情，全部说出。

两千多内门弟子，几乎都不认识白小纯，听到杜凌菲的话之后，不由得对白小纯心生佩服。

冯炎为了保护同门而战死，白小纯、侯云飞与杜凌菲不顾一切地逃亡，而落陈家族竟派出了两拨人追杀他们。换了其他内门弟子，恐怕早就被击杀了。

根据杜凌菲的描述，白小纯是一个有情有义，天骄般的人物。他本可以独自逃走，却归来救下同门，拼死击杀强敌，一路奔波，带着两个重伤的同门，生生逃了十多天，走了近万里路。

最后，他更是舍生取义，引走强敌，留给同门活下去的机会，因此杜凌菲才能传信，否则，宗门怕是还不知晓落陈家族叛变之事。

慢慢地，在所有内门弟子心中，白小纯的形象变得高大无比，那是一个充满情义的铁血汉子。

就连执法堂的人都心神震动，钱大金也在其中，他呆了一下，实在无法将白小纯与杜凌菲所说的那个人联系在一起。当初，他虽然不确定白小纯就是小乌龟，但是想着宁杀错不放过，一时冲动，暗中使坏，致使冯炎教训白小纯，此刻知晓冯炎身死，自己做下的事情神不知鬼不觉，不怕宗门调查，也放松了许多。

有豺道人之称，铁血无情的欧阳桀，也深吸一口气，面露敬重之色。

“这样一个弟子，我灵溪宗绝不允许他陨落在此！”

欧阳桀一甩大袖，立刻安排了数百内门弟子，全力搜寻侯云飞与白小纯。

李青候沉默了，他缓缓抬起头，心中有些苦涩，他觉得自己没有看错白小纯，可他明白，在这种情况下，白小纯存活的可能性微乎其微。

“你是我带上山的……”

李青候向前走出一步，全身的煞气轰然爆发，借助众人身上残存的传送之力，他直奔落陈家族而去。

欧阳桀轻叹，听了杜凌菲的话后，他心底也明白，白小纯怕是凶多吉少，便带着余下的弟子，开始传送。

巨响传出，很快，李青候与欧阳桀就带着内门弟子，出现在落陈家族的宅院上空。

这一次，天地之力蓦然爆发，宅子内传出无数惊呼。

“轰轰轰！”

阵法落下，烙印在大地之上，落陈家族宅院四周的青石地面全部碎裂，化成飞灰，就连宅子都直接坍塌了。

一声声怒吼从宅子内传出，一道道身影急速飞出。门前的两个石狮子，还有宅子内的几棵果树，立刻化作傀儡，向着内门弟子扑来。

李青候第一个走出，他大袖一甩，那两个石狮子顿时炸裂，果树颤抖，上面的所有果实全部落下，那些果实向着四周逃命时，全部被人击杀。

轰鸣声不断传来，此地被灵溪宗内门弟子包围了。

李青候直接飞入落陈家族的宅子中，右手掐诀一指，一团青色的火出现，他向着四周一挥，一股惊天动地之力轰然爆发。

火海蔓延，那几个冲来的族人，一个个身体燃烧，发出凄厉的惨叫。

李青候抬起右脚，向着地面狠狠一踏，大地直接裂开一条巨大的裂缝，如被生生撕开，地宫露了出来。

落陈家族的老祖急速飞出。他在看到李青候之后，神色瞬间变得绝望，灵溪宗的人来得太过突然，他的阵法眼看就要完成了，若来的是别人，他或许还可以周旋一下，趁机完成阵法，没想到来的居然是李青候与欧阳桀。

落陈老祖急速后退。

“逃，能逃出几个，就逃出几个！”

地宫内的落陈家族族人，一个个颤抖着向四周疾驰，可他们已经被包围了，又能逃到哪里去？欧阳桀面无表情地挥手，所有的内门弟子立刻冲杀过去。

李青候看着地宫内的血湖，勃然大怒，不仅是他，就连欧阳桀也在看到血湖后，怒气冲天。

“竟敢滥杀无辜，不灭此族，天理难容！”

李青候大袖一甩，火势更猛。

与此同时，凄厉之音不断传出，灵溪宗直接碾压了落陈家族。

眼看族人一个个死去，落陈老祖仰天大吼，退得更快了。

就在落陈老祖退后的瞬间，一片火海袭来，直接将他笼罩在内，李青候面色阴冷，抬起右手，狠狠一捏。

“轰！”

落陈老祖发出凄厉的惨叫，眨眼间，整个人就化成了飞灰，竟被李青候一招击杀了。

这一幕，让所有内门弟子倒吸一口凉气，就连欧阳桀，也睁大了眼，心中无比震撼。

李青候站在半空中，一挥手，火势再次蔓延，将这里的一切都焚毁之后，李青候遥望远方，有些失落，轻叹一声。

“白小纯，我李青候对不住你们白家。”

他向着远方走去，不放心别人去找白小纯，但凡还有一丝希望，他都要自己去找寻。

随着李青候远去，那些内门弟子越来越激动，宗门越是强大，他们的未来就越是辉煌。

第 64 章

精神与葬礼

“所有人分散开，全力寻找白小纯，找到的人，老夫会奖赏贡献点，途中若看到落陈家族的人，全部击杀！”欧阳桀缓缓开口，所有内门弟子顿时散开。

两千多人一连找了一个月，万里范围内的地方几乎全被搜寻了一遍，可惜，始终没人找到白小纯，反倒是找到了不少被白小纯击杀的落陈家族的人的尸体，看到那些尸体，众人越发能够想象当时战况的惨烈，心中更加震撼。

落陈家族的那些人，大都是被一击毙命，旁人很难想象，一个凝气六层的外门弟子，到底是如何做到这一切的。

钱大金连连吸气，他忽然觉得白小纯还是死了好，不然，自己恐怕不是白小纯的对手，而且，他看到李青候如此愤怒，知晓白小纯必定与李青候关系匪浅，因此内心更加忐忑不安，暗自叫苦。

“该死，你如此有背景，你早说啊，你要说了，我才不招惹你！”

在无名山脉内，内门弟子看到了三个凝气八层的人的尸体，脑海中浮现出战斗的场面，不由得更加佩服白小纯。

搜寻了一个月，众人渐渐明白，白小纯应该是死了，死亡的地点就在这条无名的山脉。此地有不少凶兽，白小纯的尸体消失，也是一件正常的事情，尤其是他们从一个落陈家族的人口中，知道追杀白小纯的是修为达到凝气九层的落陈家族少主后，他们就认为白小纯真的死了。

一个月后，众人结束了搜寻，回归宗门。侯云飞被找到了，他伤势虽重，但宗门有大量资源为他疗伤，因此并无大碍。此番，他与杜凌菲为宗门立下不小的功劳，可两人一点都不开心，有的只是悲伤。

他们两个都不想回去，无奈伤势太重，被带回了宗门。李青候留了下来，他独自一人，在这条无名山脉，又搜寻了两个月，除了一些实在无法踏入的区域外，他几乎将这条山脉走遍了。为了寻找白小纯，他甚至在这条山脉内与不少强大的凶兽交战，也受了一些伤，直至两个月后，他苦涩地看着一棵大树，那树上有干掉的血迹，还有一块衣服碎片。

“若我没有带你上山……”李青候闭上眼，回忆起白小纯在帽儿山，在雷霆中怕死的模样，在万蛇谷内惨叫的样子，还有白小纯成为十碑第一的一幕幕。

他长叹一声，将那块衣服碎片收起，整个人似乎都老了一些。这一路，他已搜到了七八块这样染着血的衣服碎片。最后，他默默地走出丛林，化作一道长虹，飞向远方。

落陈家族的叛乱，到此结束。灵溪宗以雷霆手段，直接灭了落陈一族，此事轰动四方，无数宗门知晓此事，对于独占东林洲，东脉修真界四大宗门之一的灵溪宗，更为忌惮。

关于落陈家族叛变的缘由，灵溪宗也在追查，并找出了很多线索，血脉印记只是一方面，还有更深层次的原因，查到的东西越来越多，灵溪宗的人震惊了。

一旦灵溪宗没来得及阻止落陈家族，那么，牵一发而动全身，灵溪宗范围内的所有修真家族，都将闻风而动，一一叛乱，之后再有强敌入侵，将造成不可逆转的严重后果，甚至会动摇宗门。

因此，杜凌菲三人算是立下了汗马功劳，尤其是白小纯，若是没有他，杜凌菲和侯云飞不可能活下来，也不可能传信给宗门。

白小纯没有扔下同门独自逃走，还引走了敌人，此事让所有人动容，修真界自私的人很多，像白小纯这样的人，已经很少了，这样的弟子死去了，宗门所有长老都心中痛惜。

随着调查的深入，灵溪宗沉默了，出于某种原因，他们没有继续追查，整个宗门内的筑基修士，却比平日里警惕了很多，正所谓山雨欲来风满楼。

南北两岸的七个掌座，连同掌门以及诸多长老，沟通数日之后，达成了一致。

杜凌菲，侯云飞，还有死去的冯炎，都立下了功劳，白小纯更是立下了大功！

“山雨欲来，更需要一股精神存在，那是我们灵溪宗万年来不变的精神，白小纯用生命立下如此大功，我等当厚待他，为其举行葬礼，但凡为宗门做出贡献者，宗门永久不忘！”这是灵溪宗掌门郑远东最后的总结。

之后，灵溪宗就停止了追查落陈家族叛变之事，只是借这一次机会，大力宣传白小纯为了同门和宗门舍身取义的精神。

他的事迹被传开，南北两岸的所有弟子都知道了白小纯的大名，都知道了白小纯为救同门所做的一切事情。同时，所有弟子也对宗门的做法很满意，明明一个李青候就可以灭掉落陈家族，但宗门还是出动了两千多个内门弟子，声势浩大。

这是灵溪宗的传统，万年不变的传统！

任何一个灵溪宗弟子外出时，都不是孤立无援的，只要灵溪宗在，那么，宗门就是他永远的后盾。所有弟子也对宗门有强烈的认同感，愿意为宗门付出一切，包括自己的生命。

这就是灵溪宗，一个万年前，只有几十人的小宗门。

关于白小纯的生死，掌门出面，请了一位擅长推演天机的太上长老，施展天机之术，可惜始终无法找到白小纯存活于世的痕迹，只能察觉到一股死气，这才确定白小纯已经为宗门战死。

数日后，清晨，天空阴雨绵绵，一声声钟鸣回荡在整个灵溪宗，无数弟子穿着黑色长袍，默默走出各自的居所，神色哀伤，汇聚到香云山半山腰。

那里，有一座墓碑，墓碑上有白小纯的画像，画像中的他笑得很开心。

张大胖怔怔地站在人群里，看看众人，再看看那座墓碑，雨水落在他的身上，打湿了他的衣衫，他哭了，他想起了与白小纯在一起的一幕幕，想起了两人一起偷吃灵株，一起大声欢笑，一起去卖外门名额……

“九胖……”张大胖心里空落落的，仿佛整个世界都是昏暗的。

火灶房的其他师兄一个个流下泪来，还有许宝财、陈子昂、赵一多、徐长老、周长老，所有白小纯上山后认识的人，都在人群里，神色哀伤。

周心琪也来了，她默默地望着墓碑，想着当年白小纯寻找灵尾鸡的样子。

侯云飞被侯小妹搀扶着，站在人群里，他死死地握住拳头，身体颤抖。

“白师弟……”侯云飞惨笑，回到宗门后，他以酒度日，忘不了白小纯引走强敌时的身影。

来的人越来越多，很快，香云山半山腰就站满了人，每个人都沉默地望着墓碑。

杜凌菲在前方，面色苍白，雨水落在她脸上，和泪混在一起，她精神有些恍惚，本就美丽的容颜，此刻显得更加凄美。

“你明明可以活下去的。我活着，你却走了。”

杜凌菲无比悲痛，这段日子，她整个人都变憔悴了，梦中常出现白小纯的身影。

悲伤的钟声不断传出，久久不散，七座山的掌座，灵溪宗所有的长老，还有掌门，都穿着黑色长袍，出现在了墓碑前面，他们望着墓碑，面容悲怆。

李青候心底苦涩，陷入了深深的自责。

“白小纯，灵溪宗香云山外门弟子，药道骄阳，道徒天骄，于落陈家族一战中，击杀众多逆贼，为同门舍身，为宗门取义。他用生命捍卫了宗门利益，我灵溪宗所有弟子，当永生永世，铭记此事！”掌门郑远东缓缓开口，声音在这一刻传遍四方。

一听这话，杜凌菲忍不住大哭起来，侯云飞、张大胖也流下了泪水。

“今日，特追封白小纯，为我灵溪宗荣耀弟子！”掌门声音再次回荡时，无数弟子心神一震，“荣耀弟子”四个字，震惊了众人。

荣耀弟子在整个灵溪宗象征着至高无上的荣誉，地位之高，超出内门弟子，即便是传承弟子也无法与之相比。

在此之前，灵溪宗一共只出现过九个荣耀弟子，每一个都是为宗门立下大功，战死之后被追封的，如今，出现了第十个。

没有人觉得此事不妥当，这一切，是白小纯用生命换来的。

“白小纯进入宗门后，直至牺牲，都没有师尊，他付出了生命，为宗门立下大功，我等绝不允许他在地下孤单，今日老夫代故去的师尊，灵罗真人，收白小纯为弟子，让其能在阴冥，继续追求大道。”掌门沉痛地开口，李青候轻轻点了点头，望着墓碑，无比悲伤。

“所有人……默哀！”掌门闭上了眼，向着墓碑缓缓低下头，这一刻，所有弟子全部低下了头。

数息后，默哀结束，杜凌菲已泣不成声。

就在所有人默哀的同时，那条无名山脉中，白小纯睫毛一颤，缓缓睁开眼，打了个喷嚏。

第 65 章

守陵人

刚苏醒，白小纯就下意识地抱着自己的左臂，发出惨叫，可才叫了一下，他就停了下来，诧异地低头，看看左臂，又看了看身体其他部位，摸摸这里，又碰碰那里，甚至还掀起了衣服看自己白白嫩嫩的小肚子。

“咦？怎么没伤口？”

白小纯面露惊恐，他想到村子里老人说的，人如果死了，魂会进入阴冥地府，如今自己身上没伤口，分明是已经死去，只剩下了魂。

他抬头看向四周，发现此地一片寂静，地面草木枯萎，陈恒的尸体也不见了，再看远处，发现四周都是雾气，看不清远处的情况。

“完了完了，我稳妥了半辈子，这次把自己小命弄丢了。”白小纯有些失魂落魄，哭丧着脸，哀号一声。

“我还没给杜凌菲以身相许报答我的机会，侯师兄还对我许下了重诺，还没有人知道我就是小乌龟，我还没吃够灵尾鸡，也还没活够。”

白小纯越想越悲伤，泪水都在眼眶里打转了。

就在他哀号时，突然，有人在他身后咳嗽了一声，吓了他一跳，他猛地向前爬去，一个翻滚，接着转身，手中还抓着一把木剑。

“谁？”

白小纯尖叫着开口，看到一个穿着黑色长袍的老者站在那里，此刻，老者正阴恻恻地望着自己。老者一身死气，面色苍白，脸上都是皱纹，配合着周围的环境，看起来很瘆人。

白小纯看清老者的相貌之后，只觉得浑身的汗毛一下子就竖了起来，想起了无数关于鬼怪索命的传说，但是，很快他就想到自己已经死了，于是镇定下来，抬起下巴，竟还从地上站了起来。

“行了，你是鬼，我也是鬼，反正我都死了，大家都是鬼，谁怕谁啊！”

白小纯走到老者面前，绕着老者转了一圈。

“你是这条无名山脉的鬼魂吧，别紧张，我只是路过时偶然死在这里，一会儿就走了，唉，不知道变成鬼后，能不能继续修行，成为一个有道行的鬼。”

说到这里，白小纯不由得有些悲伤，叹了口气。

黑袍老者皱起眉头，看着白小纯，沙哑地开口：“你这么想死吗？”

白小纯一愣，似乎想到了什么，连忙狠狠咬了下舌尖，剧痛传来，白小纯觉得难以置信，再次咬了一下，这一次，他痛得连眼泪都掉下来了。

“我没死！哈哈，我白小纯修为盖世，天下无敌，怎么会死？”

白小纯激动得一把抓向面前的老者，可他的手瞬间就穿透了对方的身体，抓到了空处，在接触老者的时候，他还感受到了一股寒气。

“呃……”白小纯身子一僵，抬头呆呆地看着面前的老者，瞪大双眼，先是发出凄厉的惨叫，接着猛地后退。

“鬼啊！”

方才他认为自己死了，所以不怕鬼，现在确认自己还活着，面前却站着一个没有实体的老人，他又怎能不害怕？

直至退到雾气的边缘，白小纯才停下来，那里有一层看不到的膜，使他无法冲出，他靠着那层膜，颤抖地拿着小木剑，眼睛睁得老大，开始想各种逃生之法，最后可怜兮兮地望着黑袍老者。

“老爷爷，您要是有什么未了的心愿，可以告诉我，我一定帮您完成……”

黑袍老者的面色有些古怪，他仔细地看了看白小纯，觉得此刻的白小纯与之前浴血奋战的白小纯似乎不是一个人。

“或许，唯有这种性格的人，才适合修炼不死长生功……”

老者轻声呢喃，心底释然，摇头一笑，转身向着远处飘去。

“不死长生功，此功超凡，分为不死卷与长生卷，其中不死五卷，长生五卷。你修行的，是流传最广的不死第一卷，不死皮。如今铁皮大成，铜皮小成！”

老者逐渐走远，他的声音却回荡在白小纯的耳边。

“不死卷，突破生命五大桎梏；长生卷，破解永恒五大封印！好好修炼吧，若能修炼到不死金皮，你就可以感受到生命五大桎梏的所在，至于能否突破第一层桎梏，就看你的造化了。相见是缘，送你一枚丹药，可让你的不死皮略有突破，练成铜皮。再送你一枚玉简，其内记录不死第二卷，不死金刚！”

老者已走远，看不清身影，有两道长虹瞬间飞来，飘浮在白小纯的面前。

白小纯心神一震，呆呆地望着老者离去的方向，这个时候，他才明白，自己之所以没死，伤势还恢复了，全都是老者的功劳，而老者之所以救自己，竟是因为自己修炼了不死长生功。

白小纯虽怕死，但是个懂得感恩的人，他知道如果没有老者，自己肯定已经死了，便深吸一口气，朝着老者离去的方向跪拜。

“多谢前辈救命之恩，再谢前辈传功之恩，还请前辈告知名讳。”白小纯大声喊道。

“老夫……守陵人。”

老者早已远去，融入天地之间，他的声音无比沧桑，仿佛他是从远古走来的人。

就在这个时候，那层雾气薄膜发出咔咔之声，瞬间破碎，消散开来，使得这封闭的空间与外面的世界重新连在了一起。

有风吹来，吹起白小纯的长发，白小纯抬头望着远方，沉默良久。

“不死长生功，生命五大桎梏，永恒五大封印？”

他轻声呢喃，这是闻所未闻之事。

半晌，白小纯深吸一口气，看着飘浮在面前的丹药与玉简，将玉简拿在手中，用神识一扫，发现里面记录的正是不死第二卷的内容。

白小纯将玉简收起后，目光落在丹药上，他虽成了药徒，但还是辨认不出这枚丹药的品阶。

他明白，若那个黑袍老者想害自己，有太多的办法，所以这枚丹药，对他只有益处，没有害处。

白小纯沉吟了一会儿，四下看了看，将这枚丹药收起，一闪身向外走去，一路上，看着周围的树木，想起之前与落陈家族族人的激战，那种凶险，让他心有余悸。

"不知道杜师姐与侯师兄怎么样了，有没有逃出去……"

白小纯没有取出玉简尝试联系两人，他担心落陈家族没有被灭，那么玉简的波动，或许会给自己带来一些麻烦。此刻，他一摸储物袋，取出冯炎的风行帆，发现风行帆竟然可以使用了，不由得大喜。

他心里有了底，知道自己应该是安全了，倒也不急着离去，在这条山脉内找了一个山洞，在里面休息了一会儿，然后取出龟纹锅，试图将黑袍老者给的丹药炼灵。

很快，丹药上面就出现了三道灵纹，白小纯拿着丹药，一口吞下。吞下之后，他体内如燃起了一团火，接着，那团火就在他全身游走，带给了他无数元气。

他身体颤抖，咬牙坚持，运转不死长生功，渐渐地，他全身的皮肤不再是黑色的，而是铜色的，到了最后，他几乎成了一个铜人。体内力量猛增，他有了一种自身很强大的感觉。

药效还没有过去，在全身皮肤完全变成铜色的瞬间，他猛地一颤，耳边传来咔咔之声，似有什么东西碎裂了。

在这一刻，他的皮肤竟出现了裂纹，裂纹越来越多，密密麻麻覆盖全身，剧痛传来，他咬牙忍耐，慢慢地，那些裂纹内竟然射出了银光。

不死皮，分为铁、铜、银、金四个层次，就连那黑袍老者都无法预料到，他给白小纯的这枚丹药，经过炼灵之后，竟然帮助白小纯突破了铜皮。

一连数日，白小纯都待在山洞之中，他的皮肤有了很多裂纹，到最后，如同蜕皮一般，他的皮肤开始脱落，脱落的地方新长出的皮肤是银色的。

又过去了十天，当最后一块皮肤脱落后，白小纯全身上下都散发出了银色光芒，当他睁开双眼时，就连眼中都有银光一闪而过。

他试着挪动了一下身子，速度比之前快了至少三倍。他不由得大喜，右手握拳，向着一旁的山岩轰去，巨响震耳欲聋，山岩顿时就化成了齑粉！

白小纯心中无比激动，他有信心，若是再与陈恒一战，自己绝对不会战得那么辛苦。

现在，他拥有了不死银皮，就连那把炼灵三次的木剑，都无法刺穿他的皮肤。

白小纯运转不死长生功，看着皮肤恢复正常，变成白白净净的样子，重新换了件衣服，向着远处奔去。

第 66 章

为宗门赴汤蹈火

在丛林中不断前行时，白小纯渐渐看到了一些痕迹，更加确定是宗门的人来过了。出了无名山脉，数日后，他回到了落星山脉，发现了已成废墟的落陈家族的宅子。

“看来杜凌菲与侯云飞的确将消息传回了宗门。”白小纯回想起之前惨烈的战斗，不由得有些唏嘘，一摸储物袋，风行帆出现，他一跃而起，开始操控风行帆。

呼的一声，风行帆化作一道长虹，直奔远方。

“回宗门啦！”

白小纯满心期待，想着自己算是给宗门立下了很大的功劳，这次回去，宗门一定会有奖赏。

想到这里，他更为兴奋，低头看了看储物袋，这一路，他从落陈家族的人手中拿到了不少储物袋，里面有不少物品，也有一些灵石。

最重要的是，他忘了到底是谁的储物袋内，居然有一颗拳头大的种子，还如心脏一样怦怦直跳，似有生命一般，此刻，种子跳动得越来越弱了。

以他在草木上的造诣，他想了半天，才认出这是一颗传说中早已灭绝，极为珍贵的灵种，名为育兽种！

传闻此种吸取灵兽精华后，可以自行孕育出灵兽，对于那些强悍至极，却难以留下后代的凶兽而言，育兽种简直就是无价之宝。

尤其是那些有强大灵兽的修士，他们希望拥有灵兽的后代，但很难，这种时候，育兽种的价值就体现出来了。

虽然不知这种珍贵之物，为何会落在落陈家族的人手中，但可能是各有造化，毕竟落陈家族居住在落星山脉内，而落星山脉充满了神秘。

就连他都辨认了好久，才认出这是育兽种，想来那人在草木上的造诣也没他深厚，应该也认不出来这等宝物，所以在保存的时候方法并不正确。

白小纯选择了一些有灵气的木头，制成一个木盒，将育兽种装在里面，育兽种的生命波动才慢慢稳定下来。

白小纯收起木盒，深吸一口气，操控风行帆，顺着来时的路，向着灵溪宗而去。

一晃，一个月过去了，来的时候，因灵石不多，三人只在夜晚才用风行帆赶路，现在，白小纯口袋鼓鼓的，他才不在乎消耗多少灵石，所以只用了一个月，就赶到了灵溪宗南岸的山门。

“这次出去，来来回回花了半年多，终于回来了。”

白小纯站在风行帆上，摆出一副绝世高手的模样，然后突然想起了什么，觉得这样不妥，太过高调，于是赶紧换上与陈恒血战时穿的长袍，摆出一副为了宗门视死如归，凄惨无比的样子，长袍上血迹斑斑，可以看出他确实在鬼门关走了一遭。

安排好了一切，他才觉得满意，操控着风行帆前行。当他准备穿过山门时，一道无形的壁障出现，将风行帆弹开了。

“啊？”

白小纯站立不稳，差点摔下去。

与此同时，山门内有一道长虹飞出，那是一个青年，他神色淡然，走出后平静地看向白小纯。

“道友何人，不知来我灵溪宗所为何事？”

青年刚说到这里，忽然皱起眉头，看了一眼风行帆，又看了看白小纯的穿着。

“拿着我灵溪宗的风行帆，穿着外门弟子的衣袍，却被山门大阵阻挡在外，你是谁？”

青年冷冷地问道，右手掐诀，催动灵力，他的修为竟达到了凝气八层。

“这位师兄，这是怎么了，为何不让我进宗门？我是香云山外门弟子白小纯啊！”

白小纯退后几步，看着这一幕，有些搞不清楚状况，连忙开口。

青年皱起眉头，忽然一愣。

“你是白小纯？”

他仔细打量了一下白小纯，越看越觉得眼熟，他去了白小纯的葬礼，看到了墓碑上白小纯的画像。

眼见画像上的人活生生地站在自己面前，他身体猛地一震，尤其是看到白小纯身上血迹斑斑的长袍，他更是倒吸一口凉气。

“你……你不是死了吗？”

“我没死啊！”

白小纯怔了一下。

见此情景，青年立刻振奋精神，取出玉简，传信给宗门。

白小纯还活着的消息瞬间传入宗门。香云山上，正在闭关的李青候猛地睁开双眼，身体一颤，蓦然走出。

与此同时，消息传到了掌门郑远东那里，他一愣，很快利用神识扫过南岸山门，看到了白小纯。

他先惊后喜，紧接着通告全宗门。

宗门内，人人都感觉不可思议，纷纷奔走相告，与此同时，钟声回荡。

“白小纯？他不是死了吗，怎么又活了？”

紧接着，无数人从宗门内冲了出来，冲在最前方的是侯云飞，出了山门之后，他一眼就看到了白小纯。

尽管他一直不愿承认白小纯已死，可经历了落陈家族的追杀，他心底也明白，没有哪个弟子，能在那种情况下活下来，之后那些日子，他慢慢接受了白小纯离去的事实。此刻，看到白小纯活生生地站在那里，他激动得流下泪来。

“白师弟！”

他大笑，一把抱住白小纯，激动得都说不出话来了。

“侯师兄……”

白小纯眨了眨眼，此刻也明白过来，宗门的人都以为自己死了。看到侯云飞无碍，他也颇为高兴。

“走，我们回宗门！”

侯云飞十分激动，拉着白小纯，直奔山门。

有侯云飞带着，这一次，白小纯顺利进入了山门，那个青年默默跟随在白小纯身后。

那个青年参与了剿灭落陈家族的行动，知道丛林中的战况有多惨烈，因此对于白小纯活着回来，感到无比震惊。

就在白小纯踏入山门的瞬间，更多人从四面八方赶来。

“九胖？”

张大胖，黑三胖，还有杂役处的那些胖子师兄，一个个都激动地跑了过来，尤其是张大胖，他上前紧紧地抱住了白小纯，眼泪直流。

白小纯心中感动，他望着众人，这一刻，忽然觉得自己之前付出的一切，都是值得的。

一道长虹飞来，来人正是李青候，他难以置信地望着白小纯，他的怀中有一个包裹，里面装着白小纯带血的衣服碎片。

他可以说是所有人中，最了解白小纯遇到的危机有多大的。

“拜见掌座！”

白小纯赶紧上前，向着李青候一拜。

“活着就好，活着就好。”

李青候平日极为稳重，这一刻却不自觉地颤抖起来。他抬起右手，放在白小纯的头上，神情激动。

“宗门是我的家，弟子愿为宗门赴汤蹈火！”白小纯昂首挺胸，大声说道，还故意把小袖一甩，露出衣服上一个个血窟窿。

南岸三山，不断有人来到山门，遥遥望着白小纯，大家都被白小纯身上的衣服震撼了。

白小纯说出的话，传遍了四周，所有人听到后，都心神一震，看向白小纯时，都觉得这才是真正的宗门天骄。

眼看人越来越多，一个女子喜极而泣的声音从远处传来，正是杜凌菲，她这些日子天天以泪洗面，整个人憔悴到了极致，听人说白小纯回来了，顿时不顾一切地跑了过来。

看到白小纯之后，她直接上前，一把抱住白小纯，又哭又笑，白小纯心中感到无比温暖。

他轻轻拍了拍杜凌菲的背，安抚了一下她。

“杜师姐，我说过，只要我白小纯还有一口气在，就绝对不会让你受到伤害。”

白小纯淡淡开口，抬起下巴，一副傲视天下的模样，说出这样一句肉麻的话来。

很快，执法堂的人也来了，为首的人正是欧阳桀，他看向白小纯，有些心惊，他也听到了刚刚白小纯对李青候说出的话，不由得暗自点头。

“白小纯，老夫执法堂欧阳桀。”

一听到“执法堂”三个字，白小纯顿时内心一颤，可想到自己立下大功，又继续挺起胸膛，向着欧阳桀一抱拳。

“有关落陈家族之事，你随老夫一起去见掌门。”

欧阳桀脸上少见地露出一丝笑容，抬起右手，向着白小纯一指，白小纯脚下立刻出现了一片灵雾，带着白小纯，跟着欧阳桀远去。

李青候深感欣慰，化作长虹一同前去。

至于其他弟子，眼看白小纯离去，也就慢慢散了，不过白小纯没死的消息，还是以最快的速度传开了。

不久，整个灵溪宗都知道了此事，不过，有人欢喜有人忧，钱大金在自己的洞府内颤抖起来，面露恐惧。

“该死的，他怎么没死？那么危险，怎么可能不死？”

“他应该不知道是我安排他去执行这次任务的，对，他应该不知道……”

钱大金面色阴晴不定，最后长叹一声，开始左思右想。

第 67 章

师兄，咱师父呢

灵溪宗有八座山，北岸四座，南岸三座，正中间的则是种道山，是灵溪宗外在力量的核心所在。

平日里，灵溪宗掌门郑远东就在此地处理宗门的一切事情。

此刻，随着钟声回荡，南北两岸各山之主，都来到了种道山，端坐在大殿中，掌门坐在正中间的位置上。

不多时，李青候与欧阳桀便带着白小纯来到了大殿外。

白小纯在殿外等待，他们二人率先踏入殿中。

大殿外，还有四个弟子，这四人守护在两旁，都好奇地看向白小纯。

白小纯向着四人笑了笑，他是第一次来种道山，很好奇，到处看了看，只见四周灵气浓郁，处处鸟语花香，如同仙境一般，且没有杂音，很僻静，远非香云山可比。

这里是宗门重地，平日里其他弟子到来，都小心翼翼的，可白小纯站在那里，神色如常。

看到这一幕，那四个守在外面的弟子不由得感慨，不愧是为宗门立下大功的人物，单单这种从容，就不是寻常人能够拥有的。

白小纯虽怕死，但也十分聪明，他一想到自己立下的功劳，就知道自己绝对不可能受惩罚，于是没有丝毫畏惧，昂首挺胸，满脑子都在想，自己能得到什么样的奖励。

“以我的功劳，怎么也得给我一枚增加百年寿元的丹药吧，再给我一百万贡献点，然后给我一座最好的洞府，内门弟子的身份也少不了，哈哈。”

白小纯越想越兴奋，可等了半天，也不见大殿内有人传唤他。

白小纯有些诧异。直至他哈欠连天时，才听到大殿内有一道无奈的声音传出。

“白小纯，你进来。”

白小纯精神一振，深吸一口气，努力摆出可以为宗门赴汤蹈火的模样，迈着大步，走入大殿，刚一进入大殿，他就抱拳一拜。

“香云山弟子白小纯，拜见掌门，拜见诸位前辈。”

一拜之后，白小纯抬起头，看到正中间的一个老者，这老者不怒自威，穿着一身白袍，一身修为深不可测。

在老者四周，环坐着八人，六男二女，李青候与欧阳桀就在其中，除了李青候与欧阳桀之外，其他人都仔细地打量着白小纯。

以他们的眼力，自然看得出，白小纯身上衣服上的缺口不是有人故意撕开的，而是经历了一番磨难留下的。

白小纯长得白白净净的，一看就很乖巧听话，此刻又不亢不卑，神色从容，众人对白小纯的印象不由得更好了，只是心底多少感觉有些古怪。

“白小纯，你详细地说一下此番去落陈家族的始末。”李青候看着白小纯，温和地开口。

白小纯神色肃然，平静地将这一路上所有的事情从头到尾说了一遍，没提黑袍老者，这是他自己的秘密。

除此之外，他还提了冯炎、杜凌菲与侯云飞，一直在说他们有多好，还有这一路有多艰难，就是没说自己的功劳。

“都怪我没用，冯师兄为了救我而死，都怪我啊……”

他越是如此，众人眼中的赞赏就越多，只不过这些人修行多年，都生着一颗玲珑心，从白小纯穿着那件衣服进来，他们就隐隐看出了白小纯的性格，虽然如此，但他们还是很欣赏白小纯。

“昏迷之后，醒来就痊愈了？”

掌门笑了笑，对于白小纯的解释，没有在意，毕竟每个弟子都有一些自己的秘密。他要的是弟子对宗门有归属感，而不需要完全掌控弟子的一切。

“白小纯，你的奖励几个月前就发下去了，从几个月前起，你就是我灵溪宗的荣耀弟子！”

掌门说出“荣耀弟子”这四个字时，感觉有些奇怪，他还是第一次看到活的荣耀弟子。

之前，他们也在大殿内讨论过，大家都非常为难，因为荣耀弟子太重要了，在这之前，拥有荣耀弟子头衔的都是战死之人，这个头衔还从来没给过活人，如今白小纯居然活蹦乱跳地出现在他们面前，真是令人震惊啊！

当他们刚刚知道这个消息时，都愣了一下，因为这个头衔不好收回来，葬礼都办了，白小纯是荣耀弟子的事情也广而告之了，这让他们有些发愁，所以才让白小纯在外面等了半天。

他们商议了很久，还是想不到办法收回那个决议，按照门规，只能继续让白小纯当荣耀弟子。

“荣耀弟子？”

白小纯一愣，他从来没听过这个称呼，站在那里等了半天，眼巴巴地看着掌门等人，发现大殿内的前辈们，一个个都面色古怪，掌门也没有继续说出别的奖励，他忍不住了。

“那个……没了？”白小纯问道。

“没了。”

掌门挤出一副笑脸。

白小纯立刻急了，正要跟他们讲道理，说说自己一路来多么辛苦，九死一生时，李青候突然干咳一声，他最了解白小纯的性子。

“还不快感谢掌门，至今为止，灵溪宗一共就出过十个荣耀弟子，你是千年内的第一个，也是现存的唯一一个。荣耀弟子凌驾于内门弟子与传承弟子之上，代表着灵溪宗的至高荣耀，其后人可享用整个宗门的资源，出生就是内门弟子，并且，灵溪宗会永远庇护荣耀弟子的家族！我灵溪宗内有九大家族，都是荣耀家族，这是一个能带给家族后人无限辉煌的身份。”李青候开口解释。

听到这个解释，白小纯愁眉苦脸，整个人的气势一下子就没了，可怜兮兮地看着李青候，又看了看掌门。

他不知道自己该说些什么，他算是弄明白荣耀弟子这个头衔了，看似很不错，实际上是给死人准备的，其赏赐完全是留给后人的，可他还活着啊！此刻，白小纯发现，自己居然有些嫉妒未来的儿女了。

“谢掌门。”白小纯哭丧着脸，有气无力地开口。

“从今天开始，你可以称老夫为掌门师兄。”

掌门郑远东干咳一声，心里要多别扭有多别扭，他之前提出拜师，是因为以为白小纯已牺牲，没想到如今对方活着回来了。他一想自己上百岁了，还要与一个不到二十岁的小子称兄道弟，心底不由得连连叹息。

“啊？”

白小纯睁大了眼，情绪起伏很大，进入大殿时，他满怀期望，之后变得无奈，心情一下跌落谷底，紧接着，又出现了这种变化。

“鉴于你立了大功，再加上你还没有师尊，所以老夫做主，让你拜老夫的师尊为师，从此以后，我就是你师兄了。”

白小纯深吸一口气，试图平复激动的心情，他觉得宗门对自己太好了，一想到掌门的师尊必定是和太上长老一个级别的，他就兴奋起来了，双眼冒光。

“从此以后，谁敢欺负我啊，我师父老厉害了，哈哈。”

白小纯心中狂喜，连忙抱拳深深一拜。

“多谢掌门师兄，师兄，咱师父呢？我这就去给他老人家请安。”白小纯带着期待，美滋滋地说道。

“不急，他老人家坐化前留有画像供在后山，我已安排人去准备了，稍后会让你再过来。”掌门神色古怪，缓缓开口。

“坐化……供在后山……”

白小纯整个人如被天雷劈中，呆在那里，满脑子都是这六个字，半晌之后他才反应过来，自己拜的这个师父，已经故去了。

“我……”

白小纯只觉得七窍生烟，心情再次跌落谷底，欲哭无泪，他甚至不记得自己是怎么离开的。他一路失魂落魄地跟着掌门去了后山，拜了一张画像为师后，茫然地出了种道山，回到了香云山。

在香云山上，看到他的弟子都连忙拜见，有些好心人甚至带着茫然的白小纯去看了一眼他的墓碑。

望着墓碑，白小纯觉得天都黑了。

“我……我拜了一张画像为师……”

白小纯不知自己是怎么回到院子里的，他呆呆地坐在木屋前，内心无比悲愤。

一连数日，他都愁眉苦脸，半个月后，他才从这个打击中恢复过来。

他唉声叹气地走出屋子，准备去找张大胖叙叙旧，可刚刚走出来，迎面就遇到了一个外门弟子。那人在看到他之后，立刻抱拳深深一拜。

“拜见白师叔。”

白小纯走出几步，忽然一顿，转头双眼冒光，一把拉住那个外门弟子。

“你叫我什么？”

“白师叔啊，您是掌门的师弟，弟子……弟子自然要称呼您为白师叔。”那个外门弟子一愣，赶紧说道。

白小纯松开了手，双眼越来越亮，心脏怦怦跳动，他发现自己这个身份并非一无是处，至少辈分大得吓人……

他舔了舔嘴唇，忽然大笑起来，笑声回荡，吓得那个外门弟子赶紧后退。

白小纯赶紧收起笑容，干咳一声，摆出前辈的姿态，朝对方微微点头，不再去找张大胖，而是满怀期待地去了任务处，因为那里人多。

与此同时，香云山山顶，李青候归来后，立刻开始闭关，他盘膝坐在闭关之处，沉思良久，大袖一甩，神色凝重，开始炼丹。

“小纯这孩子生性顽劣，需要帮他准备一件保命法宝，可惜我不擅长炼器，只能开一炉九绝丹，去与丹溪宗交换。这种给凝气弟子准备的法宝，丹溪宗一看就知道我是为年轻人求的，定会狮子大开口。”

李青候摇了摇头，没有纠结这一点，哪怕需要付出很多心血，才可以炼出九绝丹，他也愿意。他不想再次体会失去白小纯的感觉。

第 68 章

师侄们，别跑

白小纯是一个非常善于从任何事中发现乐趣的人，此刻他就发现了自己身为掌门师弟的乐趣，于是兴高采烈，大摇大摆地走在宗门的山路上，遥遥地，他看到了任务处。

白小纯干咳一声，整理了一下衣衫，装出一副前辈的模样，抬起下巴，背着手，慢慢靠近。

任务处，人山人海。

作为香云山最热闹的地方，这里每天都有大量外门弟子进进出出，很远就能听到鼎沸的人声。

很快，白小纯来到了任务处，他站在那里，露出自认为慈祥的笑容，看向那些外门弟子。

他刚刚出现，就有人察觉到了。

尤其是他前方的那群外门弟子，原本正在讨论接下的任务，余光扫到白小纯后，都愣了一下。

“是白……师叔，见过白师叔。”

“拜见白师叔！”

他们连忙向白小纯抱拳，话一传出，更多的人就看到了白小纯，于是，此地所有外门弟子，都陆续去拜见白小纯。

“大家辛苦了。”

那一句句白师叔，听得白小纯心花怒放。他含笑向众人打招呼，背着小手，向前走去。

而那些外门弟子，看向白小纯时，都面露羡慕，彼此低声议论。

“白师叔，那是掌门的师弟啊……”

任务处的几个执事，看到白小纯之后，也连忙起身，齐齐拜见，使得整个任务处都不再运转，这让白小纯更激动了。

“你们继续，不用管我，我今日代掌门师兄来看一看灵溪宗的外门弟子。”

白小纯心底都快笑开花了，他这么一说，四周的弟子再次拜见，就连任务处的长老，也出来跟白小纯点了点头。

虽然白小纯让大家不要理他，但是他并没有离开，而是走在人群之中，见谁都含笑点头，外门弟子只能不断拜见他，有的弟子甚至拜见了十多遍……

渐渐地，大家的神色有些古怪起来，看出白小纯来这里，就是想听人喊他白师叔。白小纯也是见好就收，向着众人挥手，大摇大摆地离开，任务处才重新运转。

“这身份厉害啊！”

白小纯眼睛冒光，这一上午，他觉得自己身心十分愉悦，更重要的是，他发现了这身份的好处。

“荣耀弟子，掌门师弟，这么好的身份，岂不是说从此以后在宗门，没人敢招惹我了？”

想到这里，白小纯哈哈大笑，赶紧向着万药阁跑去。

万药阁一样人多。

不多时，白小纯到了万药阁，望着那十座石碑，听着一声声白师叔，在那里磨蹭了半天。

在众人的神色渐渐变得古怪的时候，他才恋恋不舍地离开。尽管已到黄昏，可他不知疲惫，又去了外门弟子居住的地方。

许宝财刚刚出门，就看到了白小纯，赶紧抱拳拜见。

“原来是小宝啊，我离开了半年，你的修为还是没什么长进呀，不可如此，要勤加修行才是啊！”

白小纯拍了拍许宝财的肩膀，老气横秋地开口。

许宝财愣了一下，眨了眨眼，听到“小宝”这个称呼，他心底一颤，长这么大，就他爹这么叫过他，外人没这么叫过，此刻，他心里那个别扭啊，可又不敢反驳，只能点头称是。

“我……嗯，本座！”

白小纯忽然发现，以自己的身份，不可再用“我”这个字了，于是按照李青候平时的称呼，改成了“本座”。

“本座对此地不熟，小宝，你带本座熟悉一下。”

白小纯干咳一声，背着小手，抬起下巴。

许宝财无奈，连忙带着白小纯在这里转悠。

天色渐暗，出去的外门弟子都回来了，其中不少人白天就在万药阁和任务处，回来之后，发现白小纯在这里转悠，一个个不由得面面相觑，再次拜见。

白小纯又一次感受到了新身份的好处，看着外门弟子纷纷拜见自己，他心花怒放，直至深夜才心满意足地离去。

途中路过饲养灵尾鸡的地方，他走了过去。

不久，“拜见白师叔”的声音再次传出，当他离开时，他的手中拎着两只灵尾鸡。

“这就是新身份的好处啊，以前我吃鸡，还要想方设法，现在我直接拿走，哼哼，掌门都是我师兄，谁敢惹我？”

白小纯一路哼着小曲，回到了居所。

第二天一早，刚出太阳，白小纯就精神抖擞地爬了起来，整理了一下衣衫，对着铜镜摆出很多姿势，直至选定了一个觉得最符合身份的姿势，才向外走去。

他俨然把这种事情当成了事业。

这一次他没有去任务处，而是去了其他人多的地方，甚至还去看了一场香云山的小比……

这一整天，他听到了无数声“白师叔”，有种得道成仙的感觉，神采飞扬，于是，第三天、第四天、第五天……

他一连溜达了十多天，到最后，整个香云山的外门弟子，都至少称呼过他十次白师叔。

众人越来越抓狂了，称一个这么年轻的人为师叔，一次也就罢了，次数多了，还是很令人郁闷的。

白小纯每天过得非常充实，他尤其喜欢遇到熟人，每次遇到，都会上前打招呼。

“一多师侄，你别走啊，好久不见。”

一天，白小纯看到了赵一多，眼睛一亮，立刻上前，一把拉住对方，赵一多听到“一多师侄”这四个字，嘴角抽搐了一下。

“白师叔，我们这几天已经遇到好多次了……”

白小纯眨了眨眼，干咳一声，正要开口，忽然发现不远处有个人，竟在看到自己后，转身要走。

“咦，这不是子昂师侄吗？好久不见啊！”白小纯放过赵一多，赶紧拦住陈子昂，面露喜悦。

陈子昂都快抓狂了，这些天，他每天都会遇到白小纯三次以上。

据他所知，整个香云山，凡是认识白小纯的外门弟子，都遇到了白小纯好几次，还有一个喜欢自称狼爷的倒霉家伙，听说每天至少遇到白小纯十几次……

“白师叔，那个……我还有事，先走一步。”陈子昂逃命一般，赶紧离开。

十多天后，香云山的外门弟子看到白小纯时，都装作没看到，这让白小纯心生不悦，于是更加主动了。

“哎呀，本座看你怎么这么眼熟？来来来，你提醒一下我，我们……是不是见过？”

白小纯抓到一个倾慕周心琪的人，那人哭丧着脸，被白小纯拉到一旁，谈了一炷香时间的心，直至那人一连叫了三十多次“白师叔”之后，白小纯才心满意足地让那人离去。

可这也不是办法，白小纯看到很多人躲着自己之后，觉得自己应该更主动一些。

于是，之后的日子里，他都会咳嗽一声，提醒对方自己的存在，只是效果一般，这使得白小纯颇为难过。

好在除了杜凌菲之外，香云山还有一个白小纯觉得非常可爱的女孩子，她就是侯小妹。

侯小妹每天都会多次主动出现在白小纯的面前，不用白小纯咳嗽，就蹦蹦跳跳地用甜腻腻的声音追着白小纯喊师叔，看得其他外门弟子心中酸酸的。

白小纯却越发开心，而且侯小妹对于神秘莫测的小乌龟极为崇拜，有一次跟在白小纯身后时，还追问了一下白小纯对小乌龟的看法。

“小乌龟？那是神秘莫测，天资绝伦，灵溪宗万年来罕见的伟大之人，这种人就如天上的白云一样，生来就要让所有人仰望！”

白小纯干咳一声，开始吹嘘，好不容易才压下告诉侯小妹自己就是小乌龟的冲动。

他打定主意，要找一个万众瞩目的时刻，再告诉侯小妹真相。

“我觉得也是，我和好多人都说过，小乌龟淡泊名利，追求药道的极致，云淡风轻，是如白云一样的人物。”

侯小妹听了之后，双眼亮晶晶的。

曾经有一段时间，宗门内有人传白小纯就是小乌龟，可这说法很快就被否定了，毕竟每个人心中都有一个小乌龟。

无论怎么想，大家似乎都无法将它与白小纯的形象重叠在一起，毕竟草木灵兽十座石碑上不记录名字，只有代表药道的符号，很难辨认出来。

听侯小妹这么说，白小纯没太注意，心思都放在了南岸五大美女之一的周心琪身上。

“不知道一向高傲的周心琪喊我师叔是什么样子。”

想到这里，白小纯又兴奋起来，于是每天都在寻找周心琪。

功夫不负有心人，有一次，他看到了周心琪踏着蓝绫，从天空飞过。

“心琪师侄！”

白小纯连忙大喊。

蓝绫上的周心琪面色瞬间变得十分难看，她也听说了白小纯这一个月来做的事情，知道香云山的外门弟子有苦难言。

此刻，一听到“心琪师侄”这几个字，她觉得全身的鸡皮疙瘩都起来了，便装作没听到，加速前进。

没想到，白小纯竟在地面上飞奔起来。

“心琪师侄，来来来，和师叔我谈谈人生吧。”

白小纯兴高采烈，他找周心琪好久了，今天终于遇到了，岂能放过?

周心琪一咬牙，加速疾驰，很快飞出了香云山，这才避开白小纯。

白小纯远远看着周心琪的身影，叹了口气，觉得可惜。

“没事，不就是会飞吗，我以后也能飞，有的是机会让你叫我白师叔。”

白小纯神色郁闷，眼看天色已晚，便转身去找杜凌菲。

杜凌菲一看到白小纯，就掩口轻笑。

“白师叔，白师叔，白师叔……”

白小纯顿时高兴了，越看杜凌菲越觉得可爱。

只不过，没几天，杜凌菲就因之前立下的功劳，被一位长老收为弟子，并被派去了东林城，作为此城的灵溪宗执事。

对杜凌菲而言，这是一个极好的机会，只需在东林城待一段时间，就可获得足够的资历，与之前的功劳加在一起，可以直接晋升为内门弟子。

而且在东林城，她有很大的权力，能够获得的资源，比在宗门内好太多。

白小纯觉得遗憾，送别杜凌菲后，又继续在香云山中找乐子。

时间就这样流逝，又过去了一个月，在整个香云山，“白师叔”这三个字已成了一个禁忌，所有人在想起时，都会苦笑连连。

好在这个时候，白小纯也觉得这样下去不行了。

“我白小纯是灵溪宗掌门的师弟，是所有弟子的师叔，所有弟子并非只在香云山一处，不可厚此薄彼，我应该去其他峰转转。”

白小纯想了想，大义凛然地去了紫鼎山……

第 69 章

白小纯，少主让你去拜见

一个月后，紫鼎山上的外门弟子都要抓狂了，这一个月来，白小纯让他们知道了什么叫把做师叔当成事业。

他们发现，无论在紫鼎山什么地方，都会看到一个白白净净，身材有些瘦小，脸上带着无法掩饰的得意的青年，见人就要咳嗽一声，若有人不认识他，他还会主动介绍自己。

那些外门弟子叫白师叔都快把嘴皮叫破了，可偏偏他们一点办法都没有，白小纯是掌门师弟，辈分超过一切弟子，若有弟子敢对他不敬，那就是触犯门规。

最终，众人还是找到了张大胖，让张大胖出面劝说，这才把白小纯送走，去了青峰山。

又过去了一个月，青峰山的弟子也快疯了。

陈飞三人这一个月更是苦不堪言，白小纯来到青峰山之后，经常出现在他们面前，陈飞三人每次若不连续喊出几声白师叔，就不算完。

白小纯还故意装出一副只要陈飞三人有半点不恭敬，就会被他告上执法堂的样子。

陈飞三人胆战心惊，整日小心翼翼，最后几乎是哭着向白小纯供出了钱大金，白小纯这才放过他们，叹着气离开了青峰山，同时也自责起来。

“外门弟子都认识我了，可内门弟子还没见过我呀，尤其是那个钱大金，还真以为我忘了他？”

白小纯琢磨半晌，点了点头，觉得人生又多了一点乐趣，赶紧去寻找内门弟子。

之后的一段日子，白小纯集中精力寻找内门弟子，以他的身份，灵溪宗大部分地方，他都可以进入。

只不过，很快，白小纯就没了兴趣，因为内门弟子大都在闭关，他找了几个月，也没看到几个内门弟子。

尤其是钱大金，不仅被吓得不敢出门，而且在洞府外布置了无数阵法，白小纯在门口一连堵了一个月，也没看到钱大金，无论他怎么喊话，钱大金都没有回应。

“我就不信了！”

白小纯站在钱大金的门口，试图轰开阵法，可内门弟子洞府的阵法，很难强行打开，白小纯眼看不行，就要去找人过来帮忙，一起轰开钱大金的洞府。

就在这时，有两人突然来到门口，那是两个内门弟子，一高一矮，走近后，他们看向白小纯，没有拜见，而是平静地开口。

“白师叔，有关钱大金的事，可否给我家少主一个面子，就此放过。”

“我家少主，上官天佑。”

高个子的内门弟子，特意强调了一句。

上官天佑是南岸三峰三大天骄之首，拥有千年罕见的资质，尽管现在还是外门弟子，可日后必定会成为筑基修士。

宗门不少长老对上官天佑都与对旁人不同，此人被南岸看成胜过北岸的希望所在，得到了宗门的大力培养。而青峰山上，更是有不少上官天佑的追随者。

白小纯神色如常，若是换了以前，他会害怕，但现在不会了。今时不同往日，他的身份不同了，在宗门，除了掌门，没人能威胁到他，死亡离他很远，他胆子自然大得很。

他直直地看向说话的两人，微微一笑。

“看见本座，居然不拜见，你们两个胆子不小，是谁给了你们底气，如此嚣张，目无尊长，是那个上官天佑？”

白小纯小袖一甩，淡淡开口。

话音一落，这两个内门弟子面色一变，那个高个子的内门弟子，眼神更是瞬间变得凶狠了。

“白师叔，说话要小心一点。”

高个子的内门弟子话刚说完，白小纯就消失了，他一愣，突然狂风扑面，白小纯已出现在他面前。

白小纯速度之快，绝非他们可以看清，还没等二人反应过来，白小纯就抬起右手，一巴掌扇向了高个子的内门弟子的脸。

高个子的内门弟子的衣袍立马亮起防护之光，这是内门弟子的法器之一，可防护之光刚刚亮起，就被白小纯的巴掌击碎了，白小纯的手掌蕴含了无穷之力，如山岩一般，骤然落下。

轰的一声，那个高个子内门弟子眼冒金星，脑内一阵嗡鸣，只觉得好似被一座山狠狠地撞了一下，身体如断了线的风筝一样，飞至数十丈外，连惨叫声都没法传出，直接痛得昏迷了过去。

这一幕太突然了，旁边那个矮个子的内门弟子目瞪口呆，开始下意识地后退，看着被白小纯一巴掌扇晕的同伴，又看了看白小纯，他倒吸一口气，使劲咽下一口唾沫。

“你……你……”

他指着白小纯，身体颤抖，脑袋发蒙，他怎么也没想到，白小纯的肉身之力，居然如此强大。

要知道，那可是凝气八层的弟子啊！

“长辈是你一个内门弟子可以这么指着的吗？”

白小纯转头看向那个矮个子的内门弟子。

矮个子的内门弟子发出一声惨叫，猛地后退，可还没等他退多远，风声呼啸，白小纯瞬间临近，一巴掌扇了过去。

就在这时，一个冷冷的声音从山下传了上来。

“住手！”

一个人急速赶来。

白小纯看都不看一眼，手上动作更快，轰的一声，矮个子内门弟子的牙齿飞出，喷出一口鲜血，倒在一旁，昏迷了过去。

做完这些，白小纯才一甩手，抬头看向冲来的人，这是一个中年男子，修为竟达到了凝气九层，与陈恒不相上下。

他盯着白小纯，怒极反笑。

“你没听到我方才说的话吗？该死的，白小纯，你……”

“这位师侄，你也想挨一巴掌？”

白小纯抬起下巴，微笑着开口，之前那两人，再加这个人，白小纯一眼就看出，他们对自己根本没有丝毫尊敬，甚至还带着轻蔑，这样的内门弟子，让他很反感。

白小纯的话一说出口，中年男子的脸色就变得阴晴不定，白小纯的肉身之力，让他心惊，他方才也是气急，此刻回想起来，才深吸一口气，冷静下来。现在的白小纯并不是他能冲撞的，之前白小纯做的一切也都合情合理，就算是执法堂的人来了，也说不出什么。

“白小纯，我家少主让你过去拜见。”

中年男子盯着白小纯，半晌之后，深吸一口气，强行压下怒火，说出了他来的目的，他是奉上官天佑之命，让白小纯过去的。

在他看来，自家少主有些小题大做了，白小纯只不过是一个侥幸立功的弟子，小丑般的人物，若不是运气好，杀了几个修真家族的人，宗门也不可能大肆宣扬他的事迹。这样的人，少主真不用将其放在心上，更不用派人传话给白小纯。

在中年男子看来，哪怕只是让白小纯过去拜见一下少主，对于少主来说，也是有失身份的事情。

“一个外门弟子，就算是天骄又如何，让我去见？应该是他来见我！”

白小纯从一开始，就感受到了上官天佑的高傲，以自己的身份，上官天佑不亲自来拜见也就罢了，居然还派人来叫自己过去拜见。

他袖子一甩，一副满不在乎的样子。中年男子再也忍不住了。

“白小纯，我家少主让你去拜见，是给了你天大的面子，多少人想要拜见都没机会，你……”

他刚说到这里，神色一变，猛地后退，可还是晚了一步，白小纯瞬间就出现在他的前方，依旧是一巴掌轰然落下。

“你敢！”中年男子全面爆发，双手掐诀，一道道风刃阻挡在他身前，可这些风刃竟然完全无法阻挡白小纯的手掌。

白小纯的巴掌落在了中年男子的脸上。

轰的一声，惨叫声传出，中年男子被打飞，到了数十丈外才勉强站稳。

“连陈恒都不如，难怪会认人做主，滚！”

白小纯小袖一甩，冷哼一声。

中年男子骇然地望着白小纯，身体瑟瑟发抖，他的左脸高高地鼓起，口中溢出鲜血，急速后退。

直至中年男子走远，白小纯转头望着钱大金的洞府，眯起眼睛，他一直很怕死，对于任何想要弄死自己的人，从来都不会手软。

哪怕钱大金找来了上官天佑，从前的事情白小纯也不会轻易揭过。这段日子，他看似在宗门随意乱晃，实际上早就对钱大金展开了调查。

“以为躲在里面，我就拿你没办法了？”

白小纯冷哼一声，转身离去，以他现在的身份，办点事还是容易的。没过多久，一枚任务玉简就从执法堂飞出，飞到了钱大金的洞府，出现在钱大金的面前。

白小纯这一招玩得妙啊，以其人之道还治其人之身，给钱大金强制安排任务。钱大金内心苦涩，却又不得不外出执行，他还有一丝外出避祸的侥幸心理。

可他小看了白小纯，白小纯已为他准备了十来个这样的任务，并且暗自联系了侯云飞。侯云飞和侯小妹本就是他的盟友，侯家又是修真家族，有筑基老祖，底蕴深厚，自然会相助，此次保证让钱大金有去无回。

钱大金的事情，执法堂早已调查清楚，只不过当时以为白小纯死了，且此事不宜传开，所以没有立马追究，只是记录在案。钱大金不知道自己做的一切都被查清了，还在庆幸冯炎已死。

如今白小纯归来，想要处理这件事，执法堂根本没有阻止的理由，只能任由白小纯动手，他们甚至已经默认了钱大金即将死去这个事实。

第 70 章

嗨，李师兄

青峰山靠近山顶的地方，有一条小路，路的尽头，有一个水潭，里面有金色的鱼。

水潭旁是一处洞府，此地独门独院，很幽静，灵气更是远比其他同门的居所浓郁。

此刻，水潭旁坐着一个青年，青年穿着外门弟子的长衫，模样俊美，皮肤白皙，一头黑色长发披散在背后，衬得他格外出众，还有那一双清澈的眼睛，使得他整个人的气质极为特别。

他手中拿着一些小鱼，时而将它们扔到水潭内，那些金色的鱼立马争先恐后地吞食小鱼。

此刻，那被白小纯扇了一巴掌的中年男子正顺着小路快速来到此地，到了门口，他不由得放缓脚步，面露恭敬之色，在青年面前抱拳一拜。

“见过少主。少主，那白小纯不识抬举，我已将话说得很明白，让他过来拜见，此人飞扬跋扈，仗着身份嚣张得不得了。”中年男子咬牙说道。

“那就罢了，一个小人物，我让他来拜见，也是一时兴起。”青年没有抬头，毫不在意，淡淡地开口。

“少主说得是，一个小人物而已，荣耀弟子的称号是给死人的，至于掌门师弟，这身份真的可笑，拜一个死人为师。”中年男子冷笑，忽然心头一颤，发现青年抬起头，冷冷地望着自己。

“少、少主……”

中年男子有些害怕。

“他是小人物，不用在意，可掌门师尊，宗门曾经的老祖，岂是你能随意提及的？去寒潭自罚三个月。”

青年收回目光，继续给金色的鱼喂食。

中年男子心底颤抖，连忙点头，接着告退。

解决了钱大金的事情，白小纯就回到了香云山，对于上官天佑，白小纯毫不在意，他有功劳在身，除非背叛宗门，否则不会有生命危险。

只是身为师叔，他如今却慢慢找不到那种兴奋的感觉了，众人都躲着他走，他不由得有些伤心。

直至有一次，他无意中路过了讲经殿，才重新开心起来。

他发现只要自己过来，就会被赐座，与讲述经文的长老坐在一起，俯视下方无数弟子。

他很喜欢这种感觉，于是总是出现在各个山峰的讲经殿内，坐在上席，看向下方的弟子，不时含笑点头，与身边的筑基长老一样，露出赞赏之色。

这不仅使他身边的筑基长老哭笑不得，下方那些弟子也一个个都郁闷到了极点，看向他时，心中愤恨，却没有任何办法。

同时，白小纯找到了新的方法，享受新身份的好处，他开始频繁地出现在宗门各个筑基修士的身边，每次都享受到了极好的待遇。

看到那些筑基修士，他立刻上前，一口一个师兄，一口一个师姐，很乖巧，那些筑基修士被堵得什么话也说不出来，只是次数多了，难免神色古怪，而他们身边的弟子，无奈之下，只能叫白小纯师叔。

这种状态持续了一段日子，有一天，白小纯看到了李青候，一下没忍住，亲切地喊了一声：“嗨，李师兄。”

李青候神色有些憔悴，直至今日，他才炼出九绝丹，正要出门，闻言一愣，四下看了看，看到白小纯之后，嘴角抽搐了一下。

这段日子，他虽然在炼丹，但也知道一些有关白小纯的事情，现在听到白小纯居然如此称呼自己，李青候一瞪眼。

白小纯喊完之后就后悔了，此刻看到李青候瞪眼，他倒吸一口凉气，宗门内，他最怕的就是李青候。

“李叔……我……我错了。”

白小纯哭丧着脸，哆嗦着连忙开口。

李青候看着白小纯，心中生出阵阵无奈，狠狠地瞪了白小纯一眼，就最近发生的那些事情，狠狠训斥了白小纯一番。

“我要出门一趟，短则数月，长则一年，这段日子，你莫要贪玩，勤加修行才是正道。”

李青候又叮嘱了几句，这才转身离去。

白小纯松了一口气，看着李青候的背影，他眼中虽有畏惧，但更多的是对长辈的恭敬。

他听杜凌菲说了，他失踪后，李青候独自寻找了他两个月，归来时拿着他的一些衣服碎片，陷入了深深的自责。

白小纯这一辈子，自从父母病逝后，很少体会到这种温暖，在他心里，早已不知不觉将李青候当成了自己的亲人。

因为被李青候训斥了一番，所以白小纯消停了半个月，见人不再总咳嗽，只不过偶尔会去周心琪的洞府，他想着，整个宗门内，自己熟悉的那些人中，就周心琪没喊过自己师叔了。

又过去了数日，他终于看到了周心琪，她依旧踏着蓝绫，急速而去，白小纯无法飞行，只能眼巴巴地望着对方飞远，心底郁闷。

“除非像陈恒那样有特殊的功法，否则的话，就只能依靠法器飞行，而宗门内，只有少数人拥有能让凝气弟子飞行的法器。”

“不公平啊！这些法器不应该都是师父给的吗？我的师父……”

白小纯连连叹息。

走了几步后，他忽然一顿，灵光一闪，转身直奔种道山。

以他的身份，进入种道山没有受到任何阻碍，他很快就到了山顶，到了掌门郑远东所在的大殿前。

“掌门师兄，掌门亲师兄！”

无人应答。

“我要去给师父上香！”

白小纯大摇大摆地走了进来，大声喊道。

大殿内，盘膝修炼的郑远东睁开眼，叹了口气。

这段日子，太多人找到这里，向他诉说白小纯的所作所为，他的心底早已后悔，可木已成舟，没有办法，只能装作不知道，毕竟，白小纯虽有这种恶趣味，但是没有任何害人之心，这就足够了。

此刻，听到白小纯呼喊，郑远东才缓缓走出，咳嗽一声，神情严肃。

“行了，听到了。”

“师弟见过掌门师兄。”

白小纯模样乖巧，看到郑远东后连忙一拜。

看到白小纯，郑远东心底一叹，他如今才算是真正了解白小纯，他摇头苦笑，带着白小纯去了后山禁地。

在后山的一处洞府内，墙壁上挂着一张画像，上面画着一个中年男子，男子面带微笑，凝视远方。

画像下是供台，上面放着灵果与灵烛，整个洞府虽素雅，但是给人一种庄严的感觉。

白小纯一进入洞府，就立刻来到画像下，扑通一声跪在那里，神色恭敬地磕头，一连磕了九个头。

“师父，弟子给您请安。”

白小纯望着画像里的师父，眼神虔诚。

郑远东站在一旁，暗自点头，觉得白小纯虽顽劣，但是忠孝之心还是有的，以他的阅历，他自然能够看出白小纯是真的虔诚，不是装出来的。

紧接着，白小纯又开口了。

“师父，徒儿苦啊，都不会飞，别的弟子，他们的师父既给法宝，又给保命之物，只有我什么都没有……师父啊，徒儿不在乎那些身外之物，只要能给师父上香，就心满意足了，说不定师父您在天之灵，也能变个法宝，托梦给徒儿……”

听着白小纯这番话，一旁的郑远东猛地睁大了眼睛。

“师父，徒儿当初为了保护宗门，为了万年传承不断，为了宗门大义，一路被追杀，九死一生，所有法宝都在那个时候爆掉了，回到宗门之后，一无所有，口袋空空，东西都没了，连杂役都不如……师父，您不要有压力，没事的，哪怕徒儿没有护身法宝，没有能飞的法器，也一样会为宗门赴汤蹈火，在所不辞！只是，万一我有段时间没来给您老人家上香，那就说明，我因为没有保命法宝和飞行法器跑不快，把小命丢了。到时候，我去找您，和您老人家在下面相聚。”

白小纯一边说，一边侧头，眼巴巴地看着身后的掌门师兄。

郑远东嘴角抽搐了一下，他真的被白小纯惊呆了，他修行这么多年，还是第一次遇到白小纯这样“奇葩”的弟子。

他心底苦笑，抬头看着画像上的师尊，想到了很多往事，当初自己刚刚拜入师尊门下，师父也曾送了自己一些护身法器。

想到这里，郑远东叹了口气，看向白小纯时，眼神慢慢变得柔和。

不多时，白小纯跟着郑远东走出洞府，一路，他都惨兮兮地看着郑远东，直至到了种道山的大殿外，郑远东脚步一顿，转头看向白小纯，右手一挥，手中就出现了一金一白两道光芒。

那金光是一把飞剑，巴掌大，看起来极为不俗，就在它出现的同时，周围温度骤然升高，剑身上还有一些复杂难懂的符文，正在慢慢闪动，每一次闪动，都会让空气出现波动。

至于白光，则是一面小盾，小盾一样只有巴掌大，通体如白玉，上面雕刻着一只仙鹤，活灵活现。

白小纯看到这两样物品之后，双眼冒光，呼吸都变急促了，很快，他就看出了这两样物品的不同寻常之处，无论是剑还是盾，上面居然都有三道银纹。

“金乌剑，此剑封印了一只金乌，金乌可幻化而出，擅飞行，最高可修炼到筑基初期，若爆裂，威力更大。神鹤盾，取一只仙鹤魂，炼出此防护法器，可为你挡下一次筑基以下的攻击。这两样物品曾被我拿去让大师炼灵三次，可惜不敢继续炼灵。这是当年我入门时，师尊送我的，今日我代师尊送给你。”郑远东望着白小纯，神色更为温和，目露勉励之意。

“谢师尊，谢掌门师兄！”

白小纯十分激动，连忙接过，爱不释手。

第 71 章

活着的荣耀苗子

因为有龟纹锅，所以白小纯对炼灵更为关注。

白小纯早就知道宗门内的紫鼎山上，有一位筑基长老擅长炼灵，也有宗门弟子去他那里，缴纳一定的贡献点之后，让长老相助，一两次还好，超过两次之后，成功的可能性就低了。

这两样法宝已被炼灵三次，倒也省得他自己再去炼灵了，而且也不用掩饰，可以在人前施展。

回到香云山，白小纯连忙开始熟悉金乌剑与神鹤盾，金乌剑在白小纯注入灵力之后，温度渐渐升高。

“这才是宝贝！”

白小纯深吸一口气，掐诀向前一指，金乌剑顿时化作一道金光，瞬间远去，一路散发出极高的热量，使得四周的空气出现了波动。

白小纯再次掐诀，体内的灵力大量涌入，金乌剑的光芒猛然扩大数倍，竟隐隐幻化成了一只金乌。

虽然金乌的样子很模糊，只有轮廓，但在出现的瞬间，一股强大的威压蓦然散开，使得四周的温度猛然升高，就连白小纯都觉得心神一震。

他呼吸急促，直勾勾地望着金乌剑，眼中的光芒越来越亮，到最后，竟然高兴得大笑起来。

“这把剑可比我的小木剑好太多了，有师父真好啊。”

白小纯一闪身，直接跃起，踏在那只虚幻的金乌上。

金乌虽然模糊，但是白小纯踩在上面，如履平地，此剑依靠他的灵力运转，跟他契合得好像他身体的一部分一样。

此刻，他踏着金乌，掐诀一指，瞬间飞出去，绕着香云山一大圈，速度飞快。

到了人多的地方，他赶紧慢下来，昂首挺胸，引起下方阵阵惊呼后，才得意地加快速度。

“我白小纯，终于可以飞啦！”

白小纯神采飞扬，兴奋地大笑，正要去其他山峰转一转时，他脚下的金乌光芒突然变淡，瞬间消失，金乌剑骤然掉落，白小纯一个踉跄，吓得尖叫一声，开始下坠。

好在正下方不是深渊，而是宗门小路，他反应速度又快，落地后勉强站稳。他看了一眼旁边的山崖，若是掉下去，也不知道不死皮能不能撑住。

“太危险了！”

白小纯身体哆嗦了一下，面色都苍白了一些，他捡起金乌剑，感到体内灵力消耗一空，才知晓方才跌落的原因。

对于凝气修士而言，御剑飞行消耗太大，若是换了其他凝气七层的弟子，最多坚持十几息，就不得不停止，白小纯算坚持时间长的了。

白小纯担心被摔死，不敢继续尝试，四下瞅了瞅，想要看看是否有人目睹自己摔下来，立刻就发现在不远处，有一个大汉，此刻正呆呆地望着自己，似乎被方才那一幕惊到了。

“呀，这不是狼师侄吗？”

白小纯一看到大汉，立刻瞪起了眼，跑过去。

那大汉也反应过来，一听“狼师侄”这三个字，身体就哆嗦了一下，哭丧着脸赶紧抱拳。

“弟子刘二狗，拜见白师叔。我、我方才什么都没看到。”

这刘二狗就是当初卖外门弟子名额时，自称狼爷的家伙。

白小纯哼哼几声，又吓唬了他一番，确定他不会将此事说出去后，拍了拍他的肩膀，又许诺了一番好处，这才走远。

刘二狗擦了下额头的汗，赶紧离开。

白小纯一路庆幸只有刘二狗看到了自己出糗，暗道这要是在万药阁掉下来，他的一世英名就彻底毁了。

“唉，人啊，就是不能太出名，出名也是一种烦恼。”

白小纯感慨一番，背着小手，回到了院子里。

“不行，还是要修炼，不然的话，万一以后逃命，飞不了多久还是小事，没被敌人杀死，反倒自己摔死了，那才冤枉。”

想到这里，白小纯又看了眼金乌剑与神鹤盾。

“而且为了以后考虑，这两件法宝还是掩饰一下为好，低调才比较安全。等日后我拿出其他法宝炼灵的时候，别人才不会过于关注。”

白小纯想了想，取出花花绿绿的植物液体，涂抹在金乌剑以及神鹤盾上，遮住那几道灵纹，又挥舞了一下，十分满意。

“等以后我的药道造诣高了，要炼制一些可用来涂抹的灵液，这才更有把握。”

白小纯生性谨慎，即便成了掌门师弟，可以在宗门内随意行走，但他心底一直有一根线，不会过界。

“可惜修为还是不够，我上次观察周心琪，发现她似乎到了凝气八层，也只有提升修为，才可以御剑飞行更长时间。”

白小纯有了决断，落陈家族的事件，让他深刻地体会到了修真界的残酷，也明白了逃命速度的快慢有多关键。

若那个时候，他可以御剑飞行，即便是带着杜凌菲与侯云飞，落陈家族想要追上他，也绝非易事。

“还是要炼丹！”

白小纯眼神坚定，以他如今的身份，虽然宗门不会无偿给他提供草木资源，但一些丹药方子已经不需要花费什么贡献点了。于是，在之后的日子里，整个香云山都安静下来，旁人很难再看到白小纯的身影。

他弄到了大量药方，又用从落陈家族的人那里收获的灵石与物品，在山下坊市换取了不少药草，去了炼药阁，开始闭关炼药。

数月时间一晃而过，自白小纯归来，已有半年之久，这半年里，整个南岸的弟子都怕了白小纯，如今一下子安静下来，还有不少人不太适应。

同时，白小纯成为荣耀弟子一事，也在这半年里逐渐扩散开来，从宗门扩散到了整个东林洲。

东林洲内，有许多修真家族，这些修真家族都与灵溪宗有千丝万缕的联系，如侯家、落陈家。

对于灵溪宗的弟子而言，荣耀弟子的身份虽然也很好，但那些好处要等人死后才享受得到，自然不如掌门师弟这个名头大。

可是，对于修真家族来说恰恰相反，他们重视荣耀弟子的程度远远超出掌门师弟。

在得知白小纯是荣耀弟子之后，许多修真家族的老祖都激动起来，在他们看来，白小纯分明就是一座金山。

无论哪个修真家族，只要与白小纯结为亲家，等到白小纯的后人出现，那个孩子的未来就会拥有无限可能，而且白小纯的家族，在灵溪宗的扶持下，也将走向辉煌。

那么，与白小纯结成亲家的修真家族的成员，也会飞黄腾达，从此成为荣耀家族的一员。

要知道，如今的灵溪宗，一共才九个荣耀家族而已，这九个家族，在某些方面，甚至可以左右宗门的事务，让其他修真家族羡慕到了极点。

在这之前，一般的修真家族无力改变什么，也颠覆不了什么，只能让自己的族人拜入灵溪宗，为宗门立功，争取做出贡献，成为荣耀弟子。

如今，白小纯出现了。他并非任何一个修真家族的人，他从凡俗而来，而且至今还没有道侣，他就代表着第十个荣耀家族，这让东林洲内的所有修真家族都兴奋起来。

“去将我周家相貌最美的族女带来，随老夫去拜见白道友！”

“菲儿，你是我赵家的明珠，这一次一定要讨好那个白小纯，若能被他看中，那么我赵家危机，立刻就能化解！”

“我孙家女子虽然并非十分出众，但我们有资源，给老夫准备一份丰厚的大礼，去拜见白道友！”

许多修真家族行动起来，他们各有手段，甚至发动在宗门内的族人，让其尝试接近白小纯。

北岸那边的人也行动了起来，一时之间，白小纯的名字传遍了东林洲所有地方。

侯家，一样如此。

“云飞，你与白小纯关系非同寻常，你要帮助家族啊，至于你妹妹，我看她心中早就属意白小纯了，你找个机会撮合一下。”

侯家老祖是一个中年男子，他特意将侯云飞与侯小妹召回，语重心长地开口。

侯小妹脸唰的一下红了，娇嗔一声，赶紧跑开。

侯云飞心底有些发愁，却只能硬着头皮答应。

数日后，这些修真家族的人陆续来到香云山上白小纯的宅子外，还有一些消息灵通的人，索性堵在了炼药阁外面，眼巴巴地等待白小纯出关。

第 72 章

师门有规

数日后，白小纯所在的炼丹房内，传出一声轰鸣，他愁眉苦脸地走了出来：“我已经可以熟练地炼制一阶灵药，可二阶灵药，怎么这么难……”

白小纯唉声叹气，他口袋里的草木都消耗得差不多了，本打算尝试炼制二阶灵药，却发现难度倍增。就算他心细如发，也不断失败。他每次都会发现大量问题，攻克后，新的问题又会出现。

此刻，他唉声叹气地走出了炼药阁，抬头时，竟看到不少人盘膝坐在那里，这些人三五成群，且大都是面生的妙龄女子。环肥燕瘦，各种类型都有，这些女子看到白小纯后，立马笑了起来。她们都跟着长辈，这些长辈看到白小纯后，连忙起身，一群人呼啦一下，直奔白小纯而来。

白小纯目瞪口呆，有些摸不清状况，下意识地退后几步。

“白道友，老夫赵天海，赵一多是我的侄子，哈哈，白道友少年英雄，果然是一表人才！”

“白道友人中龙凤啊！英武非凡，一看就是云中鲲鹏，未来不可限量，嘿嘿，老夫孙云山，这些都是我孙家的族女，道友身边可缺一些使唤的侍女？”

“白道友，老夫周天，我一看到白道友，就觉得英气扑面，如同看到了我东脉修真界的未来霸主，我们一见如故，你看我身边这些女子如何，她们都是我周家的明珠……”

无数的声音传出，白小纯睁大了眼，再次退后，好半晌才听明白了，这些人是来送族女的……

他不知道原因，眼看这些女子都颇为美丽，其中还有不少很符合他的审美。只不过，别人白白送自己侍女，这件事情很诡异，必有所图，他不由得警惕起来。

但他为人圆滑，不想暴露出内心的真实想法，便笑着应付了那些人几句，接着赶紧抽身。还没等他回到居所，一路上又遇到了不少人，每一个都是差不多的说辞，送出族女，送出资源，送出无数好处。

“出了什么大事？莫非他们查出来我不是凡俗之人，也是一个大有来头的人？天啊，这事我自己都不知道，莫非我祖上有什么了不得的仙人？”

白小纯渐渐心惊，一路飞奔，回到了居所，又被一群等待在这里的修真家族之人围住，他们一个个都露出渴望的眼神，似乎只要白小纯点头，什么都行。尤其是那些女子，她们都围在白小纯身边，相互之间很敌视，你推我一下，我堆你一把。白小纯看得头皮发麻，正心惊肉跳时，一声冷哼从远处传来，只见侯小妹瞪着眼睛，鼓着脸颊，气呼呼地上前，一把扯开一个女子。

“走开走开！你们干什么呢？这里是灵溪宗香云山，你们这些阿姨，还知不知道矜持？都走开。你瘦得跟个扁豆似的，凑什么热闹？还有你，胖得跟个球一样，让开！”侯小妹气愤地上前，将所有环绕在白小纯身边的女子推开。

她气鼓鼓的，明明十分小巧，却似乎有无穷的力气。那些女子不干了，纷纷开口，侯小妹双手叉腰，一副泼辣的样子，言辞尖酸，处处攻击要害。

白小纯趁机赶紧逃回院子里，低头一看，才发现自己的衣服居然都松了。

“太可怕了！”白小纯倒吸一口凉气，心有余悸地看向门外，只见侯小妹站在门口，舌战群雄，一个人对抗了数十人。

到最后，那些修真家族的负责人实在看不下去了，一个个劝说族女暂时离开，临走还向白小纯抱拳，说改日再来拜访。

直至黄昏，门外才安静下来，可远远看去，还是有不少修真家族的人直接盘膝打坐，守在那里。能来到此地的修真家族，都有各自的手段，可以留在此地，不会有人驱赶。

白小纯觉得一定是出了大事，眼看外面安静了，才一把将侯小妹拉了进来。侯小妹对外人，那是泼辣无比，对白小纯可就十分羞涩了，被白小纯这么一拉手臂，脸都红了，只觉得小脑袋晕乎乎的，无比乖巧。

“白……白师叔，这里人多，你要干吗……”侯小妹低声道，如蚊子一样轻言细语。

“啊？”白小纯一愣，看到侯小妹这么一副样子，拍了一下侯小妹的脸蛋，看侯小妹还是不正常，于是又拍了一下。

“你怎么了？”侯小妹惊醒，顿时羞得一跺脚，知道自己方才误会了，扔给白小纯一枚玉简，低着头赶紧跑了出去。

眼看侯小妹跑了，白小纯有些摸不着头脑，看了眼侯小妹留下的玉简，他利用神识扫过之后，猛地睁大了眼，又仔细地去看了看，半晌之后，他站在院子里，倒吸一口凉气。

“荣耀家族……”玉简是侯云飞让侯小妹送来的，有些话，他实在不知怎么开口，于是把荣耀弟子对修真家族的诱惑全盘托出，最后隐晦地提了一下，他们侯家也对白小纯的血脉后人抱有希望，希望这个后人能有一半侯家的血脉。

白小纯想起方才侯小妹的模样，摸了摸下巴，才想明白是怎么回事，不过，他的注意力不在侯小妹身上，而是想到此事对自己而言，是天大的好事！

“没想到啊！我本以为这一次的赏赐都没用，可掌门师弟的身份让我在宗门内傲视群雄，荣耀弟子的身份居然让我在宗门外变得如此重要！”

白小纯舔着嘴唇，心脏怦怦直跳。

“道侣随意挑选，资源全部奉送……”白小纯嘿嘿一笑，双眼发亮，他本就在发愁炼制二阶灵药的消耗太大，自己无力支撑下去，没想到眼下有这么多人抢着送资源。

“可惜啊，要是能全部收入自己口袋就好了……”白小纯喃喃低语时，忽然灵光一闪，“对啊，为什么不能全要呢？”

白小纯干咳一声，一夜没休息，仔细思索此事，到了第二天清晨，他精神抖擞地起床，推开院子的大门，门外早已有修真家族的人在等待。

“白道友……”

“拜见白道友，在下奉家族老祖之命前来拜访……”

众人开口，白小纯抬起下巴，小袖一甩。

“好了，一家家进来，有什么事情，咱们可以谈谈。”白小纯笑眯眯地开口，随意点了一家，那修真家族的负责人十分惊喜，带着族女，赶紧进来。

没过多久，那人就带着族女走了，临走时有些患得患失，看得其他修真家族的负责人都很担心，于是一个个立刻传信给家族。

就这样，一家家进去，一整天，白小纯见了数十个修真家族。

他一个族女都没要，也没有拒绝任何一个家族，只说自己要考虑，此事重大，他还要三思，那些所谓的见面礼，他也没有直接收下。

“我白小纯行得正，坐得直，既然还没决定是否与贵家族联姻，那么礼物实在是不好收。”白小纯对每一个前来拜访的家族，都是这么说的。

他越是这么说，就越没有哪个修真家族会愚蠢到真的拿走见面礼，于是一个个都客气起来，直至那些人说出就算不能联姻，也是朋友的话后，白小纯才勉为其难地收下见面礼。

这些修真家族的人也并非蠢人，看得出白小纯实际上是为了从所有修真家族中挑选一个最适合自己的。

不过，此乃人之常情，他们也不难理解，他们不怕送礼，怕的是白小纯没有心思选择道侣，所以到了第二天，来的人不但没少，反而更多了，甚至还有不少修真家族提出，族女不一定非要做道侣，哪怕做个暖床的侍女之一也可以，只要有了血脉，白小纯承认就行。

他们一个个送出见面礼，那一份份见面礼，看得白小纯胆战心惊，到了最后，就算他想拒绝，对方都会认为他瞧不起自己的家族。

“好吧，我收，收还不行吗？”白小纯一连收了七八天礼，自己也习惯了每天清晨一开门，就看到一群人等着自己。

又过去了三天，清晨，白小纯开门，他自己都愣了，门外一个人都没了，干干净净，抬头远望，依旧如此。

远处有几只五彩凤鸟优雅地飞过，这些凤鸟是周长老心爱的宠物，平日里总是绕着香云山飞舞，尤其是清晨时，会成群地飞舞，很漂亮，不少弟子看到后，都很羡慕。

白小纯揉了揉眼睛，觉得应该是自己开门的方式不对，于是又开了一下，还是如此，他才惊醒过来。

“怎么回事？”

白小纯十分诧异，连忙走出，找到侯云飞打听，得到了答案。

“白师叔，掌门昨夜以你师兄的身份传下法旨，通知所有修真家族，说师门有规定，百年之内，不得选择道侣，大家无奈，只能走了。”侯云飞叹了口气，看着白小纯。

白小纯愣了，心中很委屈。

“这是断我财路，毁我姻缘啊……”

侯云飞哭笑不得，随后似想起了什么，神色凝重，缓缓开口。

“小纯，我听青峰山的朋友说，你与上官天佑发生了一些矛盾？上官天佑可不简单啊！”

“有什么不简单的？他比我辈分大吗？”

白小纯在灵溪宗待了多年，早就明白宗门的宗旨就是，严禁弟子自相残杀，鼓励弟子相互帮助，也鼓励相互竞争。平常有门规限制弟子的言行举止，更有各峰长老、掌座以及执法堂威慑，掌门总控全局，宗门基本上出不了大乱子。只不过，灵溪宗南北两岸加在一起几十万人，总有管不过来的地方，弟子之间有摩擦也是常有的事情，一般宗门都会赏罚分明。

白小纯虽然为宗门立下大功，但是宗门也不会派人天天跟在他身边，如果有人讥讽他，有人挑衅他，也不会有人出面阻止。任何一个弟子，都没有这样的待遇，上官天佑也好，白小纯也罢，都是如此，白小纯倒也不会怕上官天佑。

白小纯没见过上官天佑，只觉得他极为狂妄，且名气过大，身为外门弟子，居然有内门弟子甘愿称其为少主，真是难以理解。

侯云飞沉吟了一下，继续开口：“上官天佑此人志气远大，目标是有朝一日加入传说中的传承序列，因此他始终压制修为不突破，要等南北大比、天骄试炼时，以第一的身份进入内门，使得日后传承序列有望，否则的话，他早就能去申请晋升内门了，毕竟到了凝气八层，大都可以完成试炼，成为内门弟子。”

“怎么都要加入传承序列？我听许宝财说，周心琪、吕天磊也有这样的追求。”白小纯一怔。

“传承序列，与你的荣耀弟子虽平级，却是我灵溪宗另一套体系，灵溪宗与其他宗门不一样，有两套体系，一套管理守宗，一套为提高宗门地位而不断积累实力！凝气三层以下是杂役，凝气八层以下是外门，到了凝气八层可以去申请内门试炼，成功后晋升内门弟子。若能筑基，则可成为筑基长老，甚至有希望成为各峰掌座，若两甲子后能突破成为结丹强者，就是宗门的太上长老，守护宗门，管理宗门，而这些，都是第一套体系。”侯云飞开口解释。

“当然，还有第二套体系，就是传承序列！加入传承序列的方法，只有一个，两甲子内突破，成为结丹强者，就可加入其中，从此地位超然，成为宗门内数一数二的人物，获得更好的资源，积累真正的底蕴！”

侯云飞目露期待，将他身为修真家族族人所知道的信息，全告诉了白小纯。

“若能成为天骄战的第一名，对于日后进入传承序列更有帮助，具体我也不清楚，但有这个门规！只是两甲子成为结丹强者，太难太难……上一代人中，最有希望的，就是李青候李掌座，所以他老人家，被宗门极为重视！”

白小纯倒吸一口凉气，他还是首次听说传承序列，这番话也让他对宗门有了一个清晰的了解，半晌后离开时，他还在想这个问题。

“传承序列？”

第 73 章

是谁干的

实际上，此事郑远东原本不想出面，可他真的被震撼到了，白小纯前面的九个荣耀弟子，都是死后被追封的，也都是修真家族的族人，所以没有出现这种问题，他们的后代就顺理成章地成了荣耀家族的人。而宗门对于这样的家族，也会全力庇护，重点栽培。

可如今，白小纯是活着的荣耀弟子，包括郑远东在内，很多人都忽略了一个活着的荣耀弟子对修真家族的诱惑力，直到事情发酵，他们才反应过来。

当无数修真家族找来时，郑远东只是在观望，在他看来，白小纯选择任何一个家族，都是可以的，只是他没想到，那些修真家族居然甘愿让族女做侍女，只想要一个血脉后人。

他可以想象，一旦白小纯定力不够，同意了，那么，用不了多少年，说不定会有上百个白小纯的血脉后人出现。

按照门规，荣耀弟子的第一代后人，全部都是内门弟子，且宗门要大力培养每一个人。

如果那些人不断地开枝散叶，以后将出现上百个荣耀家族，几百年后，整个灵溪宗都会是白家的，那真是太可怕了。

而且，白小纯还活着，只要他不断地繁衍后代，那么，这场宗门的噩梦就不会结束。

为了此事，郑远东连夜召开长老会，众人一致决定，白小纯百年内，不得有任何道侣。

这样做虽然霸道了一些，但是郑远东也没办法，他不敢去赌白小纯的定力，只期待百年之后的白小纯会成熟起来。

白小纯委屈地离开了侯云飞的居所，回到自己的院子，他看着天空，看着大地，觉得掌门师兄太霸道了。

可转念一想，又觉得也很好，至少这样一来，就没人烦他了，之前收的那些见面礼也不用退了。

“对啊，这不怨我，是掌门师兄的法旨！”

想到这里，白小纯觉得有了一些安慰，整理了一下自己这些日子收到的物品，下山换取了炼制二阶灵药所需的大量药草，回到炼药阁，开始继续炼药。

一晃一年过去了。

这一年来，白小纯就像失踪了一样，很少有人看到他，他的全部时间都放在了炼药上。

他在炼药阁内炼制二阶灵药，修为也在不知不觉中慢慢提升了一些，到了凝气七层中段。

他如此刻苦努力，炼制二阶灵药遇到的一个又一个问题，渐渐被他一一解决。

实际上，换作其他药徒，早就自认为可以接连开炉炼制二阶灵药了，可他偏偏十分执着，不解决所有问题，绝对不开下一炉。

终于，在一年后的一天，他觉得自己再没有任何问题后，终于又开了一炉。

“紫气升灵丹！”

白小纯眼中带着血丝，这个二阶灵药适合凝气八层以下的人，正是他如今所需要的，此刻，他取出一样样药草，不断扔进丹炉内。

他一边控制地火，一边观察丹炉，不时输出灵气，直至三个时辰后，丹炉猛地震动，一股药香瞬间扩散。

白小纯眼睛一亮，连忙起身走到丹炉旁，一拍丹炉，三枚红色的丹药瞬间飞出。

“成了！”

白小纯振奋精神，一把抓住这三枚丹药，怔了一下，轻咦一声，又仔细地观察了一番。

“不对啊，紫气升灵丹，按照药方的描述，应该是紫色的啊，怎么我炼出的是红色？”

白小纯挠了挠头，把丹药拿到鼻前闻了一下，药香浓郁，蕴含灵气，还隐隐有一丝怪味，且颜色不对，他不敢轻易吞下。

白小纯仔细地回想之前炼制的过程，一个时辰后，他猛地睁开眼，苦笑起来。

“是放入多瑙花的时候，多瑙花的花粉多了一些。”

白小纯把三枚红色的丹药放在一旁，再次炼制。

这一次，随着丹炉震动，药香扩散，一枚紫色的丹药飞出，白小纯仔细地辨认后，满意地笑了笑。

于是，他再次开炉，一连炼制数日，一共炼出了十几枚紫气升灵丹，这才疲惫地坐在一旁。

休息时，他又取出那三枚红色紫气升灵丹，有些迟疑，觉得扔了可惜，毕竟每一枚紫气升灵丹都价值不菲，如今，他药草也耗费得差不多了。

“按照炼药的说法，只要成丹，就算是灵药。这三枚红色的紫气升灵丹，因多瑙花粉多了一些，颜色改变了，不知功效如何。”

白小纯迟疑一下，左手一拍储物袋，手中立刻出现了一根针。此针为青色的，是一根竹针。

这是白小纯换来的炼药必备之物，可以简单地判断出灵药内是否有毒素，他将竹针慢慢刺入红色的丹药内，半晌后取出时，竹针如常，没有发黑。

“没毒！”

白小纯松了一口气，可还是谨慎地没有服用，拿着丹药，离开了炼药阁。

此刻正是清晨，他走在小路上，天空中还有一群五彩凤鸟，发出阵阵清脆的鸣叫。

白小纯没理会那些凤鸟，直接去饲养灵尾鸡的地方，要了一只灵尾鸡，回到院子后，取出一枚红色丹药，扔在了灵尾鸡面前。

灵尾鸡原本蔫蔫的，看到红色丹药后，身子瞬间颤抖，猛地站起，没有一丝迟疑，一口向丹药啄去。

就在这时，突然，天空中有一声鸣叫传来，接着狂风横扫，灵尾鸡还没啄到丹药，身体就被卷到了一旁。

白小纯吓了一跳，赶紧后退，转头看去，只见原本路过的那些五彩凤鸟，一个个都看直了眼，向这里飞来，甚至开始同类相争。

很快，一只明显粗壮一些的雄鸟，压过同伴，飞了过来，一口啄在丹药上，猛地吞下。吃完后，还轻蔑地看了一眼一旁的灵尾鸡，之后就飞向了天空。

白小纯哭笑不得，紧接着，他就呆住了。

只见那只凤鸟突然身体一颤，嗷嗷尖叫起来，眼睛直接就红了，全身毛发都竖立起来，仿佛身体内有一团火要爆发出来。

更为惊人的是这只雄性凤鸟全身不断膨胀，身体比之前大了一倍。

白小纯目瞪口呆，倒吸一口凉气，站在院子里，呆呆地看着天空中的这一幕。

他亲眼看到那只变大的凤鸟红着眼，朝他这里飞来。

白小纯吓得赶紧后退，差点尖叫出来。

好在他发现那只凤鸟不是冲他来的，而是一把抓走了那只灵尾鸡。

白小纯看着那只雄性凤鸟一路嗷嗷叫着飞向山顶，这才擦了擦额头的冷汗。

“太可怕了，这是什么丹药？”

白小纯低头看着剩下的两枚丹药，觉得心头发颤。

这一天，对于香云山的弟子而言，终生难忘。

因为整个香云山的鸟，不管是什么鸟，都没逃过周长老那只发狂的凤鸟的魔爪。

无数弟子听到了一只只鸟发出的惨叫。

那只万恶的凤鸟，居然连灵尾鸡都不放过，更不用说周长老饲养的其他鸟类了，香云山上下，只要有翅膀的，都没逃过噩运。

所有弟子议论纷纷，每个人都心颤，就连紫鼎山与青峰山的人，也听到了这个消息，还有不少人前来观看。

“听说了吗？香云山周长老养的一只凤鸟疯了，见鸟就扑啊……”

“我亲眼看到，那凤鸟太凶残了，连路过的喜鹊都不放过……”

“周长老到底干了什么，居然让凤鸟这样？”

“令人发指，其他鸟真是太惨了。”

白小纯走在宗门内，听到无数人在低声议论，有些哆嗦了，他心虚啊！

“这不怨我，真的不怨我，我本打算给灵尾鸡吃的，是那只鸟自己来抢的！”

白小纯心中委屈，赶紧去了炼药阁，琢磨着此事应该没人知道。

在炼药阁，他叹了口气，拿出那两枚红色的丹药，若有所思。

“这丹药居然如此厉害，说不定可以成为一个撒手锏，以后遇到凶兽，就不怕了。如果要当成撒手锏，那么还需要炼制一枚能散发出雌性气息的丹药才行。”

白小纯想了一下，两枚丹药配合，遇到凶兽之后直接将一枚丹药扔出，再把另一枚丹药扔在别的地方，就可以把凶兽引走了。

他心动了，可是没有这种丹药的药方，他冥思苦想，准备自己研究一个药方。

就在白小纯琢磨药方时，香云山山顶，周长老外出归来，呆呆地看着自己养的凤鸟正不断嗷嗷大叫。

周长老只觉得脑中轰鸣，浑身颤抖，天旋地转。

“是谁干的？”

他发出了一声怒吼。

周长老的声音传遍整个香云山，回荡四方，无数弟子听到后，神色古怪。

第 74 章

原来是白小纯

这一天，在香云山发生的事情，震惊了所有人……

香云山的其他长老本想管一下，只是那凤鸟是周长老的心爱之物，不便强行阻止，万一伤到了那只发狂的凤鸟，周长老肯定不悦，于是也只能任由那只凤鸟胡闹。

最重要的是，整个香云山，只有周长老一个人养鸟，所以无论怎么说，那都是周长老自家的事情，外人不好插手。

至于灵尾鸡，李青候出门了，周心琪身为弟子，想管也有心无力，那雄性凤鸟又如此强悍，她白天远远一看，就觉得可怕，怎敢上前?

此刻，周长老身体不住地颤抖，他痛心地看着那只还在嗷嗷大叫的凤鸟，再看四周那些萎靡不振的鸟，欲哭无泪。

“老夫一定会查出到底是谁干的！”

以周长老的药道造诣，一眼就看出自己的凤鸟被人下药了。

白小纯躲在炼药阁的房间里，隐隐听到了周长老的吼叫声。

他心头一颤，面露委屈之色，他是真的觉得冤枉，眼下只能期望周长老查不出什么。

白小纯愁眉苦脸，脑子里却在思索如何炼制效果更好的丹药。

他一连研究了数日，几次外出采购所需的药草，还以贡献点换了一些外面很难买到的物品，在炼药阁内不断尝试。

碎丹爆裂之声经常传出，这是白小纯第一次尝试自己创造一个药方，当初药徒试炼时，他虽明悟了一些东西，但一切还是有依据的，不像现在，完全凭空创造，难度极大。若是以前，他可能做不到这一点，如今专心研究药道一年多，他可以略做尝试。

他现在所走的路，跟其他药徒已经截然不同，是药师才会摸索的大道。

时间一晃，半个月过去了，白小纯在炼药阁内，沉浸在创造药方的快乐之中，不断尝试，已有了一些思绪。

就在他再次开炉时，香云山山顶，周长老一脸心痛，拿着一枚丹药，喂给面前的一只蔫蔫的凤鸟。

“安心休养，之前你所做的事情，都非你所愿，不是你的错，等你好了，就带老夫去找那个给你下药的人，不管是谁，老夫都会让他付出代价！”

周长老眼神凶狠，这半个月来，他调查了整个香云山，甚至连其他山峰也查了，就是没有找到蛛丝马迹，现在唯一的方法就是等这只凤鸟休养一段日子后，让凤鸟带着他去找下药之人。

同时，他也发现，这半个月，整个香云山没有任何带翅膀的鸟出没，似乎半个月前的惨案发生后，此地就成了所有鸟的禁区。就算是灵尾鸡，也都失魂落魄，那些饲养灵尾鸡的弟子，一个个哭丧着脸，敢怒不敢言。

渐渐地，香云山出现了一系列传闻……

“还记得半个月前那只鸟吗？我听到一个消息，说那只鸟是吃了周长老的药，才变成这样的，就是不知道周长老为何炼制这种药……”

“天啊，莫非周长老心理有问题，那些鸟是因忍受不了折磨，才发疯的？”

消息越传越夸张，到了最后，各种传闻都出现了。

周长老听说了传闻，气得差点喷血，有心解释，可每个人看到他之后，都面色一变，无论他怎么解释，都于事无补。

又过去了半个月，周长老全身煞气冲天，神情严肃，右手一挥，那只休养了一个月的雄性凤鸟蓦然飞出，它的个头竟没有变小，连气息都变强大了一些，显然是因祸得福……

原本，周长老看到这一幕，感觉好了一些，可心中那口气还是不吐不快，一想到这一个月，宗门内无数弟子看到自己时的样子，他就气得七窍生烟，带着凤鸟，立刻出发。

“去给我找，找到给你下药的那个人！”

周长老恨得咬牙切齿。

凤鸟发出一声鸣叫，急速向前飞去，周长老跟随在后，全身的煞气越来越强，这引起了香云山不少弟子的关注，甚至还有一些好事的弟子，遥遥地跟在后面。

很快，那只雄性凤鸟就飞到了白小纯的居所，到了之后，在半空中转悠，侧头看向周长老，发出阵阵鸣叫，似乎在告诉周长老，它就是在这里被下药的。

跟来的那些弟子都看到了这一幕，一个个睁大眼，神色更为古怪。

“这里似乎是白师叔的宅子。”

“的确是白师叔的宅子。”

“咳咳，要说这事是别人做出来的，我不信，可若是白师叔，似乎在情理之中！”

周长老站在半空，浑身哆嗦，眼珠子都红了，狠狠地一咬牙。

“白小纯！”

他终于找到了罪魁祸首，此刻利用神识一扫，察觉宅子内没人后，他右手一挥，拿出玉简，开始追查。

很快，他就查出来了，白小纯在炼药阁。

周长老平日里多温和的一个人啊，此刻，他怒吼着跟着凤鸟，直奔炼药阁，四周的弟子赶紧传信给好友，将消息扩散到整个香云山。

“快来，害那只鸟的幕后黑手找到了！”

“是白师叔干的！”

无数外门弟子，甚至还有一些内门弟子，听到这个消息后，立刻全身一震，兴奋地冲了出来。

当初，白小纯为了听“白师叔”三个字，那么折腾他们，他们也想看看白小纯出糗。

陈子昂瞬间冲出，无比感兴趣。赵一多也快速跑出，二人对望一眼，竟放下了彼此之间的恩怨，一心只想看白小纯出丑。

人群内，有一个大汉流下眼泪，正是那自称狼爷的刘二狗，此刻他非常想仰天大吼一声：“报应啊！”

与此同时，炼药阁内的白小纯同样十分激动，他看着震动的丹炉，一股浓郁的香气扩散出来，丹炉内出现了两枚白色的丹药。

这丹药没有名字，也不可吞食，稍微用力一碰就会化作飞灰，作用只有一个，那就是能对雄性凶兽产生诱惑。

为了炼制这种丹药，白小纯用了数十种药草，甚至还不惜代价，换来了一些北岸魔兽的材料，耗时良久，这才成功炼出。

至于效果好坏，他不是特别清楚，觉得总不会太差，担心效果不好，他还加大了药量，甚至每一株药草，都是被他炼灵之后，再拿来炼药的。

此刻，白小纯带着期待，看着手中这两枚白色的灵药，想象着这丹药与之前炼出的丹药配合后的一幕，不由得呵呵一笑。

“就叫作雌香丹好了，这名字好啊，之前的红色丹药，就叫雄香丹！”白小纯想了想后，索性将这两种丹药都炼灵了三次。

如此一来，这两种丹药立刻不一样了，不再是下品，而是佳品！

其药效……白小纯想象了一下，双眼更亮。

“哼哼，不管什么凶兽，以后看到我白小纯，我让它向哪儿扑，它就要向哪儿扑！”

白小纯干咳一声，将丹药收起，心满意足，正要出门溜达溜达，可刚刚走出炼药阁，就听到了一声怒吼。

“白小纯！”

因为声音太大，周围树木的叶子都被震下来了，更有狂风扫过，卷起落叶。

白小纯一听这怒吼，吓得整个人差点跳起来，抬起头，一眼就看到了半空中的周长老。

这一刻的周长老，青筋鼓起，看起来极为凶悍。

第 75 章

我冤枉啊

“白小纯，你害了老夫的凤鸟，今天就算是李青候来了，老夫也要狠狠地教训你！”

周长老怒吼，声音如天雷滚滚。他抬起右手，向着白小纯遥遥一抓。

这一抓，白小纯就感觉周围的空间被压缩了，他整个人不住地哆嗦，发出凄厉的惨叫，全身的皮肤在这一瞬间闪烁着银色的光芒。

与此同时，他身体外也有白光闪动，神鹤盾在这一刻蓦然开启，远远一看，如同一个鸡蛋壳。

“杀人了，杀人了！”

白小纯突然爆发，猛地冲出，没有犹豫，向前飞奔。

周长老轻咦一声，他虽没有出全力，但他身为筑基初期的修士，哪怕只使出一分力气，凝气的弟子也很难挣脱。

看到白小纯身体外的防护之光，周长老的声音再次传出。

“白小纯，你别以为我不知道，你从进入火灶房，就开始害老夫，老夫入汤的人参、灵须都被你吃光了，还有把盘子变浅的馊主意，也是你出的，现在又给我的凤鸟下药！老夫今天要让你知道，宗门之内，由不得你调皮捣蛋！”

周长老一闪身，再次追出，火灶房的那些事，他们这些宗门长老一个个心知肚明。

“不怨我啊，是那只鸟自己要来抢走丹药的，真的和我没关系！”白小纯委屈到了极点，眼看周长老气势汹汹，且修为深不可测，他不得不玩命逃开，整个人如一道残影，急速前行。

听到白小纯的话后，半空中那只雄性凤鸟，全身羽毛竖起，立刻发出凄厉的尖叫，不断用翅膀指着白小纯，若是它能开口，必定会歇斯底里地告诉所有人，就是白小纯给它下的药，不是它自己抢的。

“你……你……”

看到那只凤鸟居然诬赖自己，白小纯顿时郁闷到了极点，他怎么也没想到，有一天自己居然会被一只鸟陷害。

他心底那个恨啊，目光落在那只鸟的身上，他想好了，等这件事过去，一定要让这只鸟好看。

“还敢狡辩！”

周长老速度飞快，直奔白小纯，大袖一甩，一股大力隔空而去，直接落在了白小纯的身上，白小纯却只是一个踉跄，跟没事人一样，反倒借助那股力，跑得更快了。

这一幕让周长老睁大了眼，若是其他外门弟子，受了他那股力之后，一定会立刻摔倒，可白小纯居然没事。

白小纯心中骇然，方才那一下，痛得他龇牙咧嘴，心底颤抖。眼看周长老临近，他一把取出金乌剑，体内灵力蓦然爆发，金乌幻化而出，带着白小纯直奔半空。

周长老冷哼一声，与身边的凤鸟追击而去。

所有在这里观望的香云山弟子，一个个心中快慰，幸灾乐祸，看着白小纯拼命狂奔，感觉出了口恶气。

陈子昂与赵一多脸上都笑开了花，至于那自称狼爷的刘二狗，更是眼泪都快流下来了。

“苍天有眼啊！”

香云山半空中，白小纯不断发出惨叫，声音凄厉。

“周长老，你的鸟在撒谎啊，我说的是真的，你的鸟说的是假的！”

白小纯欲哭无泪，踩着金乌拼命前行。

“闭嘴！”

周长老听到白小纯死不承认，怒气冲天，右手掐诀一指，一道指风立刻飞出，整个人瞬间加速，直奔白小纯。

“可我说的是真的，你的鸟诬赖我！”

白小纯想要解释，可风声呼啸，那道指风已经到了背后。白小纯吓得超常发挥，再次加速，避开了指风。指风落在一旁的山岩上，轰的一声，将山岩轰出了一个小洞。

“我是掌门师弟，我师父是灵罗真人！”

白小纯看着那个小洞，头皮发麻，连忙搬出自己的后台。

“是谁也没用！”

周长老皱起眉头，以他的身份，追击白小纯，自己也觉得有些丢人，可他心中实在是气，而且他分明没碰到白小纯一下，白小纯却在那里鬼吼鬼叫，不知道的人还以为他把白小纯打得多惨呢。

许宝财抬头看着空中的这一幕，神色复杂，他不担心白小纯，反倒很同情周长老，他双眼渐渐放空，想起了一些往事。

“白小纯，你给我站住！”

周长老如大鹏一般，瞬间临近，身边的凤鸟发出得意的鸣叫，不时还用翅膀指着白小纯。

“我是荣耀弟子，我为宗门流过血，我为宗门立过功！”

白小纯大叫，没命地狂奔，声音传遍四方，就连青峰山以及紫鼎山的人都听到了，纷纷抬头看去，看到白小纯被追杀后，一个个都神色古怪，有的竟没忍住，扑哧一声笑了出来。

“荣耀弟子都是给死人的，老夫帮你一下，让你成为真正的荣耀弟子！”

周长老倒也没有杀白小纯的心思，只是想吓唬一下白小纯，抬起右手，向前一甩，白小纯周围立刻出现了一个狂风形成的旋涡。

白小纯一听这话，又看见了旋涡，顿时叫得更为凄惨，全身灵力一股脑地注入金乌剑，金光瞬间扩散，带着他冲出旋涡，来到了青峰山与种道山之间。

白小纯全身银光闪耀，惨叫连连，快速奔跑。他知道李青候不在宗门，此刻唯一能救自己的就只有掌门师兄了，于是直奔种道山。

眼见白小纯数次逃脱，周长老十分惊奇，暗道这白小纯能在落陈家族的追杀下活着回来，的确有其过人之处。

四周人太多了，这让周长老脸上有些挂不住，他更怒了，全身修为一散，再次追出。

“掌门师兄救我！”

白小纯哇哇大叫，速度更快，不断地避开周长老的攻击，冲上种道山，他极为灵活，时而跳跃，时而前扑，让周长老觉得难以下手。

实际上，若他施展一些神通功法，倒也不是不可能抓住白小纯，可他只是想教训一下白小纯而已，没必要做到那个地步，一旦施展那些术法，万一没掌控好力度，真的会要了白小纯的小命。

眼下，周长老右手掐诀，向着半空一指，白小纯上方突然出现了乌云，天雷滚滚，一道闪电劈下。

白小纯眼睛都直了，眼看闪电落下，其内蕴含的惊人之力，让他有了危机感。此刻，他脑内一片空白，眼珠子红了一些，双手猛地掐诀，向上一指，头顶立刻有紫气环绕，向着闪电而去。

周长老大吃一惊，他本想吓唬白小纯，这一道闪电，看似会轰击白小纯，实际上只会落在他身边而已，眼看白小纯居然主动迎上去，奋起反抗，他想收回灵力，都来不及了。

紫气瞬间飞出，在半空中与闪电碰到了一起，隐隐地，似有一口紫色的鼎幻化而出，在与闪电碰触后，震动八方，紫气崩溃，闪电竟然变暗了一些，落在了一旁。

白小纯面色苍白，再次惨叫，疾驰而去。

“师兄救我，师尊救我，师尊啊，您老人家在天之灵，救命啊！”

周长老停下脚步，看向白小纯，目露震惊之色。方才那道闪电，若落在凝气修士身上，足以使其受重伤，但白小纯竟像无事一般，只是面色苍白了一些，连伤都没有。

“那是紫气化鼎，之前杜凌菲与侯云飞曾说过，白小纯已领悟紫气化鼎，已有与凝气九层之人交战的力量！”

周长老很惊讶，眼看白小纯如此有天赋，气消了很多，只是白小纯的惨叫声太刺耳，他觉得有些哭笑不得，便板着脸再次追出。

“不管是不是凤鸟自己吃的药，白小纯终归还是难以撇清关系，他性格顽劣，借此机会吓唬他一下，应该能让他收敛一些。”

第 76 章

凝气八层

三座山峰的那些筑基修士，原本也都笑呵呵地看着白小纯被追击，他们明白周长老只是想吓唬白小纯而已，方才那一瞬，他们看到白小纯与闪电对抗时，全都神色一变，想要阻止，却发现白小纯什么事都没有。

“此子不俗！”

“能在落陈家族的追杀中活着回来，这白小纯自然有过人之处！”

“是个苗子，或许不如上官天佑，但与吕天磊、周心琪不相伯仲！”

就在众人暗自点头时，种道山上，掌门郑远东也面露欣赏之色，白小纯呼喊时，他就看到了全过程。

因为白小纯的表现让他很惊奇，所以他没有立刻阻拦，想看看白小纯还有多少潜力。

此刻，他微微点头，一闪身，出现在白小纯面前。

“掌门师兄救命，周长老要杀我，我的小命差点就丢了！”

一看到郑远东，白小纯赶紧上前躲在郑远东身后，眼巴巴地望着郑远东。

郑远东干咳一声，看着白小纯这么一副可怜兮兮的样子，抬头苦笑，此刻，周长老也追了上来，狠狠地瞪了白小纯一眼，抱拳见过郑远东。

二人对望一眼，都是老狐狸，立刻就明白了对方的心思，凤鸟是小事，让白小纯在宗门内多一个害怕的人才是大事。

否则的话，就一个李青候也不够，李青候在的时候还好，出门的话，宗门内还真没谁能降得住白小纯，毕竟他有大功在身，是荣耀弟子，又是掌门师弟。

即便是掌门郑远东去教训白小纯，估计白小纯也会去师父画像面前哭诉。

“掌门，此事还请您不要管，把白小纯交给我吧！”

周长老盯着白小纯，面露凶残之色。

“你的鸟……”

白小纯头皮发麻，正要解释。

周长老听到这三个字，脸都有些青了，白小纯赶紧收声，委屈地望着郑远东。

“师兄，我为宗门流过血，我为宗门立过功……”

郑远东干咳一声。

“周长老，此事就算了吧，小纯虽顽劣，但毕竟本性良善，这样吧，若他下次再做出什么出格的事情，老夫绝不再阻拦，交由你一并处理，如何？”

周长老装出勉为其难的样子，不甘心地点了点头，告辞离去，临走前，又狠狠地瞪了白小纯一眼。

白小纯深吸一口气，站起身来，面露狐疑之色，他本就聪明，事情发生得太突然，一开始没反应过来，此刻才觉得这里面似乎有些不对劲，只是不太确定，便看向掌门郑远东。

掌门淡淡开口：“那几只凤鸟是周长老曾经的道侣饲养的，在一场战役中，他的道侣为了救他死去了，而周长老九死一生，又痛失爱侣，伤了心神，有时会发狂，修为也止步在了筑基初期。外人只知他痴迷药道，却不知他若不痴迷某种东西，就会压制不住杀心继而发疯。所以，你不要去招惹他，一旦他发疯了，我担心来不及去救你。”

郑远东看向白小纯。

白小纯听了这番话，一方面觉得周长老很可怜，另一方面又感觉背后凉飕飕的，赶紧点头，委屈地开口：“我真的没下药，是他养的鸟诬赖我。”

“万事皆有因果，不管如何，既然事件的起因在你，就不要纠结这一点了。”

郑远东拍了拍白小纯的肩膀，转身淡然离去。

白小纯唉声叹气，觉得自己倒霉透了，琢磨着以后看到周长老，最好绕着走，这才小心翼翼地回到香云山，跑回居所，闭门不出。

至于那只诬赖自己的鸟，他想了想，担心再刺激周长老，于是放弃了报复的想法。

“好男不和鸟斗！”

白小纯安慰自己，坐在木屋里，找出自己炼制的那十几枚紫气升灵丹，回想起周长老的实力，不由得很羡慕。

“筑基修士就是厉害，差点把我打得吐血，还好我有不死皮。”

白小纯感慨，看了看那些紫气升灵丹，又检查了一下四周，确定安全后，取出龟纹锅，开始炼灵。

很快，他就把所有的丹药炼灵了三次，看着那些丹药上闪耀的银纹，白小纯叹了口气。

“要是有四色火就好了。”

他也暗中打听了四色火，宗门内不是没有，但很少，需要的贡献点也极多，毕竟，无论是炼制一些特殊的药还是修行火道之法，都很需要四色火。

至于山下坊市，平日里不可能卖四色火，数年一次的拍卖会上才可能有，还很少。

“灵尾也不多了。”

白小纯检查了一下剩余的灵尾，半晌后，吞下一枚紫气升灵丹，开始修行。

时间一天天过去，白小纯每天都在修行。

随着吞下的紫气升灵丹的增多，他的修为也在快速增长，当丹药全部吃完后，这一天深夜，外面云层厚厚的，遮住了明月，木屋内，白小纯体内开始爆响。

在这一瞬间，他体内的灵力汇聚成了一条大河，轰开了无数堵塞的经脉。

当一个完整的循环结束时，白小纯体内的灵力竟比之前多了不少，污垢从全身的毛孔里排出，让白小纯精神一振。他蓦然睁开双眼，双眼明亮，在黑夜里，如同两团明火，极为醒目。

“凝气八层！”

白小纯哈哈一笑，起身到院子里冲洗身体，他来到灵溪宗已有数年，身体看起来结实了不少，只是个头没长多少，这让他有些郁闷。不过，好在模样没什么变化，还是白白净净的。

“达到凝气八层之后，我的驭物能力也强了很多。”

白小纯抬起右手，一指远处的大石，大石瞬间飞起，按照白小纯的意念，飞得时快时慢。

“不过我最感兴趣的，还是当日与陈恒一战时，无意中施展的驭人大法！”白小纯也尝试过几次，却总是不得要领，毕竟人与物完全不同，许久之后，白小纯便将这个念头压在了心底。

“紫气驭鼎功法上曾说，若修到了第八层，就可以凝聚出威力更大的中品紫气化鼎。”

白小纯站在院子里，沉吟片刻，双手掐诀，向前一指。

丝丝紫气瞬间出现，也就是两个呼吸的时间，他的面前就凝聚出了一口紫色的大鼎，比之前快了一倍。

而且这大鼎与以前凝聚出来的明显不一样，不再模糊，看起来很清楚，甚至连上面的凹凸符文，也无比清晰。

一股惊人的威压从大鼎上扩散开来，白小纯感觉到了大鼎的不凡之处。

“威力也比之前大了好多！”

之前，他施展一次紫气化鼎，会消耗掉大半的灵气，需要修行一段时间才可继续施展。

可眼下，他发现自己体内的灵气竟还有七成多。

“可以施展三次！”

白小纯大喜，紫鼎消散之后，他取出金乌剑，踏着金乌，飞出香云山，直奔山门外。

到了外面，天空中闷雷连连，似乎将有一场暴雨，白小纯看了一眼快速变化的天色，觉得有些危险，于是赶忙站在半空中掐诀，紫鼎再次出现，他向不远处的山石一指，紫鼎快速飞去，狠狠一砸。

巨响传出，大地都震动了一下，无数鸟兽惊醒，地面出现了一个深坑，四周还有无数裂缝，延伸到了十丈之外。

“这么强！”

白小纯深吸一口气，想了一下，若是此刻的自己，靠不死银皮与紫气化鼎，与陈恒交战，估计不需费什么力气，就可以直接将其灭杀。

“还是算了……”

白小纯迟疑了一下，觉得需要拼命的事越少做越好，之前拼了一次命，差一点死去，还是不划算，以后还是挑弱一点的敌人对付比较好。

“我白小纯一弹手指，凝气一层到凝气七层的强敌，都会灰飞烟灭。”

白小纯傲然地将小袖一甩，遗憾的是四周没有篱笆墙，他只能站在金乌上，抬起下巴，看着天空中的乌云，一副无人能敌，寂寞难当的样子，随后操控着金乌，一个转身，飞向宗门。

就在这时，突然，无数闪电被半空中的金乌吸引，化作一条条银蛇，直奔白小纯而去。

白小纯睁大了双眼。

远远地，传来雷鸣以及白小纯的惨叫声……

第 77 章

拍卖会

不多时，香云山上，白小纯一瘸一拐地走来，头发都竖起来了，脸上有些发黑。

他心有余悸地回到了院子里，一想到方才无数闪电追着自己，他就心底一颤，立刻发誓，以后绝对不在雷雨天御剑飞行。

这不是飞行，这是去玩命！

木屋内，白小纯疼得龇牙咧嘴，好半晌才定下心来，盘膝坐在床上，看着窗外的风雨，他体内的灵力正缓缓流遍全身。

“二阶灵药，适合凝气八层以下的人，想要继续提升，只有炼制出三阶灵药。”

白小纯支着下巴思考。

“炼制三阶灵药的难度极高，要熟练掌握二阶灵药的炼制方法之后，才可以开始炼制，否则的话，根基不稳，成功的可能性不大。”

白小纯打开储物袋，看了一下自己的积蓄，叹了口气，他之前凭着荣耀弟子的身份，收了不少礼物。只是这段日子炼药，耗费了许多材料，积蓄减少了很多。

“这样下去不行呀，总有用完的时候。”

白小纯低头，冥思苦想。

“我现在是很厉害的药徒了，我可以去卖自己炼的药呀。”

想到这里，白小纯立刻振奋精神，等到第二天清晨，雨停了，他立刻离开居所，去山下坊市打探一番，了解了丹药的价格，又买下了大量的药草，甚至还花贡献点，去宗门换了一部分药草。随后回到了炼药阁，开始炼药。

他没有炼制二阶灵药，虽然二阶灵药可以卖出更高的价格，但是消耗的材料不少，且白小纯知道自己的习惯，一旦开始炼二阶灵药，会消耗太多时间。

所以，他选择了最熟悉的一阶灵药，数日后，炼成了三种灵药，还有两根灵香，这才下山去了坊市。

灵溪宗南岸的坊市规模不大，除了宗门的长辈，以及一些有实力的内门弟子的店铺外，其余店铺大都是东林洲的修真家族开设的。

坊市如同一个小镇子，平日里灵溪宗南岸三山的弟子在这里进进出出，很热闹，白小纯来过这里好多次。此刻，他熟门熟路地走在坊市内，进了一间药铺，干咳一声，药铺中的伙计连忙上前。

“把你们家掌柜的喊来，这一次我除了采购药草之外，还要卖一些丹药。”

白小纯坐在椅子上，笑眯眯地说道。

没多久，一个穿着紫色长袍的中年男子快步走来，看到白小纯后露出微笑。

“白道友，在下孙尘，早就听说过白道友的诸多辉煌事迹，因担心打扰道友，所以才没有主动拜会，莫怪莫怪。”

中年男子笑容可掬，坐在白小纯的身边，抱拳说道。他不敢得罪白小纯，知道对方在宗门内地位超然，还是荣耀弟子，哪怕白小纯与掌门有百年之约，他也想要讨好白小纯。

白小纯哈哈一笑，与中年男子客套一番，这才取出三个药瓶与两根灵香，放在桌子上。

“孙道友估个价吧。”

白小纯抬起下巴。

孙尘含笑拿起这些丹药，看过后，面露惊讶，这些一阶灵药虽都是下品，但杂质比较少，无限接近于中品，不像他们之前收购的丹药，一样是下品，杂质却很多。

“白道友药道精湛，这些灵药我全要了，这样吧，作价一百二十块灵石，如何？”

孙尘抬头看了白小纯一眼，双眼渐渐明亮。

白小纯顿时大喜，这价格，一枚灵药差不多相当于四块灵石了，已经是一阶下品丹药里的最高价格了。实际上，平均下来，一枚丹药的成本也就是一块半灵石而已。

带着愉悦的心情，白小纯与孙尘交流一番，孙尘有心示好，二人相谈甚欢，到了最后，白小纯与之约定，再有丹药也会送来此处，他没有要灵石，而是换取了同等价值的药草，这才心满意足地离去。

时间流逝，很快过去了数月。这段时间，除了炼制一阶灵药去卖，换取大量药草外，白小纯还在不断炼制各种二阶灵药。

渐渐地，他对炼制二阶灵药更为熟练了。

同时，与孙家药铺的合作也很顺利，他的丹药几乎全被孙家药铺买走了。这一日，白小纯在孙家药铺内，拿出几瓶灵药，换来药草后，与孙尘聊天时，孙尘感慨地说了一句：“白道友，以你的造诣，何不炼制一些二阶灵药呢？三个月后就是数年一次的百家拍卖，若白道友能炼出二阶灵药，孙某可安排进行拍卖，到时候一定会大赚一笔。”

孙尘望着白小纯，这几个月接触下来，他发现白小纯性格非常开朗，且做人圆滑，两人交往得很愉快，于是开口建议。

白小纯也听说过数年一次的百家拍卖，那是东林洲内的修真家族共同举办的拍卖会，一共举办三场，第一场在北岸坊市，第二场在南岸坊市，最后一场在东林洲内最大的修士城东林城。

白小纯在灵溪宗数年，还没参加过拍卖会，之前这里曾举办了一次，可那个时候他刚刚成为外门弟子，忙着适应宗门环境，对拍卖会没兴趣。

此刻，听孙尘这样说，白小纯有些心动，打听了一下拍卖会在南岸坊市举办的时间后，白小纯告辞，回到了炼药阁，盘膝坐在那里想了想，有了决断。

“孙尘说得有道理，与其这样一点点地卖丹药，不如趁这个机会，一下子卖出一个好价格，这样就可以换取更珍稀的药草。”

想到这里，白小纯最终选择了他最熟悉的紫气升灵丹。

下定决心之后，白小纯开始闭关，一心一意炼制紫气升灵丹。

两个月后，换来的药草消耗得七七八八，他已炼出了三瓶紫气升灵丹，每一瓶都有十枚。

尤其是其中一枚，颜色与其他丹药不大一样，呈深紫色，药香并未发散，而是全部内收。

在炼制时，这一枚丹药甚至使得丹炉剧烈震动起来，就连地火都燃烧得更加旺盛了。

此刻，他拿着深紫色的灵药，十分得意与激动。

“中品！我白小纯终于又炼制出了一枚中品灵药！”

“中品灵药，怕是拍卖会上也不多见，不过想要造成轰动的效果，还是差了一些，毕竟，拍卖会数年举办一次，奇珍异宝不少。”

白小纯思索片刻，一咬牙，取出龟纹锅，开始炼灵。

三次之后，银光闪耀，这枚灵药不再是中品，而是突破佳品，成了优品，杂质只有一成多。

白小纯十分满意，望着手中的紫气升灵丹，此丹颜色已近黑色，上面的三道灵纹虽淡，但还是能让人看出这枚丹药的不凡。

看着手中的丹药，白小纯忽然觉得自己又找到了一个名扬天下的方法，得意地大笑起来，拿出一把小刀，在丹药上刻下了一个好看的小乌龟。

“龟爷再出江湖！”

白小纯拿着丹药，下了山，一个时辰后，归来时，他神清气爽。回想起方才孙尘看到自己拿出三瓶紫气升灵丹那副吃惊的样子，还有当他拿出那枚炼灵三次的优品灵药时，孙尘仿佛下巴都要掉下来的样子，白小纯万分得意。

“就等一个月后的拍卖会了。”

白小纯看着手中的一块玉牌，这是参加拍卖会的资格牌，拿着此物，就可以参加拍卖会。

这段日子，宗门内的人也渐渐提到了拍卖会，很快，南岸三山的弟子纷纷开始准备，打算在拍卖会上碰碰运气，于是山下的坊市比以往更热闹了。

“我听在北岸的族兄说了，在他们那边举办的第一场拍卖会，竟出现了黄泉火！那可是传说之物，哪怕只是一个火苗，都堪称异宝，最后被北岸的一位弟子花重金买走了。”

“这一次，修真家族的拍卖会，有不少奇珍异宝，尤其是丹药，数量更是惊人，想来应该是因为南北两岸的外门天骄战就要开始了！”

“应该就是这个原因，南北两岸的外门天骄战是我灵溪宗的盛事，可恨我南岸多少年来，始终不如北岸！不知这一次決出的南岸前十，是否可以一雪前耻。”

很快一个月过去了，这一天清晨，白小纯正在打坐，忽然他睁开双眼，右手一摸储物袋，手中出现了一枚正在发光的玉简。

“拍卖会要开始了。”

他有些期待，赶紧走出院子，飞奔下山，一路上看到不少外门弟子的身影，天上还有一道道长虹呼啸而过。

白小纯一拍额头，想起自己也会飞，于是赶紧掐诀一指，金乌剑出现。他踏着金乌，化作一道金光，冲天而起，急速远去。

很快，他就到了坊市，昂首挺胸，走入了拍卖阁。

拍卖阁极大，大厅内有数千个座位，后方甚至还有大片区域，虽没有座位，但也是人山人海，至于白小纯，他刚进来，就被等候在那里的孙尘接走了，从另外的路走到了二层，进入一个单独的房间后，孙尘告退。

房间不大，对面中空，有一个平台，下方就是大厅，可以清晰地看到拍卖台。

白小纯还是首次遇到这么热闹的场景，他不像其他筑基修士那样低调，而是于平台处探出半个身子，生怕没人认出自己，不断地咳嗽。

渐渐地，下方的人群里，有一些人看到了白小纯，一个个神色古怪，纷纷收回目光。

只是这里人太多了，白小纯就算是再大声咳嗽，声音也传不远。他遥遥地看到了侯小妹，还有周心琪等人，可是距离太远，没人注意他这里。

白小纯喊了半天，十分郁闷，渐渐失去了兴趣，毕竟探出半个身子，也挺累的，尤其是他担心万一自己不小心掉下去，那就成了一个笑话了。

没过多久，此地人越来越多，半个时辰后，一声清脆的鼎音回荡开来，四周渐渐安静，无数人的目光集中在拍卖台上。

一个身着青衫的中年男子，含笑走了出来，站在那里向着四周抱拳。

“在下钱颂，想必有不少道友认识钱某，这一次拍卖会，由钱某主持，规矩照旧，价高者得。”

他言辞简洁，说完抬起右手一挥，拍卖台上瞬间出现了一道光门。

一个妙龄女子走出，手中端着一个托盘，上面放着一块不规则的铁块，瞬间折射出五彩光芒，看得所有人眼前一亮。

白小纯仔细看去，没认出那是什么，可看那些人的神情，似乎是很了不得的东西。

“第一件拍卖品，金精铁，底价三百块灵石，每次加价不得少于五十块灵石！”钱颂开口，声音很快传遍四方，原来他是筑基修士。

“三百五十灵石！”

很快就有人开口。

“四百！”

立刻有人竞价，很快就将价格抬到了七百灵石，最后被一位紫鼎山的内门弟子买走了。

白小纯睁大了眼，他看着那块金精铁，想不明白此物为何价值七百灵石，同时他也发现，拍卖会开始后，此地似乎被布下了阵法，可以让开出价格的人声音扩大不少。

“一块破铁而已。”

白小纯有些酸酸的，坐在一旁观望。

很快，一件件物品陆续被买走，尤其是一根绿色的虬角，似被雷劈过，上面隐隐还能看到弧形电光，此物竟拍出了八千灵石，看得白小纯心惊肉跳。

拍卖会进行大半个时辰后，钱颂的声音在大厅中回荡。

“现在拍卖的，是一瓶二阶灵药——紫气升灵丹，一共十枚，品质无限接近中品，底价一百灵石，每次加价不少于十灵石。”

听到这里，白小纯立刻精神抖擞，赶紧探出头，眼巴巴地望着，恨不得所有人都开价。

不知为何，有些冷场，白小纯心里咯噔一声，又等了一会儿，这才有人开价。

“一百一十灵石。”

开价的是一个外门弟子，这几乎是他全部的积蓄了，说完，他紧张地看着四周。

白小纯更紧张，这一瓶紫气升灵丹，成本就足有五十块灵石了，放在坊市去卖，也能卖到一百五十、一百六十块灵石。

此刻他哭丧着脸，有些傻眼。

当钱颂要拍板时，终于又有人开出了价格，最后把价格推到了一百八十灵石。

“一百八十灵石也不错了，比在坊市上卖得多。”

白小纯这才松了口气，擦去额头的汗水，安慰自己。实际上这个价格已经不低了，只是与前面那些珍贵之物相比，落差有些大。

很快，白小纯的第二瓶灵药也被卖出，价格略高了一些，二百块灵石，这让白小纯有些惊喜。

直至第三瓶灵药也被拍卖时，凝气弟子的兴趣才被勾起来，开价之人陆续增多，到了最后，白小纯发现，自己的第三瓶灵药，居然卖了二百三十块灵石。

“六百多块灵石，不愧是拍卖会啊，够了够了，这些灵石够我炼制三阶灵药了。”

白小纯是一个很容易满足的人，此刻，他在房间内，心里美滋滋的，期待那枚优品灵药登场。

“这么算的话，我的那枚优品灵药，是不是可以卖出……三百灵石？”白小纯迟疑了一下，有些没把握。

“二百也行！”他点了点头。

时间流逝，在白小纯的等待下，拍卖台上的钱颂，神色有些古怪。他看着众人，干咳一声。

“钱某接下来要拿出的拍卖物，很有意思。那是一枚二阶灵药，一样是紫气升灵丹，可有些不大一样。”

白小纯忐忑地站在凉台上，心里七上八下。

第 78 章

他们是在说我吗

拍卖阁内的许多人听到钱颂的话后，都朝拍卖台看去。

那些修为超过凝气八层的内门弟子，大都没有理会，有的在彼此交谈，有的则在闭目养神。

“这枚丹药，大家可以先看一下，然后钱某再说价格好了。”

钱颂干咳一声，一个妙龄女子拿着木盒从他身边的光门内走出。

闻言，众人更有兴趣了，纷纷探头观望，想要知道到底是什么样的紫气升灵丹，居然可以让钱颂卖关子。

白小纯更紧张了，站在那里呼吸急促，望着拍卖台，那个妙龄女子缓缓打开了盒子，将一枚丹药取出。

她双手白皙，衬得丹药颜色更深，众人甚至可以清晰地看到丹药上的三道灵纹，以及灵纹旁刻着的小乌龟。

这一刻，无数人凝望，慢慢地，阵阵惊呼之声传出。

“炼灵三次！天啊，我没看错吧！”

“丧心病狂，居然将一枚二阶灵药炼灵了三次！竟然还成功了！”

“这也太疯狂了吧，竟把紫气升灵丹炼灵！”

所有外门弟子都震惊了。

“该死的，这是谁干的，如此败家！”

“炼灵三次，这得有多傻，才会有如此变态的想法！”

那些原本没关注拍卖的内门弟子，都诧异地看去，当看到丹药上的灵纹后，一个个也瞪起了眼，倒吸凉气，有一些人甚至直接站了起来。

要知道炼灵的成功率不高，一次还好，两次就差了一些，至于三次，那就要看运气了，就算是大师，也不敢说三次必成。

灵溪宗内，很多人在第三次炼灵时，法宝破碎，心痛得不行，以至于对炼灵又爱又恨，身边若有人成功，必定引来无数艳羡。

而一件法宝若炼灵了三次，那么这件法宝的威力会大很多，足以震撼众人，被无数人追捧，而如今，他们居然看到了一枚炼灵三次的丹药，而且还只是一枚二阶灵药！

他们神色复杂，心中百感交集，有的人甚至握紧了拳头，脸上青筋鼓起，尤其是紫鼎山的那些内门弟子，他们学的就是炼灵，此刻更是痛心疾首。

“有如此运气，居然把丹药拿去炼灵，还拿到这里卖弄，该死的，要是我有这种运气，就去炼灵法器。”

就连一些筑基修士也被惊到了。

看到这一幕，白小纯在平台上倒吸一口凉气，有些心惊，他呆呆地看着下方那些人，觉得自己似乎有些过分，于是，赶紧摆出一副义愤填膺的样子，指着拍卖台上的丹药，愤怒地低吼：“败家啊，太败家了！”

远处的孙尘不住地苦笑，他之前拿到这丹药时，跟众人也是一样的感觉，此刻看到白小纯的样子，他愣了一下，额头不由得出了冷汗。

就在这时，靠近拍卖台的人群里，有人眼尖，看到那妙龄女子手中的丹药上，有一个小乌龟图案。

“咦？这小乌龟怎么有些眼熟……”

他话语一出，众人又看了过去，方才他们全被三道灵纹吸引了，没注意其他地方，此刻一看，立马就看到了小乌龟图案。

“这小乌龟……我想起来了，这不是香云山万药阁十座石碑第一的小乌龟吗？”

“一模一样，那神韵都一样，这是一个人画的！”

“莫非炼制这枚丹药，并且疯狂地炼灵三次的人，竟是香云山那位神秘莫测的天骄小乌龟？”

众人哗然，此地有不少香云山的弟子，他们注意到小乌龟后，全都开始惊呼。

渐渐地，越来越多的人看到了小乌龟，一个个都倒吸一口凉气，无数人直接站起身。要知道，香云山的小乌龟虽销声匿迹已久，但依旧声名赫赫，众人常常猜测小乌龟到底是谁。

可惜，众人至今也没有答案，对方太神秘了，神秘到了无人知晓的程度，并且为人低调，仿佛不在意一切外事一般。

今天，小乌龟居然再次出现了，且一出现，就以这种方式，震撼了所有人。

周心琪在人群内，盯着丹药，胸脯剧烈起伏，心情大变。

“你终于出现了，如你这样的天骄，不可能消失在人海里。尽管你善于隐藏，不动声色，可无论你怎么隐藏，我都一定会找到你！”

周心琪深吸一口气，她暗中寻找小乌龟已经很久了，也怀疑过白小纯，但很快就否定了，在她的心里，已经为小乌龟勾勒出了一个形象，那是一个冷静执着，不会为名声所累的人。

实际上，并非周心琪一个人这么想，这是所有人的共识，就连侯小妹都这么认为。

众人甚至还分析过对方为何画乌龟，得到的答案是，此人淡泊名利，却有大志，以龟来比喻自己的丹药，可以万古长存。

此刻，侯小妹在不远处，睁大了眼，盯着那枚丹药，因为白小纯的吹嘘，现在的她，已经是宗门内最崇拜小乌龟的人了，甚至拉着不少同门，与她一起，组成了一个小乌龟联盟。

“啊，是小乌龟！”侯小妹差点跳起来，惊喜地指着拍卖台。

因小乌龟的出现，众人没有再去质疑炼灵三次的事情，而是陷入了深思。

“他这是追求极致的表现！”

“此人性格孤傲，将丹药炼灵不是为了买卖，而是为了追求药道的精髓，为了探索，实在是执着！”

就连之前那些痛心疾首的内门弟子，也都面面相觑，凝重地望着那枚丹药，此刻没有人认为，对方是为了卖弄才炼灵三次的。

“原来是这位天骄，我明白了，此人有大志，这是执着的表现，执着于让自己的丹药品质达到极致！”

“他很厉害，也很惊人，这种毅力，这种对于完美丹药的执着，值得我们所有人学习！”

“炼灵三次，可以提升三次丹药的品质，也就是说，这枚丹药本身就是中品，此人的炼药造诣，已经远超我等，不愧是小乌龟！”

“这枚丹药，值得留念，我要定了！”尽管此丹不适合那些内门弟子服用，可是让他们感受到了一股精神。

他们看着丹药，似乎看到了一个淡泊名利，一心追求药道极致的天骄的身影。

眼看众人改变立场，白小纯抬着手，睁大了眼，呆呆地看着下方的众人，听着他们的话，白小纯忽然脸红了。

“他们、他们是在说我吗？”白小纯激动得颤抖，他都没发现，原来自己这么优秀，此刻恍然大悟，非常想大吼一声，告诉所有人，他就是那名动天下的小乌龟！

就在这时，拍卖台上的钱颂，咳嗽一声，目中露出一抹笑意。

“既然大家都看出来了，那么这枚有着象征意义的灵药，底价五百灵石，每次加价不少于五十灵石！”

这种价格，让白小纯倒吸一口凉气，这已经是天价了，大多数外门弟子根本就买不起，紧接着，白小纯就惊呆了。

“六百灵石！”

“七百灵石，这枚丹药上有药道精神存在，我志在必得！”

“八百，谁和我抢？”那些内门弟子，纷纷开价，声音传遍四周，点燃了此地的氛围。

开价声不断传出，很快就开到了一千五百灵石，白小纯口干舌燥，呼吸急促，对这一切难以置信。

“疯了，都疯了，再疯一点吧，加油！你们都是好样的！”白小纯激动地开口。

“一千八百灵石。”周心琪蓦然开口，声音传出时，引得无数人看去，白小纯也赶紧看去，给周心琪加油。

第 79 章

小纯，我们信了

这种价格，对于很多内门弟子而言，已经是极限了，大部分竞价的内门弟子，一个个不甘心地叹息，其他人也低下了头。毕竟，开出这个价格的是周心琪，而她本身就是药道天骄，她既然表现出了买下此丹的决心，大家都是同门，也不好继续争夺。

白小纯对于这个价格也非常满意了，他恨不得跑过去代替钱颂拍板，可是，突然，一个少女的声音蓦然传出。

“我侯小妹是修真家族的，有的是灵石，我开三千灵石！”

白小纯猛地睁大了眼，满脑子都是三千灵石。他看着侯小妹，双眼冒光，这一刻他多么想上去一把抱住侯小妹，给她三千个大拇指，告诉她，你是好样的！

拍卖阁内的众人，听到这个价格之后，一个个都呆了。他们看向声音的主人，发现是一个叉着小腰，白白嫩嫩，身材娇小，满脸得意的少女。

她抬起下巴，看着周心琪，一副“我是修真家族的人，我怕谁，我很有钱”的样子，可非但没有让人反感，反而越发觉得她可爱，不少人面带笑意。

“三千一百灵石！”

周心琪平静地开口，神色已冷了下来。

“小乌龟对我很重要，但凡是小乌龟的丹药，我侯小妹不惜一切代价，都要买来，哼，我出四千灵石，我是修真家族的，有的是灵石！”

她又强调了一句，侯云飞低着头，一脸尴尬，心底也在发愁，他这妹妹，不知怎么就崇拜上了小乌龟，这几年更是越来越狂热。

周心琪的倾慕者看不下去了，不少人纷纷开口，说侯小妹为了一枚二阶灵药，竟开出如此高价，实在败家。

“本小姐就是有灵石，你咬我啊？”

侯小妹听到这些话，立马不乐意了，挺着小胸脯，叉着小腰，脆声反驳。

白小纯在楼上，看着这一幕，越发觉得当初让侯小妹把小乌龟当偶像，是非常正确的决定。

周心琪皱起眉头，她没有那么多灵石，沉默半晌，轻叹一声，只能放弃。

侯小妹眼看周心琪不开价了，顿时大喜，实际上，她身上也没有那么多灵石，刚刚也是装腔作势，只不过，她当着这么多人的面，说出了这样的话，家里的老祖总不能不承认吧。

最终，这枚炼灵三次的丹药，被侯小妹买走。

白小纯心满意足，看了一眼远处的侯小妹，干咳一声，想着侯小妹这么崇拜自己，他若再不告诉侯小妹自己的真实身份，就太不对了。

于是，他打定了主意，等到第一天的拍卖结束，他就赶紧出去，表明身份。

几个修真家族的老祖在拍卖阁后台，负责此地的防御，其中一个中年男子干咳一声，向着同伴苦笑。

“那个……我孙女性格顽劣，让大家见笑了。”

他说着，拿出灵石，放在了一旁。

“赤子之心。”

众人哈哈一笑。

第一天的拍卖结束了。拍卖会一般会持续数日，白小纯不打算继续来了，他的丹药都已卖光。此刻，他精神振奋地走出，到了门口，站在那里，遥望从拍卖阁涌出的人群。

这些人都是门中弟子，正兴奋地议论紫气升灵丹。

很快，白小纯就看到了周心琪，她正在跟其他人说话，似乎在劝说对方不要气馁，一看到白小纯，她先是一愣，然后赶紧避开，没等白小纯靠近，她就化作长虹飞出。

白小纯正郁闷，就听到了侯小妹的声音。

“小纯哥哥！”

侯小妹一脸喜悦，蹦蹦跳跳从人群内挤出，到了白小纯身边，侯云飞在侯小妹的身后，看到白小纯，也露出笑容。

白小纯望着侯小妹，摆出一副前辈的样子，拍了一下侯小妹的头。

“不错，以后买东西时，就要这样霸气！”

侯小妹立刻脸红了，随后想起了什么，高兴地拿出那枚紫气升灵丹。

“小纯哥哥，你快看，这是小乌龟炼的丹药，被我买下了。你要不要，我送给你，你以前不是说你最崇拜小乌龟吗？我特意给你买的。”

她将丹药放在白小纯面前，脸上满是期待，仿佛她的世界里，此刻只有白小纯。

一旁的侯云飞看到这一幕，目光柔和，含笑不语。

白小纯一怔，没想到侯小妹买下丹药，原来是为了自己，他顿时感动了，看到周围人不少，白小纯深吸一口气，神情严肃。

“小妹，我要告诉你一个天大的秘密！”白小纯眼神坚定，慢慢开口。

侯小妹一愣，身边的侯云飞也诧异了一下，看向白小纯。

“什么秘密？”侯小妹好奇地问道。

白小纯用力地咳嗽一声，抬起下巴，小袖一甩。

“我，白小纯，就是那名动天下，神秘莫测，惊天地泣鬼神的小乌龟！”白小纯仰天大笑，说出这句话后，他十分感慨。

这个秘密，他憋在心里好几年了，此刻终于能够说出，真是畅快呀！

最重要的是，他认为要让侯小妹知道，原来偶像就在身边！

白小纯抬头看着天空的白云，一副孤傲的模样，耳朵却竖了起来，等待侯小妹与众人的惊呼。

他心底还想好了一会儿自己该说什么话。

可等了半天，都没有声音传来，四周一下子安静了，白小纯诧异，忍不住看向侯小妹与侯云飞。

侯小妹呆了，侯云飞也呆了，他们都傻傻地看向白小纯，那些从拍卖阁出来的弟子，也一个个神色古怪。

“小乌龟那是淡泊名利，如白云一样的人物，白师叔居然自称是小乌龟？呵呵……走吧走吧。”

白小纯面色难看，正要解释。

“小纯，你没事吧？”

侯云飞有些担心，摸了一下白小纯的头。

“我真是！”白小纯着急地说道。

“啊？好的好的，你是你是……”

侯云飞神色古怪，赶紧点头。

“小纯哥哥，你以前和我说过，小乌龟是淡泊名利之人。其实在我心中，你和小乌龟一样，都很好，你不用假冒小乌龟……”

侯小妹幽幽地看着白小纯，轻声说道。

“我真的……”

白小纯还没说完，一旁的侯云飞神色肃然，拉住白小纯的手臂。

“小纯，我们信了！”

“我真……”

白小纯睁大了眼，刚开口，侯云飞神色更为严肃。

“小纯，我们真的信了！”

“我……”

白小纯十分茫然，只觉得万念俱灰，怎么解释也解释不清了，理想与现实的巨大落差，使得他万念俱灰，他只得转身，失魂落魄地走远。

回到宗门后，他在院子里呆呆地望着天空，神色悲哀。

“我真的是小乌龟啊！”

他觉得委屈，认为自己想在万众瞩目下说出真实身份的理想破碎了。

他认真思考，找出了问题所在，是自己这些年把小乌龟吹得太过了，以至于在所有人心中，小乌龟无比孤傲。

准确地说，在他与侯小妹的不懈努力下，小乌龟已经被神化了……

半晌后，他不甘心，去找了许宝财，当着许宝财的面，他严肃地说出了自己的身份，许宝财呆了，连连点头说“我信了”。

白小纯哭丧着脸，回到院子里，再次发呆。

直至数日后，孙尘来访，给他送拍卖所得的灵石，他才开心起来，觉得自己抓住了希望，因为孙尘知道那丹药是自己送去的。

可还没等他开口，孙尘就抱拳向着他深深一拜，神情凝重。

“白道友，之前不知晓那枚丹药是贵宗天骄所炼，家族老祖对此事也很吃惊，如今，宗门内能与那位天骄联系的人，想必只有白道友，不然白道友也不会有天骄的丹药。还请白道友转告那位天骄，我孙家，希望与他有长久的交往，日后若有丹药需要处理，孙家定当全力以赴！我知道此人淡泊名利，追求的是极致的药道，这等人物，日后必定一飞冲天，我孙家愿为他处理凡尘俗事。”

孙尘抱拳深深一拜，抬头一看，才发现白小纯眼中的茫然之色，等了片刻，他也不见白小纯回神，迟疑一下，便再次抱拳，告辞离去。

孙尘心底也在感慨，白小纯在灵溪宗果然地位非凡，那无人知晓的神秘天骄，居然都与他有交情。

孙尘压根就没想过白小纯就是小乌龟，主要是两人的形象差距太大了，小乌龟的事情，不仅灵溪宗的弟子知晓，外面的修真家族也知道，他们根本不相信白小纯就是小乌龟。

直至明月高挂，白小纯才回过神来，他叹了口气，一跃而起，站在院子内的竹子上，背着小手，仰望星空。山风吹来，撩起他的黑发，吹动他的衣衫。

“没想到我竟然还很‘淡泊名利’，唉，都怪我平日里掩饰得太好了，有时候，太过优秀，也会寂寞。”

白小纯小袖一甩，独自一人站在那里，在月光的照耀下，看上去真有种寂寞之感。

第 80 章

张大胖的天赋

有了足够的灵石，白小纯不再去琢磨小乌龟的事情，待在炼药阁内，沉迷于炼药，渐渐地，他掌握了炼制二阶灵药的诀窍，将成功率提升到了一个惊人的程度，这才开始尝试炼制三阶灵药。

随着他开始炼制三阶灵药，轰鸣之声时常从炼药阁传出，有一次，不知道什么原因，丹炉直接被炸得飞了起来，哐当一声，掉在一旁。

这还不算什么，有一次，竟爆出了浓烟，此烟十分诡异，就连阵法都无法阻挡，使得众多炼药之人纷纷跑出。

白小纯跟着跑了出去，最终，众人也没查出罪魁祸首到底是谁。

白小纯心底委屈，迟疑了一下后，更加小心翼翼地炼三阶灵药，慢慢地，他都怀疑自己了，他发现自己总是炼制出一些稀奇古怪的灵药，似乎从刚开始炼药时，就出现了这个迹象，那个时候引来了无数的蚂蚁……

“莫非是因为我不愿意按照固定的药方炼药，每次炼药，都随心改变药量？又或者因为我天赋异禀，就连老天爷都嫉妒，所以对我百般刁难？”

此刻，白小纯望着面前的丹药，愁眉苦脸。

这些丹药有的是圆形的，有的是方形的，还有一些像是用泥巴胡乱捏在一起的，一看就不是正常丹药，可偏偏每一枚都有药香散出……

只不过，给白小纯一百个胆子，他也不敢吞下那些丹药，鬼才知道那些丹药会有什么令人匪夷所思的药效。

“我追求的，是药道的极致，就如天空上的白云，缥缈无痕，淡泊名利，而追寻药道的路，必定是坎坷的，我不怕坎坷，要坚定地走下去，这才是我，不一样的白小纯。”白小纯深吸一口气，将丹药收起，继续炼制。

这一炼，就是大半年，到最后，炼药阁内几乎没几个房间能继续炼药了，这里实在太危险了，白小纯所在房间的丹炉，甚至炸开了一道缝，白小纯哭丧着脸赔偿了一些灵石，就被客气地请出了炼药阁。

他正想摆出掌门师弟的身份去理论，却发现传音玉简内有张大胖的口信，说到了他的居所外面，问他在哪儿。

白小纯一看张大胖来了，这才放过炼药阁。走在香云山的小路上，他又开始感慨：“追求药道的极致这条路，注定是坎坷的，我白小纯是天上的白云，绝对不会因此屈服！”

白小纯抬头挺胸，走着走着，发现有些不对劲，现在是晌午，平日里这个时候，宗门是最热闹的，眼下香云山却安静了很多，放眼看去，一个凝气六层以上的弟子都没有，走在路上的都是凝气六层以下的弟子。

白小纯感觉十分诧异，远远地看到一个高瘦青年，在自己的宅子外面走来走去，似乎很振奋的样子，此人就是瘦下来之后的张大胖。

“大师兄！”白小纯赶紧跑过去，高呼一声。

“九师弟！”张大胖立刻转身，看到白小纯后哈哈一笑，张大胖不在意白小纯掌门师弟的身份，在他眼中，白小纯就是自己的小师弟。

此刻，二人坐在院子里，彼此说了一下近况后，白小纯好奇地开口：“大师兄，你很少来我这里，今天怎么过来了？有什么事需要我白小纯做的，你说就是。”白小纯是真的把张大胖当成自己的哥哥，当初在火灶房的一切，每次回忆起来，白小纯都感觉非常温暖。

张大胖干咳一声，看了白小纯一眼，一拍胸口，顿时升起一股气势。

“九师弟，告诉你一个天大的秘密！”

白小纯一听“秘密”这两个字，顿时睁大了眼。

“以后我张大胖，在灵溪宗，一定会声名赫赫，无人不知，甚至还会有不少弟子前来巴结，即便是筑基长辈，说不定也会对我客客气气的。”张大胖骄傲地开口。

“啊？怎么回事？你也是小乌龟？”白小纯一愣。

“什么小乌龟？九师弟，你知道我师父是紫鼎山的掌座许媚香吧？”张大胖神采飞扬，看了白小纯一眼，深吸一口气，沉声开口。

白小纯点头，他知晓此事，也明白张大胖之所以变瘦，就是因为他师父不喜欢胖子。

“知道我师父最擅长的是什么吗？炼灵！知道我从我师父那里学的是什么吗？炼灵！哈哈，我张大胖具有超高的炼灵天赋，就连我师父都赞不绝口，甚至无比惊讶。她今天和我说，用不了多少年，我就会成为我们灵溪宗炼灵第一大师！”

张大胖站起身，激动地抬头望着天空，那气势仿佛天上地下，唯我独尊。

“炼灵？”白小纯眨了眨眼，看到张大胖威武不凡的模样，连忙摆出崇拜的样子，惊呼起来。

看到白小纯如此配合，张大胖更高兴了，一拍白小纯的肩膀。

“九师弟，以后别人找我炼灵，我看不顺眼就不给他炼，看顺眼的也要付钱，不过你和三胖，还有咱们火灶房的其他人，我这辈子不要你们一块灵石，自家兄弟，你们只要把材料备齐，我一定给你们炼好！”

张大胖意气风发，实际上，从他进入紫鼎山之后，他就始终有些苦恼，如今发现自己具备炼灵天赋，他大喜，想到的第一件事就是来找白小纯。

“师兄威武！”白小纯露出狂喜的模样，欢呼起来。

“来来来，你随便给我拿一件武器，师兄当着你的面，给你炼一次，你拿着这件武器，参加几个月后的资格战，定可位列我南岸前十，代表南岸与北岸进行天骄之战！”张大胖十分高兴，大声说道。

“呃……”白小纯眨了眨眼，看到张大胖这样开心，索性从储物袋内拿出一把寻常的飞剑，带着期待，递了过去。这样的剑，他有好几把。

张大胖拿过飞剑，深吸一口气，一拍储物袋，数十块矿石便从储物袋内飞了出来，被他操控，与飞剑飘浮在了一起。

他闭上双眼，片刻后全身修为轰然爆发，他的修为虽不如白小纯，但也到了凝气六层大圆满，此刻，他头发飞扬，白小纯看到张大胖的左手，竟在这一刻发出了耀眼的银光。

四周顿时起了大风，隐隐改变了灵气的波动方式，更有一丝丝灵气从周围涌来，直奔那些矿石，又如被过滤一样飞出，冲向张大胖的左手，而那些矿石也飞速化掉，眨眼少了大半。

白小纯眼都看直了，这还是他第一次看到别人炼灵，与他用龟纹锅炼灵截然不同，炼灵师本人似乎可以沟通天地，引来天地之力。

很快，张大胖身体颤抖起来，哆嗦了足足半炷香的时间，他深吸一口气，双眼猛地睁开，左手银光闪耀，顺着剑身一扫。

“开灵！”

四周仿佛都震了一下，银光瞬间从张大胖的左手飞出，化作无数丝线钻入飞剑内，眨眼间，这把飞剑就成了银色的。

这一幕太过惊人，白小纯看得倒吸一口凉气，心神一震。

许久，张大胖气喘吁吁，将手中的银色飞剑递给白小纯。

“拿着，这把剑已开灵了，你将体内灵力注入试灵，必定出现银纹！”张大胖擦了下额头的汗水，自信满满地开口。

白小纯接过飞剑，心情激动，体内灵力猛地散出，融入飞剑内，可就在灵力与飞剑融合的瞬间，咔咔之声传出，这把飞剑上的银光瞬间变淡了，最后甚至完全消失了，而这把剑上，出现了一道道裂缝，似乎承受不住天地之力，彻底成了废铁。

“啊？”白小纯一愣，张大胖也呆了一下，两人你看看我，我看看你。

白小纯干咳一声，正要说自己这把剑质量不好时，张大胖一把拿过飞剑，呼吸急促地仔细观察，片刻后狠狠一跺脚。

“方才是我失误了，没控制好灵铁融化的量，导致天地之力多了一些，没事，九师弟你再给我一把飞剑，我给你再炼一次！”张大胖执着地望着白小纯，目中都有了血丝。

白小纯不忍，于是再次拿出一把飞剑，张大胖深吸一口气，这一次神色极为认真，片刻后，当第二把飞剑也充满银光时，张大胖将其递给了白小纯。

“要不……大师兄你自己尝试一下？”白小纯迟疑地开口。

“炼灵第一铁律，任何炼灵物品，除非是炼灵师自身之物，不然绝不可代为试灵！这是铁律，不可触犯，一旦开了戒，日后会引来无数麻烦。”张大胖严肃地说道。

白小纯一看张大胖如此严肃，赶紧接过飞剑，他是真的希望这次可以成功，否则的话，对张大胖的打击也太大了。

白小纯沉吟片刻，才开口。

“那个……大师兄，你在这里等我，我回房间去试，方才可能是我太紧张了。”

第 81 章

念灵古法

张大胖心底也紧张，听到白小纯这么说，他觉得似乎有些道理，于是连忙点头。

“对、对，师尊也说过，让我不要看结果。九师弟，你快回房间里试灵吧。”张大胖咳嗽一声，故作镇定地说道。

白小纯转身快走几步，回到房间后，他看了一眼手中的飞剑，皱起眉头，担心张大胖会受到打击，没有轻易尝试，而是掐诀一指，龟纹锅立刻出现。

“唉，大师兄之前一直郁郁寡欢，如今好不容易重拾信心，可不能让他失望地离去。不知道这样做，会不会使得飞剑炼灵成功。”白小纯沉吟片刻，点燃一色火，将手中没有试灵的银色飞剑，扔入锅中。

银光本就刺眼，此刻再次一闪，白小纯收起龟纹锅，拿起银色飞剑，一咬牙，体内灵气轰然而出，瞬间融入剑身内，没有遇到丝毫阻碍。接着银光飞速收缩，最后在剑身上形成了一道银纹。

“成了！”白小纯惊喜，他也不知道是张大胖本就成功了，还是自己的原因，赶紧推开大门走了出去。

“大师兄，成了，成了啊，大师兄你太厉害了！”

院子里，张大胖患得患失，心底紧张得不得了，面部僵硬，看到白小纯后，他身体一颤。当他发现白小纯手中的飞剑上有一道银纹时，猛地一拍大腿，仰天大笑。

“怎么样，怎么样！我就说嘛，之前是没控制好量。我在紫鼎山可是成功炼灵过三件武器了，连我师父都说我天赋极佳。九师弟，这一次成功了吧！”

张大胖激动不已，拿着白小纯递过来的飞剑，眉开眼笑地看去。

白小纯站在一旁，目中露出崇拜，看得张大胖更为振奋。

张大胖深吸一口气，手臂一挥：“来，师兄今天高兴，再给你炼灵一次！”

“大师兄，要不下次吧。”

白小纯隐隐觉得，这样似乎有些不妥，他依稀记得宗门对于炼灵，似乎有很多忌讳。

“无妨！”

张大胖不容分说，拿着飞剑，精神抖擞，全力以赴地开始炼灵。

对同一件东西的二次炼灵明显比首次炼灵困难多了，张大胖几乎用光了他的那些矿石，全身颤抖，甚至还吞下了不少丹药，这才勉强引来天地之力，融入剑身中。直至此剑银光闪耀，张大胖整个人几近虚脱，坐在地上，气喘如牛。

但是，他目中带着兴奋之色，把剑递给了白小纯。

“再试试！”

白小纯立刻点头，接过飞剑后还没来得及试灵，张大胖就一把抓住他的手，严肃地叮嘱：“别在这里试，我和你说，九师弟，试灵最重要的就是感觉，感觉好的时候如有神助，上次你既然在房间里试灵成功了，那么还是回房间去试！”

白小纯眨了眨眼，觉得张大胖对于炼灵好像真的很懂的样子，于是凝重地点了点头，跑回房间后想了想。

“说不定大师兄在炼灵上，的确很厉害，方才我就算不用龟纹锅，也是成功的。”

他想到这里，看了一眼手中的飞剑，索性不用龟纹锅了，体内灵力猛地散开，融入剑身内。

眨眼间，银光一闪，可是又飞速变暗。咔咔声中，飞剑上出现了一道道裂缝，成了废品。

白小纯立刻苦着脸，正发愁时，外面传来张大胖紧张又焦急的声音。

“九师弟，我方才好像看到银光了，怎么样，成没成？”

“那个……我还没试，我这就试……”白小纯连忙开口，焦急起来。

院子里，张大胖沉默，脸上露出苦涩的神情，他也不傻，怎么会听不出来，况且方才白小纯进入木屋后，他依稀看到窗户的位置银光一闪。

张大胖轻叹一声，知道白小纯不愿意让自己失望，此刻深吸一口气，向着木屋开口。

“九师弟，师兄知道你试过了，没事，我……我先走了。”

张大胖来的时候精神振奋，此刻被现实狠狠打击，难免消沉。

他知道自己鲁莽了，按照师父的说法，炼灵是一种很玄妙的术法，没有人可以保证次次成功。可偏偏修真界有一种很奇怪的现象，似乎成功的次数越多的人，就越是可以成功，而失败的次数越多的人，就越是无法成功。

说来拗口，可实际上是一种念力起到了决定性作用，那是很玄妙的感觉，仿佛越自信的人，成功的可能性就越大。

所以，在炼灵界，有两种修行之法。一种是正统的，讲究的是炼灵师只负责炼灵，不会亲自试灵，而且，雇主不可在炼灵师面前试灵。无论炼灵成功或失败，都不会影响炼灵师的心态。炼灵师将物品交给雇主后，就会忘记此事，始终保持一种平静的状态。

而还有一种极端的修行之法，讲究的是玄而又玄的念力之法。炼灵师一定要亲眼看到结果，成功的次数越多，则自身炼灵的能力越是惊人。只是这种修行之法太极端了，一旦炼灵师受挫过多，影响之大，甚至可以毁其天赋，使其一生不敢炼灵。

即便如此，还是有不少人追捧此法。甚至连张大胖的师尊许媚香也承认，若有人修行那种极端的炼灵之法，连续成功达到一定的次数，那么，此人的念力将变得极为强大，充满自信，在炼灵方面，将大有进步。

灵溪宗的镇宗之宝，那把炼灵了十次的天角剑，就是在万年前，被一名疯狂的炼灵师炼制出来的。

张大胖心中苦涩，他明白，紫鼎山这一脉，修行的是那正统之法，自己因为太激动而犯下这个错误，没有了平静的心，不知需要多久才能恢复过来。

白小纯在房间内，透过窗户看到张大胖失落的背影，他不想让张大胖失望，一咬牙，立刻从储物袋内找出一把一样的飞剑，取出龟纹锅，快速将飞剑炼灵两次。

张大胖苦笑，推开院子的门，正要走出去，身后忽然传来白小纯惊喜的声音。

“大师兄，成了！”

木屋的门被一把推开，白小纯拿着有两道银纹的飞剑，一脸狂喜地冲了出来。

“真的？！”

张大胖身体一震，猛地转身，看到飞剑后立刻拿在手中，身体微微颤抖，有些不敢相信，眼中慢慢露出激动之色。

“哈哈，在炼灵上，我张大胖的确是一代天骄，竟成功了两次！连续炼灵两次，我居然都成功了！”

张大胖一把抱住白小纯，心中狂喜，眼泪都差点流下来了。他修行的资质一般，若非祖上与师尊有些渊源，也不可能进入灵溪宗。

在火灶房时，有那些珍宝，他才可以达到凝气三层大圆满。进入外门后，没有了那些灵食，他修行起来越发艰难，眼看黑三胖超越了自己，白小纯也超越了自己，尽管更多的是祝福，可心中难免也有失落。

张大胖如今知晓自己有炼灵的天赋，心中的喜悦之情外人难以想象。他觉得，自己是有用的。此刻，他激动得仰天大笑，产生了强烈的自信，似乎隐隐有一丝丝奇异的力量正在凝聚。这一丝丝奇异之力，正是念力的雏形。

炼灵极端之路，成功的次数越多，炼灵师就越自信，念力就会越强，成功的概率也会增大！

或许，只要炼灵师认为是自己做到的，取得了一次次成功，就同样可以产生玄之又玄的念力。

张大胖走了，精神振奋。白小纯送别张大胖，站在院子里，他不知道自己做的是对是错，可看到张大胖那么开心的样子，他觉得，自己没做错。

张大胖离开数日后，白小纯终于从许宝财那里知晓了香云山人少的原因。几乎所有修为达到凝气六层的外门弟子，都开始闭关了。他们试图突破到凝气八层，渴望参与那半甲子一次的宗门天骄战！

南北两岸外门天骄战，会在三个月后举行，此战将受到整个灵溪宗的瞩目，东林洲范围内所有修真家族与小宗门，都对此极为关注。

这一战，是南北两岸的外门中当代天骄的战斗。南北天骄战决出前十名，这些外门弟子将成为灵溪宗的龙子凤女，以此身份晋升为内门弟子，无论是名气还是宗门对他们的在意程度，都将与以其他方式晋升为内门弟子的人截然不同。

历代南北天骄战中的前十名，往往都会保持辉煌的成绩，成为宗门翘楚，名震八方。即便是其他与灵溪宗同样庞大的宗门，也十分在意他们。

同时，位列南北天骄战前十的弟子，宗门都有丰厚的奖赏。尤其是第一名，据说宗门会奖励数十万贡献点，以及许多珍宝，甚至还可获得一次进入宗门秘境的机会，这使无数人心动不已。

而想要参与传说中神秘莫测的传承序列的选拔，以南北天骄战前十的身份成为内门弟子，也是重要的资本。

在南北天骄战之前，还有一轮资格战，南北两岸各自举行，选出两岸最强的十大外门弟子，代表两岸参加天骄战。

而这一次，只有达到凝气八层的外门弟子才能参与。想要成为内门弟子，有两个要求，一个是达到凝气八层，另一个是通过试炼。

平日里晋升为内门弟子的试炼，各种方式都有。唯独在每三十年一次的天骄战期间，按照惯例，会将资格战列为试炼。而这种试炼，被宗门弟子称为最强试炼，同样也是最受瞩目的试炼！

所以，不少外门弟子始终没有晋升，就是在等资格战。在资格战中位列前一百，就可以晋升为内门弟子，位列前十，便可成为代表，参与灵溪宗的南北天骄战。

上官天佑、吕天磊、周心琪等人，都想成为南岸资格战前十，与北岸天骄开战，最终以南北天骄战前十的身份，成为内门弟子。若干年后，踏入灵溪宗的传承序列，这才是他们的目标。

第 82 章

南岸天骄

而在这一千年中，南岸始终被北岸压了一头。每一次的外门天骄战，前十之中大半都是北岸弟子，这使得南岸抬不起头，更不用说千年来第一都是被北岸夺走的。

当然这也跟北岸有四峰，南岸只有三山有关。可是，在一千年前，南岸与现在完全不同，无论是炼灵还是炼药，都可被称为宗门的支柱，无人敢招惹。而修剑道的青峰山，更是被称为灵溪宗战力最强之山。

可如今，出于某些原因，情形完全逆转。北岸势大，在每次获胜后，都获得了大量的资源，整体战力越来越强。再加上北岸的修行之法与南岸完全不同，也就使得很多宗门与修真家族认为，灵溪宗的北岸较为强势，已成宗门主导。

灵溪宗，南岸驭物，北岸驭兽。如白小纯入门时所学的，是紫气驭鼎功，而在北岸，入门时所学的则是通天驭象功！所以香云山万药阁中，不但有草木五篇，而且有灵兽五篇。

鉴于这千年来两岸对战，南岸连连失败，尤其是三十年前的那一次，前十中居然只有一名弟子是南岸之人，此事让南岸三山的掌座与长老十分愤怒，下了狠心，亲自外出，这才选中了上官天佑三人。

上官天佑、吕天磊、周心琪是这一次南岸准备的撒手锏。这三人分别被各山掌座收为弟子，得到掌座的悉心栽培，如今修为都达到了凝气八层，已能战胜不少内门弟子。

尤其是上官天佑，实力更是惊人，他擅长虚空之法，被誉为南岸外门第一天骄。

而擅长雷道的吕天磊同样不俗，雷法惊人，就连其师尊许媚香也对其赞赏有加，断定吕天磊此番必能进入南北天骄战前十。

还有周心琪，她平日里显露出的药道造诣非常高超，可实际上她的术法由李青候亲自教导，一样不俗。

白小纯从许宝财那里知晓这些事情后，心怀不忿，觉得北岸太欺负人了。

“等我成功筑基之后，一定要去北岸，好好杀杀那些外门弟子的威风！”白小纯心底有了这样的豪情，至于这所谓的南岸资格战，还有之后的天骄战，他一点兴趣都没有。

白小纯觉得，这种打打杀杀的事情，不符合自己的身份。他是荣耀弟子，是掌门的师弟，辈分都不一样，白小纯认为自己不应该和那些晚辈争抢。

“万一争不过怎么办？这不是给掌门师兄丢人嘛。算了，我还是不去了。”

白小纯干咳一声，觉得自己为了掌门师兄，为了宗门牺牲这么大，应该可以去找师尊上香，诉诉苦了。

白小纯想得很美，也没把天骄战当回事。在这之后的两个月，他总是去找张大胖，让张大胖炼灵，每次都不当着张大胖的面试灵，而是在房间内自己用龟纹锅再炼，然后在张大胖面前露出激动与狂喜之色。

张大胖开始也很诧异，可渐渐转为惊喜，而后慢慢感到得意，甚至习以为常，他自己也非常确定，自己的的确确是炼灵天才。

在这种强烈的自信下，他产生的念力越来越强大。

时间流逝，一个月后，在举行资格战的三天前，白小纯接到了宗门的通知，但凡是凝气八层的外门弟子都要参与资格战，没有商量的余地。

白小纯扫了玉简一眼，打了个哈欠，不以为意，继续炼丹。

直至三天后，清晨，南岸钟声回荡，白小纯才晃晃悠悠地走在香云山上，看着大量外门弟子一个个神色肃然地前行，他打起精神，跟着人群走去。

不多时，白小纯就到了南岸三山后方的一个山谷内，山谷极大，白玉铺路，形成了一个巨大的广场，四周更有一根根盘龙柱。

每两根盘龙柱之间还有雕像，这些雕像上雕刻的全是凶兽，栩栩如生，使得凶煞之气扩散，充斥着整个广场。

旁边山壁上，有一处突起的高台。此刻，高台上有数十个座位，不但李青候、许媚香等三山掌座端坐在上，就连灵溪宗的掌门郑远东也已到来。

南北两岸的资格战并非同时举行，南岸先办，北岸随后。身为灵溪宗掌门的郑远东不能偏袒任何一方，此刻他先来南岸观看，之后还要去北岸那边。

李青候三人在郑远东身边，彼此正含笑闲谈。他们身后还有三山的长老，周长老也在其中。长老们要么闭目养神，要么与其他长老低声交谈，还有的正看向下方不断涌来的弟子。

白小纯在人群内，神色慵懒，他来到广场后站在一旁，好奇地看向四周。他之前没来过此地，那些雕像让他觉得很好奇，于是跑过去仔细打量。

“这些凶兽仿佛是活的一样，有趣。”

白小纯甚至看到一座雕像上凶兽的毛在风中飘扬，这让他觉得不可思议。

就在这时，人群中传出阵阵惊呼。

“周师姐来了！”

“周师姐修为早就达到了凝气八层，这一次前十必定有她，甚至以她的实力，进前三也是稳妥的！”

只见一道蓝绫从远处呼啸而来，临近后，化作了周心琪的身影。她先是向着高台抱拳一拜，随后走到一旁，闭目养神，表面上看似平静，可她心中一样紧张。经过多年苦修，这一次的资格战，她志在必得。

高台上，李青候看向周心琪，微微一笑，目中露出赞赏之色。

“青候，这周心琪不仅草木造诣高，术法造诣也不差，想来这一次，定可为你们南岸增辉。”郑远东笑道。

“掌门过誉，我这徒儿还需磨炼，不过她的心性在同辈中的确少见，是个可造之材。”李青候谦虚地道。

当广场四周的人纷纷羡慕地看向周心琪时，白小纯扫了周心琪一眼，咳嗽一声，摆出与李青候差不多的模样，背着小手，目中露出赞赏之色。

关于周心琪的议论还没结束，人群再次热闹起来，所有人都抬头看向天空，只见雷霆轰鸣间，竟有闪电如银蛇游走，一名穿着青衫的少年，神色倨傲，居然踏着一道电光，瞬间到来。

他的身后，无数闪电游走，雷霆轰鸣，气势之强，超越了周心琪。当他踏入广场时，周围十丈内都成了一片雷池，电光向四周扩散开来。而他身上，一样有弧形闪电环绕。

“是紫鼎山的吕天磊！吕师兄具有罕见的雷脉，入门之后始终闭关修行，今日一看，竟如此非凡！”

“这吕天磊不俗，他修行的是什么功法？竟能操控雷电！”

众人骇然时，吕天磊傲然地向着高台一拜，转身走向一旁。在他眼中，此刻整个广场上的外门弟子里，只有一个周心琪可以成为劲敌，至于其他人，他根本不放在眼里。

高台上，许媚香轻笑，双眸露出满意之色。

“掌门，我这弟子修行的极道驭雷法，你看修得如何？”

“已有两分雷意，凝气八层的弟子，竟然能有这种造诣，此子已是筑基境界以下的天骄了。”

郑远东微微动容，多看了吕天磊几眼。

就在这时，青峰山的掌座，那位枯瘦，却给人一种犀利之感的老者，抬起头，遥望远处，脸上露出笑容。

郑远东脸色一变，立刻抬头。四周的所有长老也凝望远方。

一道剑光穿透云层，急速射来。这气势太强，竟让云层翻滚，隐隐可以看到，里面有一把青色的古剑，形成了一道青虹，瞬间冲破所有阻碍，直奔此地。

此剑十分古朴，由青铜打造，仿佛经过岁月的打磨，极为不俗。

飞剑上，站着一名青年，这青年穿着外门弟子的衣衫，一头黑发飘扬，模样俊美到了极点。

此刻他背着手，气势惊人，身体外有一层淡淡的金光。在他身后，青虹居然化作一朵朵青莲，形成了异象。

更远的后方，还有一头身长足有三丈的鱼身龙头之兽在空中游走。这一刻，天空仿佛化作了大海，它所过之处，竟有雨水洒落。

还没等那青年靠近，广场上就吹起了风，飘起了雨。弟子们好奇地抬头，看到这一幕后，纷纷倒吸一口气。

“是上官大师兄！”

“南岸外门第一天骄，上官天佑！”

“传闻他乃剑灵之体，与某位剑修大拿有些渊源，因某种原因，苍天愧疚，故而令其一生福泽无数。其三岁走路时捡到上古残剑，七岁时天空落下一头赤云兽的幼崽认他为主，十三岁得到金光护体，故名天佑！”

周心琪睁开双眸，凝望天空时，露出凝重之色。

远处的吕天磊更是猛地抬头，目中刹那间闪过电光，无数弧形闪电在他全身游走，气势逼人，眼中露出挑衅之色。

“上官天佑，拜见掌门、师尊、二位掌座及诸位长老。”

青虹降临，上官天佑抱拳，向着高台一拜，淡然飘落于地，含笑向着四周的外门弟子点头。

上官天佑目光温和，向着众人点头后，立刻赢得了大家的好感，还有不少女弟子，看向上官天佑时，面露羞涩。

“好、好、好！”

高台上，掌门郑远东目露欣赏，大笑起来。

“竟在凝气八层，就达到了剑气化莲的境界。不管上官天佑与大拿有何渊源，即便他拥有剑灵之体，在筑基前能做到这一点，也实属当世罕见！”

“你们南岸这一次，可是让老夫吃了一惊！”郑远东看向青峰山掌座，哈哈一笑。

李青候三人都露出笑容，身后的那些长老，一个个也笑了起来，大有与北岸一较高下，一雪前耻之意。

郑远东正要继续开口，忽然看到下方广场上，站在一座雕像旁，背着手，摆出一副前辈模样的白小纯。

“这白小纯……装模作样的。”郑远东哑然一笑。

第 83 章

请周长老出马

不仅是郑远东注意到了白小纯，高台上的其他人也看到了他。毕竟其他外门弟子都在惊呼，只有白小纯站在雕像旁，气定神闲的，整个人格外显眼。

“白小纯这孩子也达到了凝气八层，他曾与落陈家族之人一战，九死一生。我看，此子今日必定能进前十，甚至有希望争夺一下前五。”高台上有长老笑着开口。

“没错，此子草木造诣不俗，且一身炼体之法惊人，说不定可以成为这一次资格战的黑马。”

听着众人的话，李青候与郑远东都觉得脸上有光，二人哈哈一笑。

“这孩子与别人不大一样，他的信念之强，远非同辈可比。当年我带他上山时曾问他为何修行，他告诉我，他要活得久一点。”

李青候含笑说道，看向白小纯时，目光柔和。李青候已为白小纯换来了护身法宝，准备等资格战结束后给他。

“大家还是不要继续夸了，这孩子虽是我师弟，可青候了解，此子性格顽劣，还需磨炼，不过心性纯良，不喜高调，也很可嘉。”掌门笑着开口，他虽嘴上这样说，但众人也能看出他对白小纯的期待。

在高台上众人谈笑时，广场上一座雕像旁，白小纯站在那里，望着孤傲的吕天磊，又看了一眼引起无数尖叫的上官天佑，暗自心惊。

吕天磊全身的闪电，看得白小纯头皮发麻，想起了自己前段日子被雷劈的一幕。而上官天佑的经历与那把不俗的古剑，还有他全身散发的惊天的气势，更是让白小纯倒吸一口气。

他觉得这两个人，实在太强大了。可一想到自己的身份，白小纯连忙干咳一声，再次含笑点头，摆出欣赏之色。

“天骄越多，说明我灵溪宗越强大。我是荣耀弟子，是掌门的师弟，绝对不能和这些小辈比较。他们是宗门的未来，我不能欺负他们。嗯，要比也要等这些天骄都进入内门之后再说！”白小纯打定主意，露出很欣慰的模样。

渐渐地，人越来越多，但凡是凝气八层的外门弟子，都摩拳擦掌。还有一些弟子尽管修为没有达到凝气八层，可还是要过来观摩，毕竟，资格战这种盛事难得一见。

整个南岸三山，达到凝气八层的弟子，足有上千人，此刻全部聚集在这山谷内。其中还有不少人，白小纯从来都没见过。因为不是所有人都喜欢热闹，还有很多人平日里喜欢独处，默默地修行，到了资格战这种关键时候，这样的人才会站出来，期望自己能够一鸣惊人。

而在四周，还有更多外门弟子，以他们的修为无法参与资格战，此刻只是观望，一个个期待地望着那些凝气八层的弟子。每个人心中都很好奇，不知道在接下来的资格战中，到底哪些人可以位列前一百，又有哪些能进入前十。

至于前三，在所有人看来是没有悬念的，必定是上官天佑、吕天磊和周心琪，排名应该也是如此。

渐渐地，随着上千名凝气八层的弟子慢慢安静，四周观望的弟子也都安静下来。

一股压抑的气氛逐渐笼罩人群，广场上的肃穆之意更为强烈，压得所有人都喘不过气来，心中开始紧张。

白小纯诧异地发现，自己居然也有些紧张，他觉得莫名其妙，自己根本没打算比呀。他看了看四周，晃动了一下身体，放松下来。

就在这时，高台上李青候的声音，蓦然传开，回荡八方。

“南北两岸，大比在即！你们有的人一向习惯独处，真实的实力不为人知，那么，这一次，就是你展示自己的机会。不要担心因修为提升得太快，又或者有特殊的造化，会引得宗门长辈起贪念。修行是私人的事情，每个人都有秘密。万年来，我灵溪宗从一个小宗发展到如今，绝非偶然。每一名弟子都有各自的造化，你能得到，那是你命中注定的！你们中，还有一些被人称为天骄，可只是因为天赋过人。要知道，天赋好却最终失败的人比比皆是。那么今天，就来证明一下，你们是否如旁人所说，真的是名副其实的……天骄！”

李青候声音激昂，仿佛与四周的肃穆之意产生了共鸣，使得山谷内所有人的呼吸都变得急促起来。

尤其是那些怀揣秘密的人，一个个似乎都在思考什么。即便是吕天磊等人，也都一个个抬起头，战意高涨。

“这一次资格战，前百者，晋升为内门弟子，前十者，将代表南岸参与大比。这是半甲子一次的盛事，也是半甲子一次，让北岸同门记住你们的机会！”

李青候大袖一甩，天地轰鸣。

在这一刻，南岸三座山，竟同时爆发出一道光柱，冲天而起，惊天动地。似有一双看不见的大手撕裂了空间，使得山谷一旁的出口处化出了一座桥。

此桥沧桑古朴，仿佛久经岁月，组成此桥的石块上有着古老的符文。

这座桥，足有百丈宽，一眼看不到尽头，就这么突然出现，仿佛纵横天地之间。

“此桥名为灵溪桥，是我灵溪宗的一件至宝，如今请来，作为你等试炼之路。所有凝气八层弟子，在九声钟鸣后，全部踏入此桥！”

说话的不再是李青候，而是从高台上站起的许媚香。

她模样绝美，此刻神色肃然，衣衫被风吹动，长发飘舞，看起来不似人间女子，如同仙子一般。

“最快到达尽头者，就是第一，以此类推，选出前十、前百弟子！”许媚香的话语回荡在山谷之中，所有弟子心情激动，一个个立马看向那座桥。

这种比试的方法，考查的是综合素质，而且没有规定众人不能打斗，也就是说，只要不死人，无论用什么方法，最快到达尽头的人，就是第一！

而且，可以想象，这座桥上，必定会有一些阻碍，因此，在这场资格战中，运气也占很大的比重。

当众人呼吸急促，跃跃欲试的时候，白小纯在人群内打了个哈欠。就在这一刻，钟鸣声传出。

一声、两声、三声、四声、五声、六声……

这一声声钟鸣传开，敲在众人心上，使得所有参与资格战的弟子的心都提了起来，体内的灵力运转得越来越快，一个个蓄势待发。

当第九声钟鸣传来的一刹那，轰隆之声四起，广场中上千名凝气八层的弟子，几乎都瞬间释放自己的灵力，一个个如同离弦的箭，飞快地冲了出去！

上千人狂奔，更有不少人直接飞了起来，冲向前方的石桥。眨眼间就有人来到了桥上，疾驰而去。

上官天佑速度最快，脚下飞剑呼啸，整个人化作青虹，冲在第一位！

上官天佑的身后是吕天磊，他全身电光闪耀，速度同样快到极致，仅次于上官天佑。他双目赤红，低声怒吼着。

第三位则是周心琪，此女脚下蓝绫抖动，急速前行。

后方还有几人，这几人竟都是面生之辈，显然，正如李青候所说，他们都是平日里真实实力不为人知的弟子。此刻遇到这等机会，他们没有再掩饰，全力爆发，一下子与后方众人拉开距离，甚至能看出，他们还有余力。

四周观望的弟子，此刻全部睁大了眼，内心震动，一齐看去。

广场上，所有凝气八层的外门弟子都疯狂地冲了出去，很快就只剩下白小纯一人孤零零地站在那里。

白小纯眨了眨眼，在第九声钟鸣传来的一瞬间，他就感到一阵狂风从身边扫过，四周已没人了。他的前方，上千人飞速冲上石桥，这一幕很壮观，让他赞叹不已。

“加油！”

白小纯在广场上高呼，接着一闪身，一路小跑，上了石桥。他已打定主意，这场资格战，自己参与就是了，只不过不去抢什么前十、前百。

“听说北岸那边的人一个个老凶了，傻子才去跟他们斗。”

白小纯心里美滋滋的，一副欠揍的样子。至于晋升为内门弟子的事情，他就更不当回事了，他觉得自己已经是荣耀弟子了，是掌门的师弟，谁还在乎一个内门弟子的身份呀？

所以，白小纯此刻一边看着风景，一边不时高呼喝彩，与石桥上的其他人形成了极为鲜明的对比。

四周观望的弟子，一个个都傻了，呆呆地看着白小纯，众人的神色都变得古怪起来。

高台上，李青候额头青筋鼓起，他盯着白小纯，只觉得一股气憋在心中。

许媚香与青峰山的掌座也愣住了，二人相互看了看，都苦笑起来。

至于四周那些长老，此刻都睁大了眼，他们怎么也没想到，这场资格战居然会出现这样的一幕。若是别的弟子就罢了，他们大可以出言训斥，可白小纯的身份实在太特殊了，于是他们一个个不由得看向李青候与郑远东。

郑远东此刻感觉头痛，更是尴尬，觉得太丢人了。他干咳一声，看了一旁的周长老一眼。

“周长老，接下来的事情，老夫可以当作什么都没看到，你那凤鸟，着实可怜啊。”

周长老闻言立刻明白了，脸上顿时摆出阴沉之色，身体蓦然飞出，向着石桥上的白小纯大吼一声。

“白小纯，今天谁也救不了你，老夫抓到你后，定让你体会一下老夫的凤鸟当日的凄苦！”

说着，周长老伸展身体，如一只大鸟般飞向石桥。

第 84 章

难以置信的爆发

白小纯听到这一声怒吼，吓了一跳，连忙回头，一眼就看到了冲过来的周长老，他眼睛猛地睁大，吓得魂飞魄散。

尤其是周长老那凶神恶煞的模样，尽管他没说要取白小纯的性命，只是说让他体会一下那只凤鸟的凄苦，白小纯一想就觉得毛骨悚然。

白小纯不由得幻想了一下，如果自己是那只凤鸟……他瞳孔猛地放大，整个人哆嗦起来，转身急速飞奔。

他并不胆小，他只是怕死，直到此刻他才突然明白，在这世界上还有比死亡更加恐怖的事情，比如自己变成那只凤鸟……

“师兄救我，我不要当鸟！”

白小纯发出凄厉的惨叫。

高台上，掌门郑远东干咳一声，装作没听到。

在周长老的刺激下，白小纯连连惨叫，速度一下子爆发了，嗖的一声飞奔而去，几乎出现了残影，眨眼间就追上了最靠后的那群弟子。这些弟子只感觉一阵风从身边吹过，愣怔地抬头时，只能远远看到白小纯的背影。

“这、这是什么速度？！”他们心中骇然，可紧接着，他们就看到周长老的身影呼啸而过，追向白小纯。

这一幕，顿时让这些弟子全都倒吸一口气。就连观望的那些外门弟子，此刻也都睁大了眼，一个个露出不可思议的神情。

“这白小纯居然这么快！”

“看来被追杀，效果真的不是一般的好……”

当众人一片哗然时，白小纯欲哭无泪，他委屈极了，只能玩命狂奔，很快就超越了一名又一名弟子。那些被他超越的弟子，全都倒吸一口气，无法相信白小纯的速度竟然这么快。甚至还有一名弟子不服气，也咬牙狂奔，可最终只能看着白小纯跑得越来越远。

“奇怪，他怎么跟一只被踩了尾巴的耗子一样！”

这一刻，所有弟子都被白小纯的速度震撼住了，就连高台上的掌门、掌座和长老，也目瞪口呆，很惊讶。

“这……还是掌门高明！”李青候苦笑，向着郑远东说道。

许媚香和青峰山的掌座，也都神色古怪，四周的长老，一个个忍不住笑出了声。

“此子顽劣，也只能用这种方法了。”郑远东干咳一声。

与此同时，随着白小纯一路飞奔，石桥外的众人，议论之声更大了。

“他已经超过一半人了，这样下去，他一定可以进入前一百！”

“白师叔加油……”有的弟子直接笑着喝彩。

就在这时，这座石桥突然一震，竟幻化出了一个个傀儡。这些傀儡双眼一睁，立刻低吼着向桥上的弟子冲去。

最前方的上官天佑神色如常，手中的剑一扫，傀儡立刻消失，他速度没有减慢半分，继续保持第一。

上官天佑后面的吕天磊、周心琪，还有那三五名在资格战中才展露实力的弟子，同样很轻松，一路消灭傀儡，继续往前冲。

白小纯的四周也出现了这样的傀儡，他着急啊，眼看这些傀儡临近，他正要出手，忽然身后狂风呼啸，周长老追上来了。

“白小纯，老夫改变主意了，抓到你后，我不会让你体会凤鸟的凄苦，而是要让你体会香云山其他的鸟当日的凄苦！”周长老的声音听起来极为恐怖，为了激发白小纯的潜力，他也真是拼了。

白小纯听到这句话，只觉得全身血液轰的一下涌向脑中，眼前都发黑了。他有些没反应过来，当他意识到这句话的含义后，想到那些灵尾鸡的哀号，他发出了这辈子最凄厉的尖叫。

“救命啊！”

这一刻，他的恐惧甚至超过了被落陈家族追杀时的恐惧。他长这么大，还从来没被这么刺激过。此刻，他尖叫着，全身颤抖，身上蓦然发出银光。这光芒瞬间覆盖全身，使得他整个人直接变成了银人。

在这一瞬间，他的速度更是突破了极限，在周长老扑过来的一刹那，轰的一声，整个人如一头野猪，猛地冲了出去。

“轰轰轰！”

白小纯的速度太快，那些傀儡刚一靠近，就直接被白小纯撞飞了。他一路狂奔，撞飞了无数个傀儡，整个人化作一道长虹，疾驰而去。

众人远远一看，看不到白小纯的身影，只能看到无数傀儡不断地飞出去。

这速度比方才快了太多，白小纯很快就到了前四百名、前三百名、前二百名，最后到了前一百！

太快了！

一路巨响声不断，那些被白小纯超越的弟子，一个个都呆住了，骇然看着如怪兽一般的白小纯逐渐远去。

白小纯一边尖叫，一边飞奔，眼珠子都红了，他发誓，绝对不能被周长老抓住。

此刻他早就忘了这是在试炼，他也没有考虑什么名次，脑海里只有一个想法，跑！冲出这座桥！

有的弟子挡在他前方，他觉得碍事，就一把抓住那些人扔到旁边，整个人仍旧不停飞奔，发出一阵阵轰鸣。

石桥外的弟子，有的站在山顶，看到这一幕后，倒吸一口气，露出震撼的表情。

“他、他还是人吗？！”

“这哪里是人？这分明是头霸王龙啊！”

周长老呆呆地看着前方根本就不躲避傀儡，而是直接将其撞飞的白小纯，他也倒吸一口气，觉得自己方才是不是用力过猛了。

白小纯的速度仿佛没有极限，本就快得无法形容，可他竟然还在加速，轰鸣声回荡在山谷中，破空之声惊天动地。

他前方没有傀儡了，却出现了一张张大网。这些网幻化出来，阻挡众人前行。

只是这些大网刚刚出现在白小纯面前，就立刻被他撞出了大洞，传出砰砰之声，完全无法阻挡他的脚步。

似乎在这快到极致的速度下，他的身体已经成了最锋利的武器。

紧接着，地面又出现了起伏，变得如同沼泽，还时而出现旋涡。外门弟子只要被卷入旋涡，就很难冲出去，不少人就是在这里被拖慢了速度。

可白小纯根本就没注意到这些，他嗖的一声，疾驰而过，哪怕四周不断出现旋涡，也无法拖慢他的速度。

很快，他就到了前八十名、前五十名、前三十名，最后直接进入了前十名。

这一幕，看得周长老都深吸一口气，更不用说外面那些正在观望的弟子了，这一瞬，几乎所有人的目光都聚集在了白小纯身上，连上官天佑等人都没有弟子去看了。

在白小纯的前方，有一名目光阴冷的光头青年。他隐藏自己的实力多年，平日里不与外人接触，今天鼓足了劲，要让那所谓的三大天骄明白，什么叫山外有山。

他全身光芒闪耀，身边有三颗珠子急速飞舞，一路势如破竹。他的四周有十多个旋涡，虽然这些旋涡力量不小，但他知道，以自己的实力，冲出这片区域，旋涡就会消失。

“越是实力强者，四周的旋涡就越多。不知道前方那几个人情况如何，我这里有十多个旋涡，已经很惊人了。”这名光头弟子傲然自语时，忽然听到身后有破空之声，他愣了一下，以为自己听错了，这里怎么可能会有破空声？

可还没等他回头，他就觉得有一阵狂风从身后吹来，紧接着他就看到了一道身影，从身边急速冲过去，那身影的四周竟环绕着上百个旋涡！

光头青年眼珠子都快瞪出来了，他骇然望着那道被上百个旋涡环绕着，速度却丝毫没有变慢的身影，觉得自己一定是看错了，使劲揉了揉眼再去看时，对方已经远去。

“不可能！”光头青年失声。

白小纯哆嗦着，一边惨叫，一边猛地向前冲。在他冲出这片区域后，身体周围上百个旋涡立刻消失，他的速度变得更快，一路又超过了几人。这些人都是进入前十的弟子，他们在此战前，都各有造化，隐藏了实力，此刻决心要一鸣惊人，可如今看到像怪物一般的白小纯，纷纷骇然。

周心琪咬着牙，她所在的这片区域，又有不同，四周有无穷的威压，空间仿佛凝固了一般，这使得她的速度慢了下来。

周心琪艰难地前进，在她快冲出这片区域时，身后忽然传来咔咔声。周心琪一愣，回头的瞬间，她的瞳孔猛地放大，满脸惊讶。

轰的一声，白小纯从她身边冲了过去，因速度太快，一路冲击，凝固的空间与他的身体碰触时，竟传出了咔咔之声。一道道裂缝出现，这片空间居然被他直接撞碎了！

“白小纯？不可能！”周心琪睁大了眼，感受到四周凝固的空间被白小纯撞碎，她望着白小纯的背影，整个人如同被天雷击中一般。

第 85 章

什么？他是第一

就在周心琪骇然时，她身后再次传来风声。周长老迈着大步，一脸笑容地走来，路过周心琪身边时，还向周心琪点了点头。

可是，微笑的周长老，口中说的是威胁的话。

“白小纯，老夫又改变主意了，抓到你后，先把你饿上一个月，再把你和一群风鸟，还有大量凶兽关在一起！”

周心琪呆了一下，与此同时，前方的白小纯发出凄厉的惨叫。

“李叔救命！掌门亲师兄救命！师尊救命啊！我不想挨饿，不想和风鸟、凶兽关在一起啊……”

白小纯不住地哆嗦，此刻他已恐惧到了极点，满脑子都是周长老的话，越想越是害怕，惨叫中速度更快，嗖的一声冲了出去，眨眼间就没了影。

白小纯的前方，吕天磊整个人化作一道闪电，向前疾驰。这一路开始时他很轻松，现在渐渐也变得艰难起来，尤其是眼下他所在的区域，布满了风刃。这些风刃极为锋利，只要他速度一快，立刻就如磁石一样，把那些风刃全都吸过来。

他扔出一个傀儡，因速度太快，傀儡瞬间就被那些风刃切碎了，变得四分五裂，看得他面色大变，不得不放慢速度。半晌之后他才找到一个平衡点，保持这个速度继续前行。

吕天磊已看不到上官天佑了，那上官天佑身怀绝世之资，在经过这片区域时，竟化作虚无，穿梭而过，没有吸引风刃，使得原本与上官天佑差距不大的吕天磊心底忿忿不平。

“不就是掌握了虚无之法嘛，有什么了不起的，等我冲出这里，第一……必定是我的！”

吕天磊深吸一口气，此刻，他连周心琪都不放在眼里，他认为，能与自己争第一的，只有上官天佑。

可就在他憋足了一口气，放慢速度飞在这片充满风刃的区域中，准备冲出这里后立刻提速时，身后突然有狂风呼啸而来。

这风声太大，使得四周那些飘浮的风刃，全都颤动起来，看得吕天磊心头一震，紧接着就感到惊喜。

“哈哈，定是周心琪追上来了。这个傻妞，她速度越快，吸引的风刃就越多，而我也可趁着这个机会快速冲出去！”吕天磊赶紧回头，看到身后有一道瘦小的身影，如同奔雷一般，刹那间就冲进了这片区域，离自己这里不到千丈。

这道身影速度太快，使得四周的风刃，眨眼间就一齐冲了过去。方圆千丈之内，无尽的风刃全部破空而去，顷刻间，就形成了一阵由风刃组成的飓风。

“不是周心琪？这速度也太快了吧，不过一样是个傻蛋，自己找死！”吕天磊先是倒吸一口气，被白小纯的速度深深震撼了，可随后就感到窃喜。

“修行，是要靠脑袋的！”

吕天磊大笑，眼看风刃大都被这人吸引过去了，他身上的闪电亮了起来，速度猛地加快，直奔前方出口。

可就在吕天磊加速的瞬间，身后的轰鸣声和惨叫声不断传来，瘦弱的白小纯根本就没有慢下来，而是越来越快，嗖的一声向前冲去。

四周的风刃数量之多已数不清了，一道道全部撞在白小纯身上，可他全身银光一闪，这些令吕天磊心惊的风刃在碰到白小纯后，竟全部碎裂了。

无数风刃碎裂后，又立刻重新凝聚起来。巨响传遍四方时，白小纯嗖的一声，直接从吕天磊身边飞过去了。

而在他身后，那些重新凝聚起来的风刃，似乎不甘心，急速追击而去。

吕天磊愣了一下，眼珠子都快瞪出来了，他只觉得头皮发麻，脑海中响起阵阵嗡鸣。

“不可能！”

他骇然失声，看到无数风刃竟没有追上那人。眨眼间，那人就冲出了这片风刃的区域。

风刃无法追出去，在区域的边缘传出暴怒的呼啸声后，似乎注意到了吕天磊。

“不、不！”

吕天磊心里咯噔一声，赶紧减慢自己的速度，可是无济于事，那些奈何不了白小纯的风刃，瞬间朝他扑来。

很快，凄厉的惨叫蓦然传出。

白小纯跑在前方，依稀听到了这声惨叫，他很诧异，可如今没时间回头了，周长老的怒吼声仿佛就在身后。白小纯哭丧着脸，咬着牙，再次狂奔。

好在周长老及时路过，救下了被无数风刃环绕，全身的衣衫都成了布条，狼狈到极点的吕天磊，否则，估计吕天磊必须放弃比试了。

“白小纯！”吕天磊眼睛都红了，此刻他也认出了白小纯，不禁发出阵阵怒吼！

白小纯不知道自己无意中又让一个人对他恨之入骨，此刻他速度飞快，飞奔过一处又一处无人的区域。直至过了半炷香的时间，他才遥遥地看到石桥的尽头。

“终于要出去了！”白小纯激动了，没注意到在靠近尽头的地方，有一道身影，正艰难地一步步行走。

上官天佑呼吸急促，对他来说，这一路都很轻松，唯独在这最后一片区域，他觉得很艰难。

“这里居然是禁灵重压的区域！”

他目光冷厉，经过此地的人灵力会被禁锢住，还会感受到强烈的压力，仿佛身上背着一座山。更为惊人的是，他每走出一步，身上的山似乎就多出一座，明明只有一百步的距离，他却走了很久，并且全身颤抖。

越靠近尽头，压力就越大，背的山就越多，此刻他距离出口看似只有十一步，可他明白，这十一步的难度，前所未有。

上官天佑深吸一口气，目中露出坚定之色。

“资格战的第一，本就属于我，我的目标是，以南北两岸天骄战第一的身份，踏入内门，若干年后，加入我灵溪宗的传承序列！”上官天佑一咬牙，正要向前迈步，忽然察觉到了什么，回头一看，立刻看到了白小纯。

“是他……”南岸几乎没人不认识白小纯，就算是没见过的，也参加过他的葬礼，看到了画像。上官天佑有些惊讶，他本以为在自己后面的，应该是吕天磊。

“看来我对吕天磊的期许过高了，他一样也是废物。”上官天佑收回目光，他只是略有些惊讶，也不再去管白小纯。在他心里，他与白小纯，不是同一个层次的人。此刻，上官天佑向前迈出一步，全身一颤，紧紧咬牙，全身骨头都发出咔咔声。

几乎就在上官天佑迈出这一步的同时，白小纯已飞奔而来，跨出第一步，他没什么感觉，第二步、第三步、第四步……

他一连走出快五十步，才身体一顿，抬头诧异地看了看天空：“怎么回事？感觉身体好像重了一点。”

正在这时，上官天佑身体一颤，这一步终于落下，他已经迈出了九十步，整个人好像要虚脱一般，气喘吁吁。他回头看了一眼，立刻看到了走了五十步的白小纯。

他的眼睛都直了。

“他、他怎么走得这么快？！”上官天佑眼中露出惊讶之色，可紧接着他就一咬牙，“应该是修行了炼体之术，所以刚开始会快一些，不过越到后面就越艰难，他……”

上官天佑愣住了，全身一颤，呆呆地看着白小纯飞快地向自己跑来。

“跑，他、他在跑？”上官天佑睁大了眼，呆呆地看着白小纯快速奔跑，居然很快就到了自己面前。

“你怎么走得这么慢？”白小纯跟上官天佑说话时，还回头看了眼身后，看到周长老没追上来，心底才松了口气。

“你……没觉得身上有好多座山吗？”上官天佑眼皮在跳，整个人有些蒙了，下意识地问了一句。

“好多座山？咦，是有一些，可没什么感觉啊。”白小纯一愣，还蹦了几下，看得上官天佑眼睛睁得老大，倒吸一口气，一脸难以置信。

白小纯还想继续蹦跳，可忽然看到了远处的周长老。白小纯再次发出尖叫，向前猛地一冲，瞬间就跨出十步，直接冲出了这座石桥。在冲出的那一刻，他的速度一下子更快了，眨眼间就跑没了影。

在白小纯冲出去的瞬间，后面的周长老一下子停住了脚步，整个人都呆住了，苦笑连连：“这白小纯，居然拿了第一？”

与此同时，高台上，郑远东与李青候等人，也站起了身，一个个神色古怪，那些长老都觉得不可思议。尽管白小纯超越周心琪与吕天磊的时候，他们就做了些心理准备，可如今亲眼看到白小纯得了第一，还是心神一震，尤其是最后一关，白小纯居然过得如此轻松。

“他是第一？”李青候喃喃道。

那些站在高处观望的弟子，也看到了这一幕，议论之声顿时在这山谷内响起。

“白小纯超越了周心琪、吕天磊和上官天佑，他是第一！”

“天啊！这白小纯居然也能得第一！”

“白小纯能夺得第一，周长老起到了至关重要的作用啊。换了谁，被那么追杀，只怕都会拿出玩命的力气！”

上官天佑脸色苍白，脑海中嗡的一声，只觉得眼前发黑，天雷滚滚。

他望着白小纯的背影，看着对方走过了这座石桥，他的身体渐渐颤抖得更厉害了。

“白小纯！”

上官天佑眼睛通红，他的骄傲，他的自尊，在这一刻，全都被白小纯踩在脚下，而且对方刚才居然还问自己为何走得这么慢。

上官天佑全身气血上涌，身体外剑气爆发，他红着眼，不顾一切地向前急走。当他走过石桥时，张嘴喷出一口鲜血。

“白小纯，我上官天佑没输过，这一次……我不服。在天骄战中，我会让你知道，外门弟子里，没有人可以……胜过我！”上官天佑咬着牙，死死盯着白小纯离去的方向，眼中流露出强烈的战意。

第 86 章

又来这套

白小纯一路心惊胆战，速度飞快，直接跑下了山，甚至跑出了宗门，在灵溪宗外的坊市里，转悠了好久。

“怎么办？”

白小纯愁眉苦脸，他心底委屈得不得了，分明是那只凤鸟自己抢走了丹药，可如今自己怎么都解释不清楚，周长老也不讲理。

“不过，我好像是……第一？”

白小纯正发愁时，忽然想起了什么，愣了一下。

“哎呀，我是掌门的师弟，本不想和那些晚辈争抢的。”

白小纯干咳一声，心底多少还是有些得意，可转念一想，自己得了第一，是要参加天骄战的，于是又郁闷了。

白小纯在坊市里转悠了好久，直至深夜，他琢磨着自己总不能不回去吧，于是拿出传音玉简，给许宝财传信，让许宝财去自己的院子外看看，周长老有没有等在那里。

半晌后，当他收到许宝财传回的消息之后，才略微放心，小心翼翼地回到山门，赶紧上了香云山。远远地，他看到院子外只有许宝财一个人的身影，又谨慎地观察了半晌，这才快速靠近。

许宝财一看到白小纯，眼中立刻露出激动之色，正要说话，被白小纯一把拉进院子。

“白师叔放心，资格战结束的时候周长老就被掌门叫走了……”许宝财连忙开口，他看着白小纯，目光似火。

在火灶房时，白小纯就深藏不露，进入外门后，更是赢得了小比第一，引起小范围的轰动。最惊人的，是被落陈家族追杀之时，他居然能活着回来，还获得了荣耀弟子的身份，掌门师弟的尊号。如今又是资格战的第一名，这白小纯，日后必定是令人仰望的人物！

许宝财亲眼看到白小纯超越了其他外门弟子，成为第一，已是震撼极了，心中将白小纯看成了南岸天骄，尤其是当他回想一幕幕往事，便对白小纯越发崇敬，他立刻抱拳，深深一拜。

“恭喜白师叔，成为我南岸资格战的第一人！”

白小纯在院子里四下看了看，心底松了一口气，抬头瞄了瞄山顶周长老的洞府所在的方向，暗自发誓，等自己成功筑基之后，一定要将那诬陷自己的凤鸟炖了吃掉！

此刻，白小纯听到许宝财的话，转头看向许宝财，干咳一声。

“本座是淡泊名利的人，本不想与那些晚辈争这虚名，奈何周长老出现得不是时候。”白小纯淡淡开口，摆出一副前辈高人的姿态，发出感慨。

若是平常，许宝财听到白小纯这么说，尽管表面上不敢露出什么表情，可心底一定是鄙视的，眼下，白小纯在他的眼中已是天骄中的天骄，他哪里还会有那种想法，他连忙开口。

“白师叔一向低调，可像白师叔你这样的天骄，哪怕再低调，也会在不经意间散发出令人瞩目的光芒！”

这番话听得白小纯心花怒放，他表面上还是矜持的，但心底巴不得许宝财多说几句，所以他看向许宝财时，露出赞赏与鼓励之色。

许宝财感受到了白小纯的目光，更为激动地开口。

“这一次，由白师叔代表我们南岸与北岸进行天骄战，定可一扫我南岸多年来的颓势，震慑北岸众人！那什么北岸五大天骄，被称为筑基境界以下最强弟子，一个个凶神恶煞，好不嚣张。这一次，定要让他们明白，真正的天骄，在我南岸，在香云山！”

许宝财振奋不已。

“五大天骄？”

白小纯表面神色如常，可心头一紧。

“是啊，那北岸有五大天骄，其中落日峰的北寒烈冷傲狂妄，修行的是灵溪宗十大秘法之一——落日诀，更有一头罕见的夜行兽，凶猛狰狞，力大无穷。这一人一兽，曾直接消灭数名凝气九层的强敌！北寒烈被称为落日峰外门第一人！”

“这么厉害？”

白小纯睁大了眼。

“这还不算什么，还有一人，是穹顶峰的徐嵩。此人天生具备通神体，当年拜入山门时，穹顶峰掌座付出了极大的代价才将其收为弟子。徐嵩对于凶兽的掌控，已到了炉火纯青的境界，传闻他能同时操控五头凶兽，曾有一名凝气散修招惹了他，被他追杀了三个月。最终，他操控五头凶兽，将对方消灭了！”

“追杀了三个月！”

白小纯心头一震。

“还有比他更凶狠的，那第三、第四天骄，是兄妹二人，均来自鸢尾峰，女的名为公孙婉儿，相貌绝美，擅长操控猛禽，曾与周心琪约战，不知最后谁胜谁负！男的名为公孙云，擅长虫蛊之道，喜着黑袍，以身体饲养灵虫。据说他的身体里都是虫卵，极为诡异。与他对战者，最终往往全身爬满蛊虫。蛊虫会钻入其体内，使其痛不欲生，尸骨无存！”

“尸骨无存？！”

白小纯倒吸一口气，想象了一下这幅画面，只觉得头皮发麻。

“最后一人，据说是北岸五大天骄里，最神秘的一位。此人无名，是二十年前被鬼牙峰掌座带回来的，身世神秘，起名为鬼牙。他来自鬼牙峰，擅长鬼道之法，修行了灵溪宗十大秘法里最难修行的，与水泽国度齐名的鬼夜行！据说已到了百鬼的程度。有人说，他是北岸第一天骄。”

许宝财将自己所了解的，全都告诉白小纯了，听得白小纯心头一震。

白小纯发现，这北岸的天骄，一个个似乎都比南岸的天骄凶狠多了，虽然北岸以驭兽为主，功法难免残忍，可这差距未免也太大了。

“我们南岸，多少年来始终被北岸压一头，每一次的天骄战都落败，听说上一次，前十名中九个都是北岸弟子，此事着实是耻辱，我们……”

许宝财正激昂地说着，忽然发现白小纯的脸色不太对劲，他怔了一下，看向白小纯。

“白师叔，你怎么了？”

白小纯赶紧抬起小下巴，正气凛然地开口：“我身为南岸的一员，听闻我南岸如此，心底激愤！”

“白师叔不必激愤，这次有白师叔出面，定让那北岸知道我南岸的厉害！”许宝财握住拳头，振奋地道。

“北岸算什么，我白小纯挥手间，让他们灰飞烟灭。”白小纯被抬得太高，有些下不来了，此刻他强撑着抬起下巴，小袖一甩，傲然开口。

许宝财激动不已，又说了几句，最后才怀着满腔狂热告辞。

此刻，深夜，院子里只有白小纯一人，他回想之前许宝财说的那五个人，山风吹来，只觉得背后凉飕飕的。

“北岸都是一些什么人啊？养兽的，养虫的，养鬼的，听起来就很可怕。”

白小纯倒吸一口气，回到木屋时，脑子里还回荡着许宝财对北岸的介绍。

“周长老一定是故意的！”

白小纯越想越觉得不对劲，最后彻底想明白了。

“我这一生，最厌烦的就是与比我厉害的对手打打杀杀！”

白小纯心里打定主意，这一次的天骄战，自己说什么也不去。

可第二天清晨，还没等白小纯想出办法避开这次的天骄战，一枚法令玉简就从香云山飞了下来，化作一道灰黑色光芒，飞入白小纯的木屋内，李青候的声音蓦然传出。

“白小纯，南岸资格战第一，十天后，与其他九人一同参加南北两岸外门天骄战！不能不参加，否则将你扔入万蛇谷！”

“又来这套……”

白小纯哭丧着脸，听着李青候的声音，觉得自己被周长老坑了。

随着法令玉简中李青候的声音消散，光芒一闪，玉简消失了，一个镯子出现，落在了白小纯面前。

白小纯一愣，拿起镯子后仔细看了看，将灵力注入其中，这镯子竟立刻化作黑色的液体，瞬间覆盖白小纯的右手，逐渐蔓延至全身。

与此同时，白小纯耳边也传来了李青候的声音，阐明此物的操控之法，而且，他点明了此镯能抵抗筑基初期修士的全力一击！

白小纯全身一震，他不是刚入宗门的新人，自然知晓这样一件护身之物的价值，这甚至比掌门送出的神鹤盾还要珍贵，他不由得抬头，望着香云山山顶。

李青候对此物没有太多描述，但白小纯从这手镯上，感受到了深深的温暖。他想起了当初的小比，想起了李青候的期待。

白小纯沉默许久，一咬牙，目中露出坚定之色：“这天骄战，我参加了！”

第 87 章
南北外门天骄战

时间一天天过去，白小纯在居所内闭关，一步不出。直至十天后，庄严的钟声回荡在宗门之中时，他的玉简内才传出波动。

南北两岸外门天骄战，在南岸资格战之后的第十天，正式举行！

每半甲子一次的外门天骄战，都是于种道山上进行。这一日，当种道山的钟声传遍整个灵溪宗时，无数外门弟子向着种道山飞奔。

平日里南北两岸交流很少，只有内门弟子才可以进入彼此的区域，而外门弟子则没有这个资格。也只有这一天，种道山才会对宗门的所有弟子开放，这样一来，外门弟子便可以进入种道山，观看天骄战。无论是南岸弟子还是北岸弟子，此刻全部精神振奋，在灵溪宗随处可见飞奔的身影。

“这一次，我们南岸一定要洗刷耻辱！”

“让北岸知道，我们南岸，将超越他们，创造辉煌！”

南岸所有外门弟子都振奋不已时，北岸四峰的外门弟子，也都直奔种道山，途中傲然之声此起彼伏。

“南岸势弱，这一千多年以来一直输给我们，这一次也不会例外！”

“北岸必胜，南岸必败。灵溪宗，本就是我们北岸主导的，南岸只不过是附庸！”

在无数外门弟子一齐冲向种道山的一刻，青峰山上，上官天佑神色冷漠，目中带着一丝凶狠，一闪身，飞了出去。

与此同时，紫鼎山上的吕天磊仰天发出一声低吼，全身电光闪耀，在无数弟子的欢呼中疾驰而去。

周心琪也在这一刻飞出，这南岸三大天骄此刻都无比凝重。

正是在这一刻，白小纯于居所内抬起头，双眼内有些血丝，他深吸一口气，神色肃穆。

“时间到了。壮士出战，必有战袍！”他缓缓地站起身，抬起右手，一拍储物袋，七八件皮衣顿时出现。当年与落陈家族一战，他的那些皮衣早已碎裂，这些是这几年重新准备的，质量更好，更加坚韧。

此刻他神色严肃，将一件件皮衣穿在身上后，袖子一甩。

“壮士出战，必有背甲！”随着白小纯挥袖，储物袋内立刻飞出一口大锅。张大胖的锅在当年与落陈家族一战中毁了，这口新的锅是白小纯回到宗门后重新准备的。此刻他眼中带着凝重之色，将这口大黑锅背在了后背上。

“壮士出战，必有法宝！”白小纯傲然地开口，再次挥手。小木剑立刻飞出，被他拴在了腰带上。金乌剑飞出，被他吊在了一旁。还有三把飞剑，白小纯也都挂在了身上。随后他又取出神鹤盾，放在了最顺手的位置。

白小纯还是觉得不放心，戴上了李青候送给他的手镯，这才抬起下巴，全身上下透出一股悲壮之意，迈着沉重的脚步，在砰砰声中，走出了木屋的大门。

他站在门前，听着回荡在宗门的钟声，正要继续前行，忽然觉得还差了些什么，于是一拍储物袋，取出一杆长枪，握在手中。

迎着风，白小纯小袖一甩，出了院子。

远远一看，这一刻的白小纯，全身鼓鼓囊囊如一个球，背有大锅，手有长枪，走起路来全身五把飞剑摇晃碰撞，发出叮叮当当的声响，他的头发在风中飘扬，气势冲天。

所过之处，无数香云山的外门弟子心头一震，大家都被白小纯的装扮震慑住了。

钟声不绝，陆续传出，越来越响亮，回荡在整个灵溪宗内，掀起了无数外门弟子的心潮，也让不少内门弟子飞向种道山。

白小纯迈着大步，他的身后慢慢聚集了大量外门弟子。许宝财也在其中，他们不断发出欢呼之声。

“白师叔气势如虹，盖世雄姿！”

“必胜，必胜！”

这些人都是看好白小纯的外门弟子，此刻跟随在白小纯身后，全力拥护。他们当中还有侯小妹，她的声音尖尖的，格外明显。

白小纯回头看了一眼身后的众人，心中很感动。他向众人点了点头，觉得大家如此喜欢自己，自己这次一定要争口气。

于是白小纯抬起下巴，傲然前行，一步一步来到了种道山。来到这里，他首先看到的，是一座巨大的战台。

这战台四周有阵法光芒，笼罩住整个战台。远方，种道山山顶还有一座高高凸起的露台，那里有不少宗门长老的身影。

而在下方的战台两边，有不少外门弟子渐渐拥来。他们聚集在一起，密密麻麻。双方人数众多，都有数万。

战台北面，都是来自北岸的弟子。整体气势明显强过南岸，而且几乎每个人身边都跟着一头凶兽。那些凶兽形态各异，每一头都露出凶残的目光，一看就不好惹。最前方的七八人，有男有女，一个个神色冰冷，气势逼人。

其中最显眼的有两人，一个是女子，相貌绝美，穿着一身紫色长裙，她的身边有一只七彩凤鸟。此鸟似乎比周长老所养的凤鸟还要高贵，双眼炯炯有神，看向人时眼神似乎有些不屑。

另一个则是男子，他穿着蓝色长袍，头发飘扬，相貌俊朗非凡，额头赫然有一个红色的太阳印记。

他脚下趴着一头巨兽，远远一看就像一条大狗，全身布满浓密的黑毛，爪牙锋利，目中竟散发出金光。

此兽牙齿外露，看起来极为凶残。而它的身体趴着都有一人高，若是站起来，怕是足有两人高，可以想象，这大狗的力量必定十分惊人。

这名眉心有太阳印记的男子，正是北岸五大天骄之一的北寒烈。他身边的那条大狗，正是北岸赫赫有名的夜行兽！

战台北面，除了这两人外，其他站在前方的弟子，也很惊人。还有一位穿着黑袍，甚至连面孔都盖住了，只露出冰冷的褐色双眼。若仔细去看，甚至可以看到他的眼睛里竟时而有蛊虫钻来钻去！

这一幕幕，让南岸弟子们心惊。

此刻，所有北岸弟子，都面带轻蔑之色，隔着战台，看向战台南边的南岸弟子！

“南岸这次肯定还是会落败，里面能看的，也只有上官天佑、吕天磊和周心琪三人。”

“听说南岸又出了一人，夺得了资格战的第一，此人据说是荣耀弟子，掌门的师弟。”

“不管是谁都没用，我北岸注定是最强的！”

在北岸那些弟子议论的时候，战台南边，南岸外门弟子几乎都在，与北岸弟子这么一比较，明显逊色多了。

“一群饲养凶兽的野蛮家伙，这一次，我们南岸定要一雪前耻！”

“输给他们，实在是丢人！”

南岸外门弟子的前方，站着九个人，上官天佑、周心琪、吕天磊赫然在内。还有六人，一个个都神色肃穆，又仿佛带着杀气。他们与北岸的天骄，正用目光较量。双方斗得不可开交时，白小纯来了。

白小纯到来的那一刻，几乎所有南岸外门弟子都齐刷刷地看向他，眼中情绪复杂，议论之声也少了很多。

上官天佑眼神复杂地望着白小纯，心底充满不甘，眼神都冷了下来。

吕天磊一样不服气，狠狠地盯着白小纯，全身闪电发出噼里啪啦的声响。

周心琪沉默，看向白小纯时，目中露出讶异之色，似在仔细打量，想知道这又白又小的身体内，到底隐藏着什么样的力量。

甚至连北岸那边的人也不由得看向白小纯，对于他们而言，白小纯是陌生的。他们都被白小纯的装扮惊了一下，纷纷露出轻蔑之色。尤其是北岸那些天骄，目中的不屑更浓。

白小纯发现自己这么受瞩目，感到有些不好意思。他干咳一声，昂首挺胸，拿着长枪，走到众人前方，站在了周心琪身边。

察觉双方在以目光交战后，白小纯立刻精神了。

“目光战，此事我最擅长！”白小纯精神一振，隔着战台，狠狠地看向那些北岸弟子，表情严肃。

此刻有风吹来，吹散了白小纯的头发，可他的身影配上手中的长枪，使他气势变强了不少。

时间流逝，双方队伍都在不断壮大，很快就人山人海，以战台为中心，成群连片。

北岸的天骄渐渐全部到了。最后一个出现的是一名青年，这青年穿着一身黑色长袍，相貌平凡，可面色苍白，没有任何血色。他独自走来，站在前方后闭上了眼，仿佛对一切事情都没有兴趣。可当他闭眼的时候，他四周的空间开始扭曲，仿佛藏着无数厉鬼，那些厉鬼正狰狞地要冲入人间。

就在这时，一道道长虹呼啸而来，直奔此地，正是七座山峰的掌座和长老。此刻他们大都出现了，直奔种道山山顶的露台。

周长老也在其中，那只陷害白小纯的凤鸟盘旋在周长老身边，看到白小纯后，露出趾高气扬之色。

掌门郑远东的身影也出现在露台上。当众人到齐后，他目光扫过下方南北两岸的弟子，蓦然开口。

“南北两岸外门天骄战，因北岸上次胜出，故此番可派出十二人；南岸上次落败，此番参战者，只有十人。”

“一共二十二人，以抽签来决定对手，决出外门十大弟子，选出最强外门弟子！”

“同门切磋，不可刻意杀人。一方认输后，对方不可继续出手。第一、二轮结束后和第三轮的每一场比试之后，各位都有三炷香的恢复时间。此番比试，将由执法堂的欧阳长老主持。”

“你们要好好表现，我灵溪宗四位太上长老，也会以神识关注此战。那么现在，南北两岸外门天骄战……开始！”

第 88 章

强悍的北岸

郑远东话音刚落，战台周围南北两岸的弟子，全部心头一震，下意识地抬头看向露台。

在他们看去的瞬间，四道神识赫然从种道山山顶，那片白雪皑皑的禁地内射出，扫过所有人。

被这四道神识一扫，大多数弟子都身体一颤。那种感觉，是一种绝对的压制，似乎一道目光就可以让所有人形神俱灭。

就连白小纯、上官天佑，还有北岸那些天骄，也颤抖了一下，但很快，这些人就满脸激动之色。

太上长老在关注此战，这立刻让那些具备出战资格的弟子呼吸急促，目中露出一丝渴望。

“若是能引起太上长老的注意，被他们收为记名弟子……”

“此战，一定要全力以赴！”这一刻，阵阵杀气从这些出战的外门弟子身上爆发。

唯独白小纯神色如常，眨了眨眼。

“和我师父一个级别的太上长老？那是我师叔啊。”白小纯立刻感到得意，觉得自己的地位实在是太高了，他想着等这次天骄战结束后，自己应该去拜访一下四位师叔。

就在这个时候，露台上的掌门郑远东，大袖一甩，一个光球顿时出现，蓦然飞出，直奔战台，在这战台上分为二十二份，分别飞向南北两岸的参战弟子。

白小纯等人一一接住后，各自低头看去。

“十一？”白小纯瞄了一眼，想要偷看别人的，发现上官天佑等人都藏得严实，不让旁人看到。

“第一战，持一、二珠者，上战台来！”

上方露台，传出一个冰冷的声音，不是郑远东，而是执法堂的欧阳桀。

在欧阳桀的话语传出的瞬间，北岸那边飞出一人。此人身材瘦高，神情冷傲，他刚出场，北岸立刻传来不少欢呼。他虽不是北岸五大天骄，但看那些北岸弟子激动的样子，此人应该也实力不俗。

“北岸，刘云！”

这名瘦高青年上了战台，傲然开口。

南岸这边，上官天佑一闪身，来到了战台上。

“南岸，上官天佑！”

上官天佑站在那里，神色冷漠，身材挺拔如一把利剑。话语传出时，四周的气温仿佛都降了下来。

在上官天佑出战的一刹那，南岸这边所有外门弟子，立刻爆发出热烈的欢呼声，为上官天佑助威。

刘云神色一变，他没想到自己刚出场，就遇到了南岸声名赫赫的天骄，此刻脸色变得极为难看。他深吸一口气，大手一挥，四周空间立刻扭曲了，竟有一条巨大的蟒蛇，带着腥风出现，盘起了蛇阵，足有一丈多高。

可就在刘云召唤出凶兽之后，还没等他使出下一招，上官天佑就面无表情地迈出一步，身体竟瞬间消失，再次出现时，上官天佑已经到了刘云身后。上官天佑右手一挥，一把飞剑就出现在了刘云的脖子上。

“你输了。”

刘云全身汗毛都竖了起来，神色骇然。他艰难地回头看了上官天佑一眼，不敢相信这一切。

他早知道自己或许不是对方的对手，可他没想到自己居然输得这么快。许久，他苦涩地低头，收起巨蟒，走下战台。

“首战获胜，哈哈，这一次我们南岸赢定了！”

“上官师兄是可以去争一争第一的人物！”

南岸弟子顿时欢呼，众人振奋不已。白小纯睁大了眼，他也没看清上官天佑的身法，只觉得上官天佑方才的举动实在是厉害非凡。就连两位太上长老的神识也在这一刻重点关注了一下上官天佑。

与此同时，北岸众人哗然。

“瞬移？不可能！他才什么修为？这绝对不是瞬移！”

“这是虚空之法，此人、此人不愧为南岸第一天骄，修为才达到凝气八层，居然学会了如此神通！”

那些还未出战的北岸天骄，此刻都神色微变。北寒烈神色凝重，公孙兄妹同样如此，还有徐嵩，也是心底一沉。唯独那黑袍青年鬼牙，始终闭着眼，从未睁开。

“第二战！”

就在众人的欢呼之声越发响亮时，欧阳桀那冰冷的声音从露台传出，打断了众人的议论。

北岸天骄中，一名身材略胖，个子不高的青年，闻言一晃，走上战台。他笑容可掬，仿佛人畜无害。

“北岸，徐嵩。”他向从对面走出的一名弟子憨笑着，很客气地开口。

南岸出战之人，并非吕天磊等人，而是一名之前隐藏了修为，在资格战中爆发的青年。这名马脸青年此刻面色难看，似乎认出了对方是北岸五大天骄之一。

“南岸，周封！”马脸青年深吸一口气，调动全身灵力，沉声开口后，快速掐诀，一把飞剑立刻出现。可还没等他指向徐嵩，徐嵩目中就露出一丝讥讽，抬起右手，向下一按。

轰的一声，在周封头顶，半空之中竟出现了一道裂缝。咔嚓一声，一头如鲸鱼般的巨兽突然出现，以迅雷不及掩耳之势将周封吞入了口中。

那把飞剑失去了灵力的支持，咣当一声，掉在了地上。

“与我穹顶峰的弟子交战，居然不注意半空的情况，真是让人既欣喜又失望。”

徐嵩笑了笑，转身走下战台，右手在身后一挥。那巨兽立刻张口一吐，周封被吐了出来，落在南岸众人面前，陷入了昏迷。

南岸之人，一个个面色难看，更有不少人倒吸一口气，即便是吕天磊等人也心神一震。

北岸的欢呼，也在这一刻冲天而起。

白小纯心底一颤，他觉得北岸的这些家伙太可怕了，对凶兽的操控能力已到了骇人的程度。

很快，第三战开始，北岸出战的是五大天骄之一——公孙婉儿。当她看到南岸出战的不是周心琪，而是另外一人后，颇有些失望，没了兴趣。挥手间，跟随在她身边的那只七彩凤鸟，吐出一口七彩雾气。

七彩雾气飘向南岸那位弟子，他整个人好像傻了一样，在战台上怒吼，仿佛在与一个外人看不到的敌人厮杀，很快就虚脱晕倒了。

从始至终，公孙婉儿只是一挥手，就轻松取胜。当她飘然下台时，南岸众人再次沉默了，看向北岸众人时，都露出忌惮之色，内心更是涌起一股无力感。

“天骄，唯有同是天骄之人，才可以一战！”南岸外门弟子，带着希望，看向上官天佑等人，也有不少人看向了白小纯。

白小纯立刻昂首挺胸，实际上心底也被公孙婉儿吓了一跳。

“这小娘子好像比周心琪还厉害啊。”白小纯艰难地咽下一口唾沫。

很快，第四战开始了。吕天磊全身电光闪耀，瞬间冲上战台，北岸那名穿着黑袍，始终闭着眼的青年，缓缓睁开眼，神色平静，一步步走上战台。

诡异的是，在他上台的时候，北岸居然没有任何人为他欢呼，每个人脸色都变了，即便是同样身为五大天骄的北寒烈等人也深吸了一口气。

这一幕，让南岸众人诧异，吕天磊紧紧地盯着黑袍青年，神色凝重。

“北岸，鬼牙。”黑袍青年站在台上，平静地开口，表情没有丝毫变化，就连声音也不带任何情绪。

“南岸，吕天磊！”吕天磊深吸一口气，他知道对方是北岸第一天骄，心中渐渐涌起强烈的战意。

“不惜代价战胜此人，即便我损耗过大无法继续战斗，也一样是第一了！”

吕天磊战意冲天，低吼一声，全身立刻雷霆轰鸣，无数闪电轰然落下。以他为中心，周围十丈之内，竟化作了雷池。

就在这时，鬼牙平静地抬起右手，向着天空一指。经他这一指，天空突然云雾翻滚，无数黑云出现，瞬间聚集。众人抬头看去，北岸之人一个个脸色大变，更有不少人露出惊恐之色。

吕天磊低吼一声，蓦然冲了出去，带动四周雷霆，直奔鬼牙。

鬼牙依旧面无表情，站在那里，甚至闭上了眼。

“你找死！”

吕天磊觉得自己被羞辱了，他身为天骄，自尊心极强，此刻发出怒吼，四周雷霆竟再次扩大一圈，气势更为强大。

可还没等他靠近鬼牙，整片苍穹忽然发出轰的一声，黑云似乎被强行撕开。一只黑色的鬼爪，庞大无比，如同撑天之柱，竟瞬间从云层内伸出，速度极快，直奔大地。

眨眼间，鬼爪就向着吕天磊，轰然压去。

还没等鬼爪靠近，吕天磊就全身一颤，喷出鲜血。他身体外的所有雷霆发出巨响，快速崩溃，甚至连他脚下的地面，也在这一瞬发出咔咔之声，出现了一圈圈裂痕。

这一刻，吕天磊发出嘶吼，全身血流如注，他试图挣扎，可心中产生了一股绝望，让他的世界瞬间漆黑一片。

“不！”

在鬼爪出现的一瞬间，北岸也好，南岸也罢，所有弟子，全都不禁产生了深深的恐惧。在这恐惧中，他们觉得体内的灵气都被压制了，更有一种灵魂出窍的错觉。

露台上，掌门等人脸色也一变。

“鬼夜行，数千年来无人能修成，此子竟修炼到了这种程度！”

“不好！”

紫鼎山掌座许媚香脸色一变，身体蓦然飞出，直奔战台，速度极快。她抬起右手，向那鬼爪一挥，轰鸣声中，鬼爪虽被挥开，可是并没有消失。

吕天磊还在流血，人已经昏迷了。若是许媚香来得慢了，此刻他必定成了肉泥，形神俱灭。

许媚香心中一沉，冷眼看向鬼牙。

“小小年纪，虽有天资，却如此歹毒，当着我们的面残杀同门，你找死不成！”

鬼牙沉默，露出一种怪异的表情，他似乎不知道此刻应该摆出什么表情。

“我没有想到，他这么弱。”

鬼牙抬头，平静地望着许媚香，给人一种很认真的感觉。说完，他转身走下战台。

许媚香皱起眉头，抬头看了看露台，似乎在顾忌什么，她冷哼一声，抱起吕天磊离去。吕天磊不可能继续参战了，他的伤势太重，怕是短时间内都很难恢复了。

北岸沉默，南岸同样沉默。

鬼牙的身影似乎带着无尽的孤独，他默默回到了原来的位置，站在那里，闭上了眼。

好半晌，北岸弟子首先回过神来，他们一个个欢呼起来。

“南岸无人了，天骄都不是对手，你们这一次输定了！”

“都败了三场了，也就第一场运气好赢了，之后你们会连续输下去的。”

面对北岸的嘲讽，南岸众人一个个面露苦涩，北岸真的太强了。

只有第一场南岸获胜，此后一连三场，南岸全部落败，天骄吕天磊，更是几乎战死。这种情形，让那些决心一雪前耻的南岸弟子绝望了。

上官天佑死死地盯着鬼牙，他从未像现在这般震撼，方才那一瞬，他发现自己居然在颤抖。

不仅是他，四周所有南岸天骄，包括周心琪，此刻也被深深震撼了。这一次，北岸哪怕只有一个鬼牙，也可以横扫南岸。

“这已经不是凝气的修为了，就连掌座一击都无法灭去他的鬼爪。难道这就是灵溪宗十大秘法中，被称为两大绝学之一的……鬼夜行？”

“能与鬼夜行比肩的，只有……水泽国度！”

白小纯神色凝重，这一战也让他心中震撼，鬼牙之强，让他心惊肉跳。

很快，第五战开始。北岸走出的人，同样让南岸众人感到苦涩。对方正是那五大天骄里，让不少人觉得心惊的公孙云。

公孙云穿着黑袍，只露出一双褐色的眼睛，此刻，他眼睛里明显有蛊虫钻来钻去。

半晌之后，南岸一名弟子，硬着头皮上了战台。他刚刚上去，还没介绍自己，公孙云目中露出冰冷之色，袖子一甩，一阵嗡鸣声立刻传出，袖中飞出无数黑虫，直奔这名弟子而去。

任凭这弟子如何反抗，也无济于事。很快，他全身上下就布满黑虫，所有防护都没有用处，黑虫似乎有洞就钻，令所有人触目惊心。哪怕是北岸众人，一个个也不敢直视。

“认输！”

南岸出战的弟子，带着颤音急忙开口。他能感受到，公孙云只需一动念头，身上这些虫子就会瞬间吞噬自己。

公孙云目中露出讥讽之色，转身走下战台时，那些黑色的虫子如潮水一样涌向地面，爬到公孙云身上，消失在他袖口内。

白小纯看着这一幕，头皮有些发麻，不但是他，就连周心琪，哪怕是上官天佑，也心中一沉。

这一刻，所有南岸弟子都觉得北岸太强了，南岸根本就不是北岸的对手。这次天骄战的结果已经一目了然。

“北岸太强了，我们这一次输定了……”

与此同时，北岸那边气势冲天。

“之前就说了，你们只有第一战获胜，之后的全都会输！”

“南岸？一个笑话而已，永远都被我们北岸压制！”

“三十年前，南岸有一人进入前十，这一次，你们怕是一个都进不了！”北岸弟子的声音传遍四周。南岸弟子有心反驳，却说不出话来，只觉得羞耻极了。

“第六战，持十一、十二珠者，上战台！”欧阳桀的声音，在公孙云离去后，蓦然传出。

白小纯深吸一口气，立刻抬头。

第 89 章

你认输吧

在白小纯抬头的一瞬间，北岸五大天骄中的北寒烈，忽然微微一笑。他本就俊朗，此刻这么一笑，竟让不少南岸女弟子看呆了。

北寒烈面带笑容，拍了一下趴在身边样子狰狞凶残的夜行兽，向前走去。那夜行兽脑袋一晃，站起了身。

在这大狗站起的一刹那，南岸不少人立刻发出惊呼。

夜行兽站起之后，有一丈多高，身体粗壮，似乎蕴含着无穷的力量。它头颅硕大，露出牙齿时，嘴角还流着口水，一身黑色的毛发极为浓密，看起来凶猛无比。

夜行兽的四肢甚至比寻常人的大腿都粗，上面还有一根根尖刺。它一跃就跳到了战台上，仰天大吼。吼声传遍八方，使得不少北岸弟子身边的凶兽都开始颤抖，仿佛遇到了王者，不敢抬头。

北寒烈带着笑容，走上了战台，目光扫过南岸众人。

"北岸，北寒烈，不知与我对战之人是哪位同门？"

随着他的话语传出，他身边的大狗，口水不断滴落，眼中露出残忍之色，它的牙齿似乎在这一刻变长了。换了寻常人，看到如此凶兽，都会战意全无。

南岸众人沉默，看向己方尚未出战的弟子。白小纯看了看北寒烈，又看了看那条大狗，眼珠一转，露出古怪之色，干咳一声，傲然走出。

他刚刚走出去，身后的南岸弟子目光就全都聚集在他身上，露出期待之色。那巨大的夜行兽，此刻眼睛绿幽幽的，锁定了白小纯。

白小纯摆出一副高手的样子，抬起下巴，走上战台。远处天空中，周长老的那只凤鸟似乎也在关注白小纯。

“南岸，白小纯！”白小纯上了战台，刚说完这句话，那夜行兽突然低吼一声，目中的残忍化作一股杀气，似要吞了白小纯。

“白小纯？听说你是这次南岸资格战的第一？”北寒烈看了眼白小纯的装扮，毫不掩饰地露出嘲讽之色。

“你叫北寒烈是吧？我给你一个机会认输！”白小纯感受到夜行兽的杀气，心头狂颤，可他依旧摆出高手的样子，傲然开口。

“认输？”北寒烈闻言一愣，随后仰天大笑，似乎听到了什么可笑至极的笑话，眼中渐渐露出杀意。

“有意思，这么多年来，你还是第一个敢这么对我说话的外门弟子。”北寒烈抬起右手，快速掐诀，准备操控夜行兽。

“北寒烈，这是你最后的认输机会，我白小纯一出手，连我自己都害怕，我劝你，还是不要让我出手的好。”白小纯轻叹一声，仿佛自己是天下无敌的绝世高手，看向北寒烈时，露出一丝同情。

这个时候，南岸众人都傻眼了。他们看看白小纯，又看了看北寒烈，还有那条凶残的大狗，无论怎么对比，两人之中似乎都是北寒烈实力更强。

可白小纯的话语让南岸众人心底不由自主地产生了一些希望。不过，当众人回想起白小纯的劣迹，顿时有种哭笑不得的感觉。

至于北岸众人，这一刻捧腹大笑，嘲讽之声不绝于耳。

“这家伙傻了吧？北寒烈师兄是五大天骄之一，虽不如鬼牙，但就算是鬼牙师兄，也承认北寒烈师兄的实力。这白小纯算什么，竟如此嚣张。”

“北寒烈师兄实力强大，他的那头夜行兽，属于兽中王者，肉身强悍，力大无穷，平日里一声低吼，都能震慑众人，就连长老都对其赞叹不已。这白小纯瘦瘦小小的，估计夜行兽一口就能把他大腿咬断！”

“北寒烈师兄，必胜！”

北寒烈被白小纯逗笑了，他打定了主意，定要让这白小纯皮开肉绽，不死也掉层皮，掐诀间正要出手。

“真的，我一出手，连我自己都害怕。”白小纯叹了口气，右手猛地一拍储物袋，手中立刻出现了两枚丹药。

与此同时，北寒烈狞笑，掐诀一指，在一旁等得不耐烦的夜行兽，立刻大吼一声，直奔白小纯而去。

而北寒烈眉心的太阳印记散发出光芒，他一闪身，飞快地冲向白小纯。

可就在这一人一兽冲过来的瞬间，白小纯速度暴增，一跃而起，一枚丹药飞速弹出，直奔夜行兽。

夜行兽目露凶光，低声怒吼。它本可以轻松避开丹药，可它身体一顿，表情有了些变化，竟没有闪躲，而是一口将那丹药吞了下去。

夜行兽吃下这枚丹药后，身体猛地颤抖，双眼瞬间布满血丝，全身上下传出轰鸣巨响，本就粗壮的身体，这一刻竟再次膨胀起来，眨眼间就大了一倍。尖刺变得更多，牙齿也更长了！

夜行兽在这一瞬间，变得狰狞无比。

它眼睛成了紫红色的，喘着粗气，似乎神志不清。它双爪挠地，张开大口，发出惊天动地的古怪吼声。战台外的所有外门弟子，全都倒吸一口气。

“这、这是什么丹药？”

“不对，我怎么觉得这大狗的样子，有些眼熟……”南岸弟子惊呼出声。

而北岸那边，所有人都睁大了眼，观察着夜行兽吞下丹药之后的变化。他们都明显感受到，夜行兽气势暴增，肉身更为强悍了。它的变化，让不少北岸弟子都感到惊喜。

“这丹药竟有如此效果！可以让凶兽发狂！”

这一幕，让不少人大吃一惊，就连北寒烈也愣了一下，有些摸不清状况。尽管夜行兽明显变强了很多，可不知为何，他总是感觉有些不妙。

“再劝你一句，认输吧。”白小纯抬起下巴，淡淡开口。

“本打算断你一只手臂就罢了，既然你装神弄鬼，那我就狠狠教训你一下好了。”

这一战虽不可取对手性命，但没说不可重伤对手。此刻，北寒烈充满战意，猛地冲出，直奔白小纯。

还没等北寒烈反应过来，白小纯叹了一口气，抬起右手一甩，一枚白色的丹药直奔北寒烈而去。

白小纯扔出丹药之后，飞快地退到战台边缘，紧张地看着北寒烈。

北寒烈见势正要闪躲，可这丹药自行爆开，化作粉末，任凭北寒烈如何躲闪，身上也沾了不少。

他脸色一变，以为是毒丹，急速后退，赶紧检查，却没有发现任何异常，这粉末反倒有一股奇香，很好闻。

北寒烈皱起眉头，越发觉得古怪，正准备速战速决，忽然听到身边传出低吼，他用余光一扫，立刻脸色大变。

只见那头正嗷嗷大叫的夜行兽，此刻猛地转头，目中泛着红光，竟死死地盯着北寒烈。

北寒烈心惊肉跳，正要操控夜行兽，突然听到一声惊天动地的大吼。那夜行兽直奔北寒烈而来，速度太快，北寒烈闪避不及，直接被夜行兽撞倒了。

“该死的，你疯了！你要干什么？！”北寒烈脸色阴沉，刚刚发出怒吼，就被那大狗死死按住了。那夜行兽力大无穷，此刻发了狂，根本不听北寒烈的指挥。它张开大口，似乎想要攻击它的主人。

这一刻，四周所有外门弟子，全都不由自主地往前靠了靠，想要看得更清楚。就连露台上的那些掌座与长老，也都看了过去。甚至连太上长老的神识也关注着这边的情况。

紧接着，北寒烈发出一声凄厉的惨叫，让所有人大惊失色的一幕出现了，夜行兽开始撕咬它的主人。

“不……不……你！啊！”北寒烈的惨叫声响彻天际，他表情痛苦，目中茫然，仿佛不敢相信这一切。

“天啊！这是什么丹药？竟能让夜行兽攻击自己的主人！”

“这……这……”

“北寒烈师兄居然被自己的战兽压制了？！”

北岸所有弟子全部议论起来，一个个都不敢相信。大半弟子呼吸急促，眼神惊恐。

而北寒烈正在苦苦挣扎，不断发出凄厉的惨叫。

万年来，灵溪宗从未发生过这样的事情。

就连鬼牙也愣了一下，睁开双眼时，身体一颤，眼睛睁得老大，露出难以置信的表情。

南岸的所有弟子，此刻只觉得脑中一阵轰鸣。上官天佑蒙了，周心琪也转过脸去，不忍心看。

白小纯站在战台上一样心惊肉跳。这是他第一次尝试把这丹药作为斗法之物，没想到效果竟如此惊人。此刻他望着凄惨的北寒烈，都有些不忍了，叹了口气。

“我都说了，我一出手，连我自己都害怕，也劝了你好多次，可你执迷不悟啊。”白小纯不忍，一脸无辜，抬起下巴，小袖一甩，一副高手寂寞的样子。

“白小纯！”

就在这时，一声怒吼从空中传来。北寒烈的师尊，整个人气势冲天，飞速赶来。他大袖一卷，趴在北寒烈身上的那条大狗立刻被卷了起来，飞出老远。他一把抱起北寒烈，心中觉得这一切着实荒谬，连他自己都不愿在这里多逗留，愤怒地瞪了白小纯一眼，赶紧离去。

至于北寒烈，身体的创伤与心灵的痛苦叠加起来，让他眼睛一闭，昏迷过去。他都不知道以后该怎么见人，那种痛苦，让他觉得这一切仿佛一场噩梦。

第 90 章

北岸公敌

随着北寒烈师徒二人离去，战台两旁的南北两岸弟子，此刻全部目瞪口呆，一个个脑中嗡鸣阵阵，不知道该说些什么，满脑子都是夜行兽袭击北寒烈的画面。

不仅是他们蒙了，就连露台上的掌门和各峰掌座，以及那些长老，此刻也都傻了，呆呆地望着战台上一脸无辜的白小纯。

周长老也在露台上，他身体颤抖，眼珠子都鼓了起来，表情复杂。至于半空中他的那只凤鸟，此刻也喊了几声，仿佛要告诉所有人自己当初没污蔑白小纯。

许久，南岸弟子发出吸气之声，他们在这一刹那，看向白小纯时，都露出古怪之色。

所有女弟子看向白小纯时，神色都怪异极了，更有不少人脸色苍白。

男弟子的反应也没好多少，一个个额头直冒冷汗，心中甚至有些同情北寒烈。

“白、白师叔……神人！那北寒烈也太惨了……”

“千万不能招惹白师叔，他、他实在是太邪门了！”

“这丹药，不就是周长老的凤鸟吞下的那枚吗？我实在无法想象，白师叔到底是基于什么原因……炼制此丹！”

很快，南岸弟子一片欢呼，不管白小纯用了什么手段，他毕竟代表南岸赢得了胜利。要知道，这是本次天骄战开战以来，南岸的第二次胜利，这让所有南岸弟子心中别扭的同时，又不得不为白小纯欢呼。

上官天佑擦了擦冷汗，看向白小纯。无论他之前再怎么鄙夷白小纯，如今也都多了几分忌惮。他想到方才北寒烈那凄惨的模样，琢磨着若是换了自己……他不敢继续想了。

周心琪早已瞠目结舌，脑海中一片空白。

可紧接着，北岸弟子爆发出更加响亮的喧哗声，如同雷霆一般。

“丧心病狂！这是什么丹药？该死的，这种丹药怎么会存在于世间？我要灭了白小纯，毁掉这丹药！”

“天啊！北寒烈师兄居然被他的凶兽压制了，这、这……”

“打倒白小纯！他带给我们北岸莫大的耻辱！那种丹药，应该被列为禁药，应该被销毁！”

那些北岸弟子，包括前来观望的内门弟子，也在这一瞬间疯狂起来，双眼通红，发出嘶吼。

他们无法不发狂，虽说南岸弟子同情北寒烈，但北岸弟子才是真正的感同身受啊！他们每个人都有自己的战兽。这一刻，在他们疯狂嘶吼的同时，每个人都下意识地看了一眼身边的战兽，想起北寒烈，顿时觉得整个人都不好了……

于是，北岸众人的嘶吼之声更加响亮了。

“北岸公敌，白小纯！”

“打倒白小纯！此人若在，我北岸永远蒙羞！”

“该死的，我要灭了他！他给我们北岸留下了永恒的阴影！”

可以想象，从此之后，每当北岸弟子看到自己的战兽时，都会忍不住想起北寒烈的惨状。

公孙兄妹此刻也倒吸一口气，看向白小纯时，有些忌惮，更有冲天的怒火。

受伤的虽是北寒烈，但受辱的是整个北岸。

还有徐嵩，他神色愤怒，微胖的身体此刻颤抖起来。尽管他与北寒烈相互看不顺眼，可如今他心底对北寒烈无比同情，甚至还有些畏惧白小纯。

“北寒烈只有一头凶兽……我、我有五头……”

想到这里，徐嵩都快哭了，他咬牙切齿，红着眼怒吼。

哪怕是穿着黑袍的鬼牙，此刻身体也微微一震，他看向白小纯时，目中露出凝重之色。

眼看自己如捅了马蜂窝一样，激起了北岸众人的怒气，白小纯觉得自己实在无辜。他站在台上，看向那些愤怒的北岸弟子，连忙解释了几句。

“不怨我啊！我刚才上场时就提醒北寒烈了，让他认输，可他不听啊。我都说了……我一出手，连我自己都害怕啊。”

白小纯是真的觉得很委屈，可他不解释还好，这么一解释，如同火上浇油。

“白小纯，你居然叫白小纯！你一点都不纯！”

“无耻之徒，卑鄙至极，你竟还来羞辱我们！”

“打倒白小纯！”

北岸弟子疯了，一个个红着眼，竟全都上前几步。数万人同时前进，仿佛要冲上战台，干掉白小纯。

这一幕让白小纯心惊肉跳，他叹了口气，抬起下巴，小袖一甩，摆出高手寂寞的模样。

“我本纯良，奈何世人污蔑，罢了罢了。”白小纯轻叹一声，赶紧跳下战台。

他的身后，北岸弟子爆发出一阵阵怒吼，一双双眼睛死死瞪着他。如果目光能杀人的话，这一刻白小纯已经死了几万次了。

白小纯干咳一声，回到了南岸众人前方。所有南岸弟子都神色古怪，他们是真的感受到了，白小纯总能轻易点燃他人的怒火。

从这一刻起，对于北岸的所有人来说，他们的敌人已经不是南岸了，他们的敌人只有一个，那就是白小纯！

他们甚至可以想象，这一次，就算北岸真的胜利了，有北寒烈那件事在前，北岸也是丢人了……

上方的露台上，掌门脸色尴尬，低头狠狠瞪着下方的白小纯，心底升起阵阵无力感。他觉得，似乎只要有白小纯在的地方，无论是多么严肃的事情，最终都会变了味道。

至于此刻还在这里的五座山峰的掌座，北岸的三人，一个个都不知该露出什么表情，他们这一辈子也没见过这样的事情。

李青候面色阴晴不定，眼中也有茫然。方才的那一幕，太震撼了，使得种道山山顶的四位太上长老，神识也波动了一下，只是不知他们此时是何种情绪。

眼看北岸群情激愤，局面似乎有些控制不住了，欧阳桀的声音蓦然从空中传来。随着声音出现的，还有一股大力，轰在战台上，使得那些靠近战台的北岸弟子，纷纷被推开。

"第七战，开始！"欧阳桀也很无奈。他话音刚落，北岸立刻冲出一人。

这是一名大汉，他眼睛通红，上了战台后，立刻怒吼起来："白小纯，我要向你挑战！"

"等你进入天骄战前十，就有与我一战的资格了。"白小纯抬起下巴，摆出高傲的样子，淡淡开口。

那北岸大汉闻言低吼，双眼布满血丝。上官天佑身边，一名获得南岸资格战前十的弟子，硬着头皮走了出来，上了战台。

这一战，轰鸣不断，北岸弟子疯了。

这北岸大汉将他对白小纯的怒火全部发泄出来，使得南岸弟子节节败退，最后不得不认输。

此后第八战、第九战，北岸弟子如打了鸡血一样，一个个都气势逼人，上了战台就疯狂攻击。他们每个人心中都憋着一口气，要打进前十，与白小纯一战，一雪前耻！

"一定要赢，然后在下一轮干掉白小纯，让他也尝一尝被战兽压制的滋味！”

“我宁可触犯门规，也要废了他！”

“就算我们灭了他，师尊也不会怎么处罚我们，因为谁灭了这白小纯，谁就是我们北岸的英雄！”这些出战的北岸弟子，一个个用尽浑身解数，一时之间战意冲天。

至于第十战，因北岸多了两个人，所以这一战是北岸弟子之间的战斗，虽也激烈，但明显比之前柔和不少。

很快，第一轮的最后一战开始了。周心琪深吸一口气，脚下紫光闪耀，飘然落在战台上，与北岸最后一名弟子开战。

此战没有意外，周心琪毕竟是南岸天骄之一，北岸弟子尽管也有不俗之处，可与周心琪相比还是差了不少。两人交战，也就是十次呼吸的时间，那北岸弟子立刻喷出鲜血，不甘地认输。

周心琪获胜，淡然归来时，南岸爆发出震耳欲聋的欢呼声。这欢呼声听得白小纯心里有些酸酸的，暗道自己也赢了，为何没有得到这样的欢呼。

至此，南北两岸外门天骄战的第一轮结束了，还剩下十一人，其中北岸八人，南岸仅三人！

第 91 章

疯狂的北岸

随着第一轮的结束，迎来的是三炷香的休息时间。这一刻，北岸所有弟子，全都气势汹汹，死死盯着南岸这边，准确地说，是盯着白小纯！

他们都在等待第二轮开始，他们要打倒白小纯。甚至连这次天骄战北岸能否胜出，大家都不关注了，他们只想着如何一雪前耻！

“白小纯，在第二轮中，一定会让你知道我们的厉害。你带给我们北岸莫大的耻辱，我们一定要让你付出惨重的代价！”

“这种人，就应该被一群战兽围攻，这样才解恨。这第二轮，要给他点颜色看看！”

“打倒白小纯！打倒这无耻之徒！”

北岸弟子的愤怒之声不绝于耳，他们要干掉白小纯的心愿，此刻全部寄托在了前方出战的八人身上。这胜出的八人，除了鬼牙平静地闭上双眼外，其他七人都摩拳擦掌。

这七人都知道自己身上背负着北岸所有弟子的希望，这一刻看向白小纯时，眼中都有杀气。他们在心中分析方才白小纯那一战的细节，渐渐各自心中都有了底，找到了克制之法。

“这白小纯只不过是有丹药，只要不给他拿出丹药的机会，就可以了！”

“他只能以丹药取胜，没有了丹药就手无缚鸡之力，灭他轻而易举。这第二轮，他必败，而且会败得很凄惨！”

“太过分了！”

白小纯心底满是委屈，他觉得北岸太欺负人了，自己不就是胜了一场嘛，至于对他这么凶残吗？

他想再说些什么，可担心自己一开口，对方就会更加愤怒。

就在北岸群情激愤的同时，南岸也发出不甘心的声音。就在这时，欧阳桀的话语，蓦然传出。

“三炷香时间已过，开始第二轮天骄战，决出前六！”

“你们十一人，会有一人轮空，直接进入前六。余下十人按照抽签的顺序，两两对决！”

欧阳桀话音刚落，战台上突然出现一道光。这道光形成一个圆球，直径足有半丈，飘浮在空中。包括白小纯在内，南北十一名弟子手中的珠子，似乎受到了召唤，瞬间离手而去，直奔圆球，融入其中。

可以清晰地看到，这些珠子在融入圆球后，上面标注的数字变了，从一到十，还有一个珠子则是空白的。

十一颗珠子在里面不断旋转，速度越来越快，到最后都看不清了，圆球也变得模糊起来。

“以玄术秘法，遮盖了天机，求的是一个公平公正。就算老夫也无法干扰这圆球内的珠子，所以你们大可放心。现在，每人一颗珠子。”

欧阳桀的声音传出。

北岸徐嵩狠狠地盯着白小纯，冷笑道：“白小纯，你就祈祷这一轮碰到的对手不是徐某吧，否则，你注定下场凄惨！”

说完，他抬手拿到了一颗珠子。

“不管你遇到了谁，这第二轮，你都输定了，而且下场会很惨烈！”

北岸一天骄咬牙冷冷开口时，众人都抬起右手，向着圆球遥遥一抓。白小纯也在其中，带着委屈抬手一抓。

瞬间就有十颗珠子急速飞出，分别落向众人。

“我是三号！”

“我是七号！”

“我是一号！”每一名北岸弟子，在拿到珠子后，都立刻开口，说出自己的序号，气势如虹。他们每个人说完后，都会看向白小纯，目中露出凶狠之色。

鬼牙低头看了一眼手中的珠子，也淡淡开口：“九号。”

很快，战台外所有北岸弟子愕然发现，他们北岸的八名弟子，居然没有一个轮空的。十个数字，此刻只缺四号和十号。北岸弟子一个个顿时紧张起来，看向南岸那边。

“我是四号。”上官天佑淡淡开口。

“十号！”

周心琪的脸色有些难看，说话时，看了一眼北岸的鬼牙。

除了白小纯外，其他人都说出了序号。南岸众人的神色都变得有些诡异，尤其是那些看过白小纯小比的香云山外门弟子，一个个都睁大了眼。

“不会吧？”

他们有些难以置信。

而比他们更惊讶的，则是摩拳擦掌，准备在这一轮好好教训白小纯的北岸弟子。这些人都傻眼了，无数道目光瞬间聚集在白小纯身上。

白小纯脸上满是掩饰不住的得意，他方才就看到了，自己拿到的珠子上居然没有数字。他还以为自己看错了，又仔细看了一遍才确定。此刻眼看众人都望着自己，那种受到万众瞩目的感觉，让他窃喜。于是他小袖一甩，摆出高手寂寞的样子，抬头看着天空的白云，口中传出忧郁的声音。

“不好意思，各位，我轮空了，想要与我交手，你们还得继续努力。”

随着白小纯的声音响起，四周出现了短暂的寂静，几秒之后，北岸蓦然传出怒吼之声。

“不可能，他居然轮空了！为什么是他轮空？这无耻的白小纯，为什么是他？！”

“他这是什么运气，十一个人里为什么偏偏是他？这种卑鄙的人，居然有如此运气，太没天理了！”

“我受不了了，这白小纯太能卖弄了，我要干掉他！”

北岸弟子本打算在这一轮一雪前耻，却发现白小纯轮空了，一个个差点吐血。

出战的北岸弟子，一个个也仿佛一拳打在了棉花上，那种感觉，让徐嵩等人内心极为憋屈，看向白小纯时，恨不能用目光杀死他。

就连南岸众人神色也变得有些古怪，说不出话来。他们早就看出来了，北岸众人想在第二轮教训一下白小纯，可如今有此变化，不用想也知道，北岸众人定是郁闷极了。

“这算什么，白师叔在小比的时候轮空两次呢！”一名香云山的外门弟子忍不住悄声道。

他身边的人听到后，一个个都睁大了眼，难以置信。

“以前也轮空？白师叔运气太好了！”

白小纯干咳一声，依旧摆出高手寂寞的样子，目光扫过北岸众人，轻轻摇头，一脸遗憾的模样，这使得北岸众人彻底发狂。

可他们再怎么发狂也没用，只能忍着怒火，就在这时，第二轮天骄战，开始了。

只是没有了白小纯，这天骄战似乎也没了看头。十个人里，只有两名南岸弟子，也就代表着有三场，是北岸自己和自己打。

第二轮的第一战，就是如此。北岸的公孙婉儿与另一名北岸弟子一起走上战台，她根本就没怎么出手，那北岸弟子就败下阵来，看得南岸弟子心情很复杂。

好在第二战轮到了上官天佑。他的运气也极好，对手并不是北岸的四大天骄。这一战，上官天佑不费吹灰之力就轻易取胜，使得南岸众人松了一口气，起码胜了一场。

紧接着，第三战、第四战都是北岸自己人交手，虽也激烈，但那种天骄战已与南岸无关的感觉，让南岸众人心中苦涩。

最后一战，当周心琪神色凝重地走出时，南岸的欢呼声才响了起来，可即使是南岸弟子，也不看好周心琪。

因为周心琪的对手，是北岸最恐怖的鬼牙，第一轮中，他轻轻一指，就干掉了吕天磊。

“你与之前用雷的家伙，谁强？”战台上，鬼牙望着周心琪，认真地问道。

“吕师兄略强一些。”周心琪没有认为对方是在羞辱自己，一样认真地回答。

“这样……我之前用了七成力，这次我用四成力好了，应该不会杀了你。”鬼牙喃喃低语。声音传出时，四周的人一个个都心中苦涩，他们相信鬼牙说的是事实，可这种事实让人绝望。

周心琪深吸一口气，双手立刻掐诀，四周顿时有无数蓝光飞舞，凝聚成了无数条蓝绫，组成了一朵蓝色的花，这花朵一出，顿时散发出阵阵吸力！

“百变草木诀！”

立刻有人认出了这种术法，南岸众人纷纷精神一振。这百变草木诀，虽不如鬼夜行与水泽国度，但同样属于十大秘法。

百变草木诀，讲究以秘法幻化出草木对敌，变化极多，诡异莫测。李青候甚至可以将方圆百里变成虚幻的草木世界。到了最后，更可变为真正的秘术——草木皆兵！

周心琪面色苍白，施展此法对她而言消耗不小，她知道自己不是鬼牙的对手，可在她的世界里，没有“主动认输”这四个字。

周心琪挥手间，这蓝色的花朵一震，竟无限蔓延，直奔鬼牙，随后更是张开花瓣，如同要吞噬对方一般，气势逼人。旁人一看就知道，此法不俗。

白小纯眼睛一亮，对于周心琪这术法很感兴趣。可就在这时，鬼牙抬头，神色平静，右手抬起，依旧伸出一根手指。

这次他没有指天，而是指向周心琪。紧接着，他右侧的空间突然传出轰鸣声，竟幻化出一只巨大的黑色鬼爪，一拳轰向周心琪！

这拳头极大，几乎占据了半个战台。鬼爪轰在蓝色的花朵上，花朵顿时颤抖，瞬间化为飞灰。而那鬼爪没有丝毫停顿，势如破竹，出现在了周心琪面前，直接落下。

巨响震天，周心琪口喷鲜血，整个人猛地倒飞而去，飞出了战台，落地后不断后退，连续喷出七八口鲜血，这才站稳。她面色苍白，抬头看了一下正慢慢走下战台的鬼牙，目中露出倔强之色。

四周一片寂静，只是不断传出吸气声。

第 92 章

公孙婉儿的绝望

“太、太强了！”

“这鬼牙，怕是可以直接碾压内门弟子，他乃真真正正的筑基境界以下第一人！”

“这、这是凝气战力的巅峰啊！他一定是达到了念的境界，一定是这样。只有具备那神秘莫测的念，才可以拥有这种恐怖之力！”

南岸弟子也好，北岸弟子也罢，在短暂的寂静后，都开始低声议论，仿佛没有人敢在这个时候大声说话。

北岸的其他参赛者一个个都表情复杂，任谁也不愿看到在同一个时代里，有这样的强者出现。

南岸这边，上官天佑沉默，他的心不平静，这鬼牙击败周心琪的感觉，如同周心琪击败寻常弟子一般。

显然，鬼牙与周心琪，根本就不在同一个层次。

白小纯也看得心惊肉跳，对方只出手两次，可每一次都震撼全场。

此刻，前六已经选出来了，北岸四人，南岸两人，分别是上官天佑、白小纯、鬼牙、公孙兄妹和徐嵩。

了解天骄战规则的弟子，此刻都明白，接下来的第三轮，也将是最后一轮。在这一轮里，前六的所有人都要分别与对手交战，根据胜利的次数，来决出六人的最终排名。若能五场全胜，自然就是第一！

千年以来，每次北岸都会出现这种横扫对手的弟子，夺得桂冠。这一次，北岸众人都明白，鬼牙就是这种人，而且他明显比以往的第一名还要强大。

南岸弟子一片沉默。若没有鬼牙，他们觉得上官天佑还是有希望的，可如今看来，上官天佑很难夺得第一了。

“第二也好……”

南岸弟子纷纷感叹，也有不少目光落在白小纯身上。

对白小纯，他们每个人都说不出是什么感觉，甚至他们努力地回忆，也回忆不起白小纯出手的画面，仿佛他从进入宗门开始，就没怎么与人打斗过。唯一的印象，就是白小纯在落陈家族的追杀之下活着回来了。

在这样的沉默中，不少人心底已经放弃了。他们知道，这一次，南岸又输了，在进入前十的人数上输给了北岸，第一也拿不到了。

相比于南岸，这一刻，北岸的外门弟子精神振奋，目中露出期待之色，还有的人露出凶残之色，盯着白小纯。

“第三轮的规则应该不会改变，这一次，白小纯的下场必定凄惨！”

“没错，按照规则，他要和所有对手分别切磋一次，也就是说，我北岸的四大天骄，每一个都可以狠狠地蹂躏他一番，以此来洗刷我北岸的耻辱！”

不仅是北岸的寻常弟子这么想，就连徐嵩与公孙兄妹一样在冷笑，轻蔑地看向白小纯。

白小纯一缩头，心底感慨：修仙是为了变得更加强大，更好地活着，为何要打打杀杀？

他很无奈，看着那些怒视自己的北岸弟子，摇头唏嘘时，欧阳桀的声音，蓦然传出。

“第三轮天骄战，规则照旧，以胜利的次数为排名标准。第一场，上官天佑与徐嵩一组，鬼牙、公孙云一组，白小纯、公孙婉儿一组，同时开战！”

声音回荡时，一道光从上方露台落下，直射战台，刹那间就将这战台分成了三个区域，一一封印，将三个区域分隔开来。

上官天佑双眼猛地一亮，瞬间冲了出去，飞至战台的第一区域。北岸的徐嵩同时飞出，两人四目相对，都看出了彼此眼中的凝重。

两人没有废话，在对视的那一瞬间，徐嵩大手一挥，四周立刻传出凶兽的怒吼。

三头凶兽出现，样子各异，却都狰狞无比，直奔上官天佑。同时，在上官天佑的上方，瞬间出现了一张巨大的鲸鱼口，似要将他吞没。咔咔声中，一条条触须从他脚下的地面钻出，缠绕而来。

与此同时，鬼牙缓缓走出，一旁的公孙云沉默，眼中的蛊虫似乎都在震动。他知道鬼牙强大，可他不愿认输。

“就算你再厉害，我也要一战！”公孙云深吸一口气，衣袍翻飞，与鬼牙一起上了战台第二区域。

公孙婉儿冷哼一声，也走了出来，瞪着白小纯。白小纯最不怕的就是这个，于是也狠狠地瞪了过去。两人就这样瞪着对方，上了战台第三区域。

在白小纯上台的一刹那，北岸众人立刻发出怒吼。他们不再关注另外两个区域，而是全部看向白小纯，眼中燃起怒火。

“公孙师姐，灭了这该死的白小纯！”

“灭了他！”

阵阵吼声回荡，公孙婉儿眼神冰冷，她没有召唤出她的七彩凤鸟，而是右手掐诀一指眉心，她的身体竟立刻出现七彩之光，更有寒气扩散开来，使得地面都结霜了。

“你认输吧，我一出手，连我自己都害怕。”白小纯眨了眨眼，好心地开口。

他这句话一出口，公孙婉儿脑海里不由得浮现出北寒烈的那一幕，顿时起了战意。

“闭嘴，你这登徒子，这一次定要让你付出代价！”说着，公孙婉儿右手蓦然一挥，一道冰刃瞬间出现，直奔白小纯。

白小纯一脸无辜，他只不过是好心提醒一句，也不知道自己怎么就成了

“登徒子”。

此刻，白小纯叹了口气，右手一拍储物袋，无数符咒立刻出现，他很熟练地将其拍在了身上。

轰隆之声瞬间响起，一道道防护之光闪耀，竟足有一丈多厚，五彩斑斓，很惊人。

这还没有结束，接着，白小纯拿出了神鹤盾，此盾光芒一闪，白小纯周围又多出一道光。还有他手腕上，李青候送他的手镯，在这一刻也被激发了。手镯化为液体，直接蔓延至他全身，配上背后的大锅，使得他整个人变成了黑色的。

这一刻，白小纯让所有人目瞪口呆。

偏偏白小纯的动作快速又熟练，让人一眼就能看出，他经常这么干。

北岸所有弟子全部睁大了眼，呆呆地看着。那道冰刃在碰到白小纯身上的防护之光后，威力被逐渐削弱，到了最后，砰的一下崩溃了。防护之光内的白小纯毫发无损。

若仅仅如此也就罢了，可所有北岸弟子都看到，光幕内的白小纯，居然背着手，抬起下巴，看着天空的云朵，一副高手寂寞的模样。

“太弱了，我从不与打不破我防护层的人交手。”白小纯小袖一甩，继续背着手，淡淡开口。

公孙婉儿眼珠子都快瞪出来了，整个人愣了一下。她常常与人斗法，不是没见过擅长防护的，可像白小纯这样防护的，她还是头一回遇到。

公孙婉儿看着那数十层防护之光，看着里面的神鹤盾，看着白小纯身上的黑色宝物，看着他背后的大锅，甚至她还隐约看到白小纯身上还穿着好多件皮衣。

公孙婉儿觉得整个人都不好了，神情有些恍惚。

“无耻！居然用这么多防护符咒，还有防护法宝。混蛋！这是天骄战啊，不是比谁更有资源！”

“公孙师姐一定要灭了他，我要气死了，看到白小纯，就想上去揍他！”

北岸弟子发出怒吼的同时，南岸弟子也都傻眼了，其中香云山的一些弟子，此刻心中感慨良多。尤其是里面有一名大汉，看到这一幕后，眼中泛着泪花。他万分理解北岸弟子，因为他在当年小比中，也见识过白小纯的防护之光的厉害。

就连露台上的掌门等人，也哑口无言，他们面面相觑，纷纷苦笑。

战台第三区域，公孙婉儿一咬牙，双手掐诀，四周立刻出现大量冰刃，形成了一个旋涡，直奔白小纯而去。

在这一刻，轰隆之声震天，那些冰刃极为锋利，一层层割开白小纯的防护，可只见神鹤盾一闪，冰刃就全被化解了。

“还是太弱。”

白小纯傲然开口，他心里乐开花了，大有一种身为强者的自豪感。

这一幕让北岸众人更为愤怒，若非他们不敢触犯门规，所有人怕是会一齐冲过去干掉白小纯。

公孙婉儿眼中带着杀气，咬牙再次出手。这一次，更多的冰刃出现了。她甚至没有停下来，而是始终维持术法，使得冰刃不断朝白小纯袭来，看上去很恐怖。

白小纯也心头一紧，在这种攻击下，他四周的防护在坚持了数息之后，渐渐崩溃。幸亏神鹤盾急速运转，眨眼间就加强了防护，这才让白小纯心底松了口气。他再次抬起下巴，准备说点什么。

公孙婉儿披头散发，发出一声尖叫，全身传出轰鸣，嘴角溢出鲜血，眉心赫然出现了一朵血色的冰花，四周天地之力轰然涌来，气势非凡。

与此同时，北岸传出惊天动地的欢呼声，不少人都振奋地狂吼。

“是公孙师姐的血冰花！”

“这血冰花是公孙师姐的撒手锏，就连凝气九层的修士都无法阻挡，任这白小纯防护再强，也败定了！”

血冰花急速飞出，散发出阵阵恐怖的气息，改变了四周的温度。它直奔白小纯而来，势如破竹。血冰花使得白小纯的那些防护之光全部消散，神鹤盾刚要阻挡，这血冰花居然分成了两半，一半被阻，一半扭曲着出现在了白小纯面前，狠狠撞在他胸口。

砰的一声，白小纯诧异地低头，感觉好像被一个雪球打了一下，轻轻一抖。他抬头时，看到披头散发的公孙婉儿一脸难以置信的表情。

“你慢慢打啊，不着急，我去看看比赛。”

说着，白小纯转身，看向第一区域与第二区域，看得有滋有味，甚至还不时高呼加油，那模样，怎么看怎么觉得他欠揍。

第 93 章

此丹对人也有用

第二区域内，此刻鬼牙收回伸出的两根手指。对付其他人，他只需一指，可面前的公孙云竟可以抵挡他的第一指。

此刻公孙云面色苍白，快速后退，苦涩地认输了。抵抗第一指已是极限，他不能受伤太重，即便争不了第一，也要去争夺第二。

公孙云向着鬼牙抱拳，走下战台，回头看了眼公孙婉儿，他皱起了眉头。

鬼牙神色平静，也离开了战台。在离开前，鬼牙同样扫了眼白小纯那边，看到白小纯身上的那些防护后，他目露一丝异色。

战台外的南岸弟子全部低下了头，就连他们都觉得不好意思了，对于北岸弟子只有同情。

北岸弟子疯了……

公孙婉儿抓狂了，她尖叫着扑向白小纯，用尽所有方法，释放种种神通术法轰向白小纯，可依旧无法破开他的防护。

尤其是最后一道防护，那黑色手镯可是能阻挡筑基初期修士全力一击的保命之物，公孙婉儿又怎能打破呢?

一炷香后，公孙婉儿喷出一口鲜血，整个人都虚脱了，她无神地望着白小纯，目中露出绝望。

她正要拼了命将凤鸟召唤出来，可白小纯瞄了她一眼，立刻拿出一枚丹药，在手心里扔来扔去。

公孙婉儿愤愤不平，死死地握住拳头。

“认输！”她憋屈地开口，满脸不服气。

“承让承让，还是你深明大义，没逼我出手。”白小纯心底可开心了，表面上却摆出高人的姿态，抱拳淡淡开口。

听到这句话，公孙婉儿气得浑身发抖，咬牙离去。

正在这时，上官天佑与徐嵩一战，也到了尾声。上官天佑一剑落下，释放出一道强光。光芒消散后，徐嵩身前五头凶兽全部萎靡，他自己也噔噔噔地后退数步，看向上官天佑时，目中露出敬佩。

“剑灵之体，果然非凡！”徐嵩嘴角溢出鲜血，缓缓开口后，转身走下战台。

上官天佑沉默，目光落向鬼牙。他知道，在这里，自己的对手只有鬼牙！

“想必他也与我一样，觉得与其他人开战，很无聊。”上官天佑收回飞剑，扫了白小纯一眼，看到他身上的防护，目中露出轻蔑之色，随即走下战台。迎接他的，是南岸无数的欢呼。

在这欢呼中，白小纯也傲然归来。

第三轮的第一场，六人交战，胜者鬼牙、上官天佑、白小纯，败者徐嵩，以及公孙兄妹。

北岸弟子并没有太关注上官天佑与鬼牙，他们此刻已经被白小纯几次三番无耻的行径气疯了。

白小纯已经成功地获得了众人的瞩目，造成的影响之大，难以估量。

北岸外门弟子一个个红着眼，握紧拳头，死死地盯着白小纯。被数万人这么盯着，白小纯很心虚地摸了摸鼻子，装作没看到。

公孙婉儿气得浑身发抖，经兄长公孙云低声劝说，这才咬牙打坐，恢复灵力，其他人也抓紧时间让自己恢复体力。

三炷香的休息时间过后，第三轮的第二场，正式开始。

第一区域内，鬼牙的对手变成了公孙婉儿，公孙婉儿心中苦涩，望着面无表情的鬼牙，她没有出手，选择了认输。她不能再受伤了，否则，之后的几场比试，她的处境会极为不利。

公孙婉儿认输了，鬼牙自然直接胜出。

与此同时，第二区域的斗法也开始了。上官天佑的对手是公孙云，这能抵挡鬼牙第一指的公孙云，此刻袖子一挥，全身上下无数蛊虫飞出，铺天盖地，直奔上官天佑。

上官天佑神色有些凝重，抬起右手，一把飞剑嗡鸣而出，剑气纵横。

这一战，本应该是万众瞩目的，可如今不管是南岸还是北岸，几乎所有人的目光都落在了第三区域。

白小纯一脸傲然地上台，他的对手，正是徐嵩。

徐嵩望着白小纯，露出冷笑。

“你擅长丹药，擅长防护，不过，这次遇到了我，你注定会极为凄惨！”说话间，徐嵩抬起右手猛地一挥，四周立刻传出咔咔之声，竟有三头凶兽凭空出现，一只一丈多高的大猩猩，一头猛虎，还有一只背后长着翅膀的巨型蝙蝠。

这三头凶兽凶狠异常，气势惊人，每一头都给人凝气九层的威压。

“白小纯，看看你的防护，能否挡得住我这三头战兽不间断的轰击！”徐嵩狞笑，正要出手。

“你认输吧。”白小纯叹了口气，抬起右手，取出丹药，同情地看向徐嵩。

“又是这句话！灭了白小纯！”

白小纯话音刚落，北岸弟子齐齐怒吼。

望着白小纯手中的丹药，徐嵩仰天大笑，露出轻蔑之色，眼中还有得意。

“早就知道你会取出这无耻的丹药，不过，你真的以为徐某没有任何准备吗？我这三头战兽，是特意为你准备的，它们都是雌兽！”徐嵩得意不已，这才是他最大的筹码，他有信心，这一次一定要为北岸出口气。

北岸弟子听到这番话，也都振奋起来，不断欢呼，为徐嵩喝彩。

白小纯内心咯噔一声，眼珠飞快一转，神色如常，目中依旧带着同情，淡淡地说了一句话。

“我这丹药，对兽有用，对人也有用。”白小纯故意吓唬徐嵩，看了他一眼，又瞄了瞄他身边的三头雌兽。

此话一出，北岸弟子瞬间一片死寂，每个人都愣了一下，不由得倒吸一口凉气。

徐嵩更是睁大了眼，脑海中轰的一声，如遭雷劈。他脸色一变，想起了北寒烈，想起了公孙婉儿。若白小纯说的是真的，那么自己一旦被丹药影响……他用力地咽下一口唾沫，下意识地看向身边的三头战兽，整个人都开始发抖。与此同时，这三头战兽似有灵智，居然也看了看身旁的徐嵩，浑身发抖。

徐嵩没有迟疑，瞬间就将三头战兽收走了。他不敢赌啊，哪怕他觉得白小纯所说九成是假的，他也不敢拿这种事去赌。

就在徐嵩收起那些战兽的瞬间，白小纯向前跨出一步，全身光芒闪耀，防护开启，整个人迈着大步，直接冲向徐嵩。他抬起右手，向前猛地一挥。

这一挥，力道极强。徐嵩的强大，在于他控制的战兽多。此刻他不敢召唤战兽，实力一下子弱了不少，根本就无法抵抗。徐嵩直接被白小纯卷起，口喷鲜血，噔噔噔地后退，心中既憋屈又愤怒。他发出一声凄厉的嘶吼，握拳认输。

白小纯眨了眨眼，干咳一声，抱拳后，大摇大摆地离去。他的身后，很快传来无数怒吼。

“白小纯，你、你、你……”

“那该死的丹药，必须被销毁！”

“天啊！谁去把这卑鄙的白小纯干掉，我出十块灵石！”

“我出十五块灵石，干掉白小纯！”

北岸弟子疯了，纷纷开口，累计的灵石很快就有上万之多，看得南岸众人一愣一愣的，纷纷对白小纯心生敬佩。

这种公然的悬赏，让白小纯脸色都变了，赶紧快走几步跳下战台，他觉得背后凉飕飕的。尤其是当他发现这悬赏的灵石，居然已经超过两万之后，他的心开始颤抖。

“你们不讲理啊，我白小纯每次出战，可都是先劝对方认输的！”白小纯着急了，又解释了一句。

这一解释，让北岸众人更为恼怒，直接将灵石追加到了三万。天空中的那只凤鸟，一脸幸灾乐祸，不断叫唤，看得白小纯心底愤恨。连露台上不少的长老，都对此事颇感兴趣。

“我是荣耀弟子，是掌门的师弟，谁敢悬赏捉拿我，我让我师兄把他逐出宗门！”白小纯看到这种情况，头皮发麻，扯着嗓子威胁道。

于是北岸更疯狂了，不知是谁第一个没忍住，直接扔出一把飞剑，飞剑隔着战台飞来。接着无数北岸弟子都取出了法宝，身边的战兽更是嘶吼连连，仿佛要爆发动乱。

这场面吓得白小纯迅速后退，好在这个时候，露台上的那些宗门长辈，实在看不下去了，一道光芒落下，阻挡了北岸众人。

与此同时，上官天佑与公孙云的一战也到了尾声，上官天佑用了三把飞剑，公孙云使尽浑身解数，最终还是认输了。

上官天佑微微气喘，公孙云十分强大，让他也不得不认真起来。此刻上官天佑走下战台，目睹北岸弟子的疯狂，他皱起眉头，看了白小纯一眼，目中露出轻蔑之色，心底甚至还有些嫉妒。

“依靠一枚丹药与防护，居然和我一样走到了这一步，哼！”上官天佑转头闭目，盘膝吐纳。

第 94 章

白师叔，我们是自己人

“这场天骄战……唉！”露台上，掌门郑远东无奈地摇头，他身边的各山峰掌座，一个个都苦笑起来。

他们也明白，这场严肃的天骄战，因为多了一个白小纯，此刻已经完全变了味道。

“这白小纯……他的名字很好，可本人真的一点都不纯啊。”周长老苦笑，看着下方躲在人群中的白小纯，又看了看北岸疯狂的弟子。

“没关系，既然白小纯如此顽劣，已成了北岸弟子的公敌，那么以后找个机会把他扔到北岸来，想来可以消停消停。”一老妪皮笑肉不笑地开口，她正是北岸鸢尾峰的掌座。

众人神色一动，若有所思，唯独李青候目中露出同情之色，扫了眼鸢尾峰的掌座。他太了解白小纯了，他可以断定，若将白小纯扔到北岸，那么倒霉的绝对不是白小纯。

就在众人若有所思的时候，第三轮的第三场斗法开始了。

鬼牙对战徐嵩，上官天佑对战公孙婉儿，这两场斗法，根本就没什么看头。以鬼牙与上官天佑之前表现出的实力，当然可以轻松获胜。

南北两岸的所有弟子，甚至包括掌门等人，全都将目光放在第三区域内。公孙云踏上战台，身上散发出阵阵寒意，气势逼人。他遥望着摆出高手姿态，走上台来的白小纯。

这一次北岸弟子没有发出怒吼，但他们一个个眼神凶狠，好像要杀人一般，数万人散发的杀气，让白小纯心惊肉跳。

“你认输吧。”白小纯深吸一口气，望着公孙云，手中握着丹药，赶紧开口。

公孙云冷冷地望着白小纯，目中露出厌恶，大袖一甩，袖口内立刻飞出无数黑色甲虫。甚至还有大量红色蜈蚣顺着他的身体，从衣服内爬出来，眨眼间就覆盖了他四周的地面。那些蛊虫密密麻麻，让人心惊。

“我的这些蛊虫，虽也分雌雄，但不是兽，你的丹药对它们无用。”公孙云平静地开口，不给白小纯继续说话的机会。他心念一动，四周的蛊虫立刻发出刺耳的鸣叫声，直奔白小纯。

那些蜈蚣在地面急速前进，而那些黑色的甲虫，竟全部飞起，铺天盖地，冲向白小纯。

这种虫海，其中每一只蛊虫都具备一定的攻击力，防护之光尽管可以抵御一下，可也最怕这种密集的攻击。白小纯可以想象，他的防护，在面对公孙云时，根本就没有多少优势。

“公孙云，你别逼我，赶紧认输吧！我真的不想出手啊，我一出手，你、你就废了！”白小纯面色苍白，急速后退，连忙高呼。

“那就看看，是你先被我的蛊虫吞噬，还是我先被你废了。”公孙云冷笑，目中轻蔑之色更浓，挥手时，身上涌出更多蛊虫。

这一幕，让南岸众人看得头皮发麻，望向公孙云时，一个个都心底骇然。他们对于公孙云的强悍，都有了深刻的了解。

此人不但擅长虫蛊之道，术法也一样惊人，可以抵抗鬼牙一指，甚至上官天佑与他对战时，也用了三把飞剑，且消耗不小。

北岸众人眼看如此，一个个激动起来。

“公孙师兄好样的，干掉白小纯！”

“哈哈，白小纯，这一次看你如何抵挡。等着吧，那些虫子会钻入你体内，让你痛不欲生！”

“白小纯，你也有今天！”

无数北岸弟子情绪激昂，他们身边的战兽，似乎也感受到了主人的兴奋，在一旁嘶吼。

眨眼间，那些黑色甲虫就扑到了白小纯面前，落在防护之光上，不断撕咬，防护之光急速暗淡。

那些红色蜈蚣也随之而来，竟从地面跳起，攻向白小纯，使得防护之光变得更暗了。这些蜈蚣着实诡异，居然有不少正快速钻入一层层光幕里。

白小纯头皮发麻，眼睛都红了，他大吼一声：“公孙云，这是你逼我的！”

白小纯也很无奈，他本不想使出撒手锏，可如今没办法，只得叹息一声，一跃而起。全身防护之光猛地颤动，将不少蛊虫震开。在它们又要冲过来时，白小纯右手拿着丹药，向着北岸弟子所在的方向，猛地扔出。

这丹药飞得极快，众人还没反应过来，嗖的一声，就到了众人头顶。那些弟子一个个都愣住了，抬头的同时，耳边传来白小纯的一声低吼。

“爆！”

轰的一声，那枚丹药瞬间爆开，化作飞灰，向四周扩散，直接将一小半区域的北岸弟子笼罩住了。

公孙云猛地睁大了眼，露出吃惊之色。

此丹对人有没有作用，白小纯是真的不知道。他炼制的怪丹太多，自己一个都不敢尝试。不过，他很清楚，这丹药对凶兽有多大的刺激作用。

眨眼间，被丹药笼罩的那片区域中，所有战兽都发了狂，它们仰天嘶吼，身体膨胀起来，眼珠通红，呼吸粗重。它们的主人立刻发出惊呼，急速后退。

哗的一下，这片区域内的所有北岸弟子，一个个像疯了一样后退。这片区域很快就没人了，只有一头头嘶吼着，四下乱看，好像在寻找目标的凶兽，看得北岸弟子一片哗然，数万人顿时乱作一团。

“白小纯！”

北岸弟子几乎全都在尖叫。公孙云的额头都出汗了，要知道，以他的体质，在修行虫蛊之道后，就从来没出过汗。

可眼下，公孙云呼吸急促，看着白小纯又拿出一枚丹药，而且，那些凶兽看到这丹药后，立刻就躁动起来，这立刻让公孙云想到了在北寒烈身上爆开的丹药。

“你……”

一股强烈的不妙之感，顿时涌上公孙云心头。他的心在颤抖，脑海中顿时浮现出许多画面。公孙云急速后退，甚至连双腿都颤抖起来。他可以想象，一旦白小纯把丹药扔到自己这里，那么，下一刻，会有众多战兽直接扑上来。

“这是你逼我的，我也不想啊。”

白小纯哭丧着脸，唉声叹气，正要扔出手中的丹药。

“我认输！”

公孙云发出这一辈子从来没有过的尖叫声。他面色煞白，身体猛地后退，落荒而逃。公孙云冲到人群中后，似乎受惊过度，看向白小纯时，眼中带着前所未有的恐惧。

“啊？”

白小纯一怔，看了眼失魂落魄，躲在人群内的公孙云，又看了看那些暴躁的战兽，他觉得有些不妙。

有那么几头战兽，死死地盯着白小纯手中的丹药，已经开始往前靠了。白小纯的额头也出汗了，他赶紧看向北岸弟子所在的地方。

他目光落下的地方，北岸弟子一个个心惊肉跳，都不敢斥责白小纯了，哗的一下，四散开来。

白小纯着急啊，又看向其他地方。结果但凡是他目光扫过的区域，那里的人都连滚带爬，瞬间散开，因为太过拥挤，人群中还传出阵阵惨叫。

到了最后，白小纯着急地回头看了眼南岸弟子。

南岸弟子顿时头皮发麻，齐齐后退，一眨眼的工夫，就全部退了数十丈。

“白师叔，我们是自己人！自己人啊！”还有不少南岸弟子急忙高呼。

就连鬼牙与上官天佑，此刻也面色大变，急速后退。

“嗷嗷！”

那些暴躁的战兽，此刻又有不少往前靠了靠，一个个双眼赤红，看得白小纯额头汗水更多。

“怎么办？怎么办？我都说了让你们认输，我一出手，连我自己都害怕！”

白小纯很无辜，咬牙看向北岸弟子。

“方才你们谁说要悬赏捉拿我？”

北岸众人瞬间低头，没一个敢与白小纯对视，一个个心都在颤抖。

白小纯的心也在颤抖，他觉得自己是一个善良的人，不能随意扔掉手里的丹药。眼看那些战兽变得越发暴躁，他正发愁，忽然余光瞟到天空上，那只还在得意，趾高气扬的凤鸟。

白小纯双眼一亮，来不及多想，直接将手中的丹药，向着周长老的那只凤鸟扔了过去。丹药化作一道长虹，直奔凤鸟而去。

这凤鸟正幸灾乐祸，没留意丹药已经飞了过来，当它察觉到的时候，全身羽毛都竖起来了，立马发出凄厉的惨叫。凤鸟正要闪避，砰的一声，丹药爆开，粉末沾了一身。

凤鸟呆了一下，紧接着，下方那些战兽，一个个疯狂地嘶吼，似要扑上天空，去追凤鸟。

就连露台上的掌门等人，也倒吸一口气，全都来到露台边缘，目瞪口呆地看去。

“这个，对旁观者出手，违反规定了吧？”不知哪位长老开口，却发现其他人好像都没听到一般。北岸三位掌座，竟都露出惊讶之色，他们的眼睛，都盯着地面上的一头战兽！

那是一头外形似鹿的战兽，此刻它正向天空中的凤鸟咆哮，明显被丹药影响了。

“之前我还以为，这丹药就算有些效果，也只能影响三阶血脉，没想到，竟然对二阶血脉也有效！”

“这么来看，对我北岸而言，此丹将有大用！”

北岸三位掌座身体一震，目中露出激动之色。那老妪抬起右手，向着凤鸟一指。

刹那间，凤鸟身体颤抖，被一股大力笼罩着，直奔露台，老妪一把将其按在身前。与此同时，下方那些战兽一个个疯狂地嘶吼，竟有一些战兽直接飞起，冲向露台。

老妪冷哼一声，目光一扫。那些战兽顿时被一股大力击中，哀号一声，竟一个不留，全都被卷了起来，身体逐渐缩小，被老妪收入袖口之中。

老妪望着一脸凄惨，却不敢吼叫的凤鸟，目中露出惊喜之色，与其他几位掌座沟通起来。

一旁的周长老，脸色都青了。

白小纯眼看没事了，心底也松了口气，正要后退时，北岸那些弟子在压抑之后，爆发出了震耳欲聋的怒吼。

“白小纯，我要杀了你！”

“白小纯，我们北岸与你势不两立！”

“天杀的白小纯！”

北岸众人额头青筋鼓起，纷纷怒吼时，白小纯转身，拿出一枚寻常的丹药，将其高高举起，抬起下巴。

北岸所有弟子瞬间一颤，噤若寒蝉。

白小纯小袖一甩，嘿嘿一笑，将丹药扔进嘴里，快速下了台。

第 95 章

剑，不是这么用的

“白师叔真乃神人！”

“白师叔成了北岸公敌，他这是要在这条不归路上，走到底啊……”

南岸众人看向白小纯时，全都露出敬佩之色，他们是彻底服气了。

甚至不少人都感到庆幸，还好白小纯不是北岸的人，否则，他们无法想象这一次南岸会受到多大的创伤。

“我们南岸，出一个白师叔就够了，他一个人，就可以让整个北岸疯狂。”

今天，许宝财已经多次傻眼了，可直到此刻他才发现，白小纯不知道还有多少招数。

可无论如何，这天骄战还是要进行下去。就在南岸弟子叹服，北岸弟子疯狂时，第三轮的第四场比试开始了。

上官天佑、鬼牙和白小纯，三人都连胜三场，这一次他们不需要上台，另外三位争夺第四、第五、第六名。

很快，公孙兄妹与徐嵩就在这战台上，陆续展开对决。最终，公孙云战胜了公孙婉儿，又将徐嵩击败，他不需要继续比试，成了总排名的第四位。

徐嵩尽管不如公孙云，可在与公孙婉儿一战中胜出，总算是胜了一场，成了总排名的第五位。至于公孙婉儿，五场全部落败，成了总排名的第六位。

紧接着要进行的，就是这一次天骄战前三名的排位战。白小纯、上官天佑、鬼牙三人的排名到底如何，南北两岸弟子都在关注。

只是北岸众人每次看到白小纯，就怒火中烧。对于鬼牙与上官天佑的实力，他们的确认可，而白小纯的无耻与卑鄙，也是北岸众人公认的。

此刻北岸的全部希望都放在了鬼牙身上。在他们看来，白小纯就算再有什么阴险的手段，面对绝对的力量，也将被彻底摧毁。

“第一战，白小纯，上官天佑！”

欧阳桀的声音似乎也因为白小纯的出现，不再那么冰冷，带着一丝感慨。

上官天佑猛地抬头，当初在资格战时，被白小纯超越的一幕浮现在他脑海中。他眼神冷厉，迈步走上战台。山风吹来，撩起他的长发，使得这一刻的上官天佑看起来俊朗非凡，如同一把宝剑，让无数弟子目中露出欣赏之意。

不过南岸众人不敢喝彩，毕竟白小纯也是南岸代表，况且，白小纯的手段太多，他们担心为上官天佑喝彩，会被白小纯记恨，因此只能忍住。

反倒是北岸那边，此刻居然为上官天佑欢呼起来。这欢呼声让上官天佑心里别扭，他知道，北岸不是真心为自己欢呼，而是因为白小纯才这样做的。也就是说，就算与白小纯对战的是一头猪，北岸也会为这头猪喝彩。这么一想，上官天佑心底对白小纯，更为不悦。

白小纯干咳一声，走上了战台，看着上官天佑，他小袖一甩，一脸笑容。

“罢了罢了，我们都是……”

还没等白小纯说完，上官天佑右手一指，身边一把飞剑立刻发出尖锐的破空之声，瞬间飞了出去，如一道闪电，一路势如破竹，刹那间便离白小纯只有不到七尺了！

白小纯瞳孔瞬间放大，危急关头，他身体猛地下蹲，一道剑风从他头顶呼啸而过，一缕头发被剑风斩断，从他面前飘落。

“这一剑就算你不躲，也不会要你的性命。你性格顽劣，缺少教养，既然你爹娘没好好教你，那么我就给你个教训。以后记住，别走那些歪门邪道，丢我们南岸的脸。”上官天佑淡淡开口时，他的飞剑刹那间归来，飘浮在他面前。

北岸众人安静了一下，瞬间欢呼起来，只是南岸众人都沉默了，看向上官天佑时，纷纷露出不满之色，即便是之前追捧上官天佑的弟子，也都皱起眉头。

他们并不厌恶白小纯。在他们看来，白小纯虽顽劣，却不过分，虽让人无奈，却能让人从心底对他产生喜爱。尽管北岸对白小纯恨之入骨，可他是代表南岸出战的，他取得的成绩，都是南岸的荣耀。

每个人都看出来了，方才白小纯开口，分明是想认输，他显然不愿与上官天佑自相残杀。还有一层，他想让上官天佑节省灵力，这样上官天佑在与鬼牙的一战中，才更有胜算。

上官天佑不可能听不出来，可他居然还要出手，且几乎是以偷袭的方式，甚至还出言教训白小纯，辱及爹娘，这种行为，让南岸很多人心里不齿！

白小纯蹲下身子，怔怔地看着面前飘落的头发，收起脸上的笑容。他起身抬头，望着上官天佑，对方教训自己的话语还在耳边回荡。

“你是天骄，看不起我，没有关系，我原本也不在乎别人的看法。”白小纯沉声开口，这一刻，他身上的气息似乎也与平常不太一样了。

“你偷袭我也就罢了，我修行是为了更好地活着，本就不喜欢打打杀杀。”白小纯抬起右手，一把扯下身上那些变暗的符咒，扔在一旁。就在这一瞬间，他身上竟隐隐产生了一丝刚强坚韧之意。

南岸人群内，侯云飞身体一震，他望着白小纯，当年在落陈家族时那种熟悉的感觉又出现了。

“可你有什么资格……代我的爹娘教训我？！”白小纯猛地抬头，眼中有血丝。

白小纯的爹娘走得早，这对他的影响很大，他想要变得更加强大，更好地活着，也与此有着很大的关系。

他的性格乐观，那是他从小刻意装出来的。一个孩童，亲眼看到爹娘病逝，他不愿相信，哭喊着爹爹、娘亲，直至爹娘被乡亲埋葬。他无法接受，呆了很久很久，甚至有一段时间，他喜欢自己和自己说话。如果他不乐观，一生都会活在阴暗之中。

他用笑代替哭，将思念化作动力，暗暗发誓，一定要修仙。他永远记得爹娘临死前，带着不舍，让自己好好活下去。

他顽劣，可他有分寸，很多事情他也不是故意的，他的心底始终善良。

他怕死，甚至给人懦弱的感觉，可当同伴遇到危险时，情义战胜了恐惧，他可以怒吼着、颤抖着回去拼死一战。

他搞怪，可他重情，张大胖、李青候、侯云飞、杜凌菲、侯小妹、掌门，所有对他好的人，他一辈子都记得。

“你有什么资格？！”

轰的一声，白小纯直接冲了出去，速度之快，刹那间就出现在上官天佑面前。上官天佑瞳孔猛地放大，全身汗毛竖起，还没等他反应过来，白小纯的拳头就落了下来。

轰的一声，上官天佑身上出现了防护之光。可这些防护之光根本就无法阻挡白小纯，瞬间消散。上官天佑面前急速出现一面小盾，白小纯的拳头势如破竹，直接落在其上。

轰的一声，小盾颤抖，竟被白小纯一拳打飞，撞在上官天佑的胸口。上官天佑喷出鲜血，身体被大力推动，噔噔噔地后退十多步，再次喷出鲜血，一脸难以置信的表情。

“这就是天骄？”

白小纯淡淡开口，这一刻，他没有抬起下巴，没有摆出高手寂寞的样子。可偏偏这一刻的他，让所有人感觉如骄阳一般。南岸传来无数吸气声，北岸众人震撼不已。

鬼牙眼中露出一丝惊讶，露台上掌门等人神色凝重。

“白小纯！”

上官天佑感觉受到了羞辱，他怒吼一声，双手掐诀，四周瞬间出现了五把飞剑。这五把飞剑，全都散发出惊人的剑气，在上官天佑的剑灵之体的操控下，直奔白小纯而去。

飞剑速度极快，仿佛化作了五条十多丈长，半丈高的剑龙。有的横冲直撞，有的画出一道弧线，轰鸣而去，战台上甚至都出现了一道道裂缝。这样的气势，一剑可以斩杀寻常弟子，两剑可以灭掉其他骄子，如公孙云这样的天骄，也在三剑下认输。而此刻，五剑同时出现，一时之间，整个战台剑气纵横。

“我不懂剑法，没有剑灵之体，可在我看来，剑不是这么用的！”白小纯平静地开口，右手一指，金乌剑立刻化作一道金光，飞了出去，向着前方斩下一剑！

任你三剑还是五剑，我只一剑！

这一剑，传出惊天巨响，形成了一股剑气风暴！

这一剑，举重若轻，又蕴含了举轻若重之意！

这一剑，白小纯将灵力注入剑身之中，没有浪费分毫！

他的确不懂用剑，但他懂紫气驭鼎，懂举重若轻、举轻若重，懂得尽管一片叶子吊不起太重的木块，可若把叶子卷在一起，便可以吊起石块，把叶子撕成一条条编织起来，甚至可以吊起更重的岩石！

他懂得灵力的运用之法！

一法通，且不说万法通，但在凝气境界，掌握了灵力运用之法，配上他的不死银皮，已是无敌！

“轰轰轰！”

震耳欲聋的声响，撼动八方，战台上无数碎石飞舞。白小纯斩下的一剑，形成了剑气风暴，与上官天佑的五条“剑龙”碰触之后，直接爆发。那五条“剑龙”全部扭曲，在砰砰声中直接碎裂，而白小纯的剑气风暴却横冲直撞，在上官天佑面前，直接爆发。

风吹起白小纯的长发，他站在战台上，神色平静，没有背手，也没有甩袖。可他那平静的模样，在剑气风暴的衬托下，成了一幅永恒的画面，深深地烙印在南北两岸所有弟子的心中。

“他真的是……白小纯？”

这一刻，每个人的心头，都深受震动。

第 96 章

战鬼牙

南岸众人震惊，所有认识白小纯的弟子，在这一瞬间都不敢相信自己的眼睛。这一刻的白小纯，给他们的感觉极为陌生。与记忆里那喜欢让人喊他白师叔，总是让人想揍他一顿的身影，完全不同。

北岸传来无数吸气声，在这一刻，他们都呆呆地看着白小纯，每个人脑海中都响起阵阵轰鸣。在这之前，他们并不认识白小纯，对白小纯的印象仍停留在前几场比试中那个卑鄙无耻的小人上，可如今这一幕，让他们所有人，都倒吸一口凉气。

露台上，郑远东怔怔地望着白小纯，心里很不平静。其他各峰掌座，每个人都神情凝重，只有李青候眼含笑意，他心里十分欣慰，看向白小纯时，有一股自豪感。那些长老也深吸一口气，神色严肃。

半空中，上官天佑喷出鲜血，他目中露出茫然之色，不敢相信自己居然输了，而且输给了他瞧不起的白小纯。这对他来说，是极大的耻辱，甚至超过了身体的创伤。他不甘心，眼看自己快跌出战台，他发出一声凄厉的嘶吼。

“白小纯，我们这一战，还没有结束！”

说完，他咬破舌尖，喷出鲜血，头发肉眼可见地变枯了，同时双手飞速掐诀。他的身体立刻开始颤抖，从他的天灵位置，竟爆出一道血光！这血光瞬间扩大，居然化作一把血剑！

“十大秘法，本命剑！”不少人立刻认出了上官天佑的招式，失声惊呼。

“地煞阵！”

上官天佑不顾一切地双手掐诀，向着白小纯一指。轰的一声，血剑立刻化作无数血丝交织在一起，化作一张剑网，直奔白小纯。剑网所过之处，传出尖锐的破空声。

白小纯抬起头，右手依旧一指。

这一指，他前方的空间瞬间扭曲，幻化出一口庞大的紫鼎。此鼎极为真实，上面的图案都清晰可见，完全看不出这大鼎是虚幻的。

“紫气化鼎，天啊！”

“太真实了！这不是寻常的紫气化鼎，这已经到第二阶段了！”

南岸众人顿时传出惊呼，北岸众人也倒吸一口凉气。

在所有人的注视下，这紫鼎与血色剑阵，蓦然撞在一起，爆发出震耳欲聋的巨响。上官天佑喷出鲜血，惨笑一声，直接被震飞出去。

白小纯神色如常，站在战台上，望着天空中渐渐消散的大鼎。忽然，北岸人群前的鬼牙，双眼露出奇异之色，身体瞬间飞起，直接来到了战台上。

“上官天佑已无力再战，那么也省了繁琐的流程，你来与我一战吧！”鬼牙此话一出，全身瞬间升起阵阵黑雾，环绕四周。紧接着那些黑雾竟化作厉鬼，向着白小纯嘶吼。

那些厉鬼样子狰狞，有的披头散发，有的全身青色，极为可怖。

整个战台，瞬间就被一股死气笼罩，这使得南北两岸的弟子心底一寒。

与此同时，一道道身影从人群中飞出，那些人一个个神色凝重，他们不是外门弟子，而是内门弟子，此刻全部出现，重点关注这天骄战的最后一战！连种道山山顶的四位太上长老的神识也扫了过来，聚集在战台上。

这一刻，万众瞩目！

白小纯转身，望着鬼牙，神色变得凝重起来。这一场天骄战中，鬼牙出手的那几次实在太过惊人。他一指击败吕天磊，而且还只用了七成力，若是爆发出全部战力，结果难以想象。

就在白小纯看向鬼牙的一刹那，鬼牙抬起右手，伸出一指，向白小纯点去。与此同时，天地轰鸣，在鬼牙身边，一只庞大的鬼爪蓦然出现，占据了半个战台，发出破空之声，带着惊人的气势，朝白小纯轰去。

鬼爪速度之快，眨眼间就临近白小纯。白小纯抬起右手，猛地握拳，全身上下银光闪耀，仿佛成了一个银人，向着那庞大的鬼爪，一拳轰去。

远远一看，瘦小的白小纯，与那惊人的鬼爪相比，微不足道。可是，当他的拳头与鬼爪碰触的那一刻，惊天动地、震耳欲聋的巨响爆发了出来。

“轰轰轰！”

这声音如滚滚天雷，传遍四周，使得战台两边的外门弟子神色骇然，全部倒退开来，不少人甚至被震得头晕眼花。

一股大力从白小纯的拳头与鬼牙的鬼爪之间爆出。那鬼爪颤抖，咔咔声中，竟开始碎裂，裂痕瞬间蔓延至整个鬼爪。下一秒，砰的一声，这庞大的鬼爪，竟然四分五裂。

黑色的雾气向着八方散去，整个战台都仿佛震了一下。鬼牙有些惊讶，后退一步，狠狠踏了一脚。脚下的地面，顿时出现了一圈裂痕。

鬼牙对面的白小纯，此刻面色红润，同样后退一步，右手银光闪耀，可仔细一看，他的手也在微微抖动。

四周观望的弟子，此刻全部倒吸一口气。无论是北岸还是南岸，全都传出惊呼。

“这……白小纯居然……这么强！”

“他竟与鬼牙师兄平分秋色！”

“我还是第一次看到，有弟子能击碎鬼牙的鬼爪！”

那些内门弟子一样心惊，他们看着白小纯与鬼牙，每个人心里都咯噔一下，有些苦涩，这种外门弟子，实力居然如此强大。在他们眼中，白小纯和鬼牙已经不是外门弟子了，而是妖孽，多少年都未必能出现一个的妖孽，而如今，居然出现了两个。

露台上，掌门目露惊喜，那些长老则纷纷睁大了眼。

白小纯皱起眉头，他的右手方才一阵酸麻，不过很快就恢复过来了。眼前这鬼牙，对他来说，是个劲敌。

“能攻破我用五成力凝聚的第一指，你比其他人强很多，那么，我可以放心地施展八成力了。”鬼牙望着白小纯，带着欣喜之色，似乎很有兴致，他右手掐诀，向着白小纯再次一指。

鬼牙此话一出，白小纯头顶的半空中，突然云雾缭绕，黑气凝聚，天空好像被一只无形的大手撕开了一道裂缝，一只巨大的鬼爪再次出现。

这只鬼爪比之前险些杀了吕天磊的鬼爪还要粗大，还要惊人。轰的一声，鬼爪直奔白小纯而来，如泰山压顶。

白小纯蓦然抬头，右手握拳，在鬼爪降临的那一刻，身体腾空而起，化作一道长虹，主动出击，一拳轰向鬼爪。

这一拳带着滔天之势，白小纯全身银光闪耀，撼动苍穹，一身不死皮在这一刻充分爆发，一拳落下，使得那鬼爪颤抖，竟一样出现了裂缝！

鬼牙脸色一变，掐诀间第三指、第四指、第五指，全部同时伸出。

眨眼间，在白小纯的四周，三只巨大的鬼爪同时出现，向他轰来。

这一切说来缓慢，可实际上在刹那间就发生了。眼看四只鬼爪冲向白小纯，四周的外门弟子纷纷发出惊呼，那些内门弟子也都心神一震。

露台上，掌门等人纷纷起身。李青候有些焦急，但很快就打消了要去救人的念头。

电光石火间，巨响震天，那四只鬼爪同时轰在白小纯身上，冲击波向四方扩散，战台直接碎裂开来，无数碎石被掀起，场内尘雾弥漫，白小纯所在的地方看上去一片模糊。

可就在这一瞬间，一道身影快若闪电，从那片模糊的地方冲了出来，速度之快，瞬间靠近鬼牙。

“碎喉锁！”

一个低沉的声音蓦然爆发。

那仿佛凝聚了白小纯全身银芒的两根手指，直接出现在鬼牙面前。

鬼牙首次有了危机感，不禁低吼一声，全身雾气瞬间爆发，同时浮现出耀眼的防护之光，身体急速后退。

可就在他后退的同时，一股吸力从白小纯的两指内传出，使得鬼牙不但无法后退，反倒被吸得越来越近。

而鬼牙身上的防护之光，在与白小纯的两指碰触时，仿佛脆弱得不堪一击，瞬间消散。任凭鬼牙如何抵抗，甚至还用出了三面小盾，也于事无补。在与白小纯的两指碰触时，第一面盾直接四分五裂，第二面在咔咔声中成了两半，第三面虽还完整，但在大力撞击之下，直接飞向一旁。

鬼牙依旧无法阻挡白小纯！

白小纯的两指，穿透所有防御，势如破竹地出现在鬼牙面前。就在这时，鬼牙发出一声凄厉的嘶吼，他三分之一的头发赫然变白，紧接着身体猛地变得模糊起来。白小纯的双指穿了过去，却抓空了。

轰的一声，白小纯抓空的地方，传来阵阵啪啪声，仿佛空气被捏碎了一般。而在远处，鬼牙的身影再次出现，他喷出一口鲜血，脸上甚至出现了一些皱纹。

“能让我动用一次保命之法，白小纯，我小看了你！”

鬼牙气喘吁吁，抬头盯着白小纯，目中不但没有畏惧之色，反而流露出强烈的战意，其实鬼牙心底早已骇然，他不知道对方最后用的是什么神通，竟爆发出了超越凝气境界的战力。

白小纯嘴角溢出鲜血，他站在那里，此刻身影终于完全显露出来。他背后的大锅碎了，身上的皮衣有不少地方也裂了，全身上下看似如常，可他的气息明显是紊乱的。

尽管白小纯挡下了对方的五指鬼爪，可他也用了全力，若非将不死皮练到了不死银皮的境界，他早就落败了。

可惜的是，他志在必得的一击，却被对方躲开了。

第 97 章

我就是张大胖

这一刻，四周的弟子，脑海中阵阵嗡鸣，他们呆呆地看着战台上的两人，每个人心中都掀起了滔天巨浪。

南岸众人无比恍惚，此刻他们终于明白，为何白小纯可以在与落陈家族的一战中活下来，为何可以被列为荣耀弟子！

“原来……他这么强！”这是每一名南岸弟子此刻的心声。

而北岸众人，此刻心中的情绪也复杂极了。

露台上，灵溪宗众多长辈很惊异。他们看着白小纯，脑海里浮现的都是他全身闪耀着银色光芒的画面，以及方才那无与伦比的一击。

“那是不死长生功到了不死银皮的表现！”

“方才那最后一击是碎喉锁！”

“没想到，居然有人修成了不死长生功！”

“这不死长生功虽威力不俗，来历神秘，可惜只有残篇……”

众人深吸一口气，一个个感叹道。

“很期待，他们两个人中，能有人在若干年后，加入传承序列！”

掌门轻叹，他也知道这个期待很遥远，加入传承序列太难了，想到这里，他不由得看向李青候。

“两甲子内，踏入结丹，就可加入传承序列，我们这一代，只有青候有希望。”

与此同时，战台上，鬼牙右手一挥，一道青光立刻飞出，化作一杆青木大幡，被他直接插进地面。

鬼牙盘膝坐下，猛地抬头时，目中露出昂扬的战意。

“白小纯，你值得我解开封印！”

“第一层封印，开！”鬼牙蓦然开口，右手掐诀，向着眉心一指。

嗡的一声，他的身体开始颤抖，一道道黑丝从他体内疯狂钻出，向四周扩散。他的身体猛地膨胀了一倍，爆发出一股更为强大的气息。

这气息之强，已达到凝气这个境界的极致。

“第六指！”

“第七指！”

“第八指！”

“第九指！”

“第十指！”鬼牙低吼，掐诀间向着白小纯一指。他竟连续伸出五指，任何一指，都比之前强大太多，此刻全部展开，撼天动地。五只巨大的鬼爪从天而降，气势如虹，直奔白小纯而来。

“这、这还是凝气境界的术法吗？这分明就是筑基的神通！”

“我还是首次看到凝气弟子施展如此惊天之法！”

“只有秘术才可以做到，我灵溪宗十大秘法，每一种都可以在凝气境界达到小成！”

四周所有人，全部倒吸一口气，露出骇然之色。

白小纯瞳孔放大，这一刻的鬼牙，给他的压力之大，超越了之前，可还是不能和他与落陈少主的最后一战相提并论。毕竟这不是生死交锋，而当时的情况，却是你死我活！

尽管如此，白小纯还是不想输，若没有机会也就罢了，可如今既然有了机会，他就想要这个第一！不为虚名，只为李青候看向自己时，目中会露出欣慰之色，这就足够了！

白小纯眼中有了血丝，他袖子一甩，掐诀间，体内灵力瞬间扩散。紧接着，一口口紫色的鼎出现了，一口、二口、三口、四口、五口！眨眼间，五口紫鼎幻化而出，向着五只鬼爪，蓦然冲去。

与此同时，白小纯的金乌剑蓦然飞出，化作一道金光，隐隐可见里面有金乌之影，传出尖锐之音，直奔鬼牙！

而白小纯也在这一刻冲了出去，他并没有理会那五只鬼爪，而是全速冲向鬼牙。

轰轰之声瞬间响起，五口紫鼎在与五只鬼爪碰触之后，全部消散。而那五只鬼爪也变得模糊了些，气势散去小半，可速度依旧，刹那间便追上白小纯，朝他轰去。

正在这时，白小纯身边响起一声鹤鸣，神鹤盾出现，接着幻化出一只巨大的神鹤，将白小纯笼罩在内。巨响震天，五只鬼爪与神鹤碰触，颜色变得更为暗淡，甚至出现了裂痕。神鹤也发出一声哀鸣，瞬间消散，回到小盾内。

那五只鬼爪再无阻碍，直接轰在白小纯身上，但就在碰触的一刹那，白小纯全身泛起灰黑色的光芒，正是李青候给他的保命之物在发挥作用。

那五只鬼爪，在碰触到灰黑色光芒的一瞬，终于无法继续支撑，在震耳欲聋的轰鸣中，尽数崩溃。

白小纯喷出一口鲜血，全身光芒消散，可除了喷出那口鲜血外，他毫发无损。

白小纯双眼一亮，随着金乌剑来到距离鬼牙不到五丈的地方。而那金乌剑速度更快，已距离鬼牙不到一丈。

鬼牙脸色一变，抓住面前的青木大幡，一跃而起。金乌剑顺着他的肩膀呼啸而过，他勉强避开，可依旧被割出了一道伤口，鲜血直流。鬼牙顾不得剧痛，猛地挥舞手中大幡，披头散发，眼中布满血丝。

“第二层封印，开！”

“十鬼……夜行！”他大力挥舞手中的青木大幡，幡内立刻传出一声声震撼人心的嘶吼。猛然间，幡布内伸出两只长满鳞片的鬼手，向外狠狠一撕，接着钻出一个长着独角的狰狞鬼头。在它身后，还有一个全身青皮的厉鬼，也狞笑着要钻出来。

此刻，就连天空也暗了下来。一片乌云遮盖了阳光，使得战台光芒暗淡，众人仿佛置身黑夜。

一个个厉鬼赫然从幡内出现，一共十个，每一个都爆发出凝气大圆满之力，直奔白小纯。

白小纯面色一变，心惊肉跳，他就算再厉害，也无法同时面对十个具备凝气大圆满之力的厉鬼。

鬼牙此刻也松了口气，他的第二层封印无法维持太久，此刻眼看十鬼出现，他知道这一次自己必能胜出。

此刻，于十鬼后方，鬼牙冷眼看着白小纯。

二人这番斗法，如龙争虎斗，看得众人不断惊呼。此刻大家发觉鬼牙占了上风，北岸弟子纷纷振奋，南岸弟子也焦急起来。

白小纯身体不断后退，那十个厉鬼纠缠着他，且每一个都拥有强大的力量，他就算有金乌剑，也无法摆脱它们。

“十鬼夜行……”危急关头，白小纯忽然看到天空中那片笼罩战台，使得这里如同黑夜一般的乌云。他心生一计，右手掐诀一指，金乌剑直奔云层而去，似要轰开这片乌云，使得阳光重现。

鬼牙眉头一皱，他没想到白小纯的反应速度如此之快。他的十鬼夜行虽强大，但在黑夜施展时效果最好，毫无破绽。若是在白天……除非是到了百鬼遮天的境界，否则还是会有破绽。

“这云雾不寻常，只有炼灵之宝方能克制，而且，武器会被云雾吸入里面，这白小纯就算找到了破绽，以他的力量，也轰不开云雾！”鬼牙心底冷笑。

就在这时，一阵轰鸣传出，金乌剑直接飞入云雾内，光芒一闪，云雾变得稀薄了些。可那片云雾着实诡异，金乌剑竟被吸入其中，动弹不得。

白小纯着急，后退时索性再取出一把炼灵两次的飞剑。在他的操控下，飞剑冲入云雾之中，轰的一声，云雾又稀薄了些，可飞剑还是被吸住了。

鬼牙看得一愣："又一件炼灵之宝……"

紧接着，还没等鬼牙反应过来，白小纯一口气从储物袋中拿出七八把飞剑，操控着它们直射天空，其中四把飞剑上闪耀着银光，都是炼灵两次的宝物。

数把飞剑一齐射入云层，没有经过炼灵的飞剑失效了，可那四把炼灵之剑，让云层变得更加稀薄，甚至有阳光照耀在战台上，使得那十个厉鬼发出凄厉之音，连忙避开。

鬼牙眼珠子都要瞪出来了，纵使他定力惊人，也免不了惊呼出声。

"这、这么多？！该死的，他最多也就这几把了，不可能更多了！"

不仅他如此，南北两岸的外门弟子，一个个也都睁大了眼，发出惊呼。

"天啊！白小纯怎么会有这么多炼灵之物？"

"普通弟子能获得一件炼灵之物，都很难得了，可他居然有这么多！谁给他炼的？"

人群发出惊呼时，张大胖也在南岸众人之中，只不过比较靠后，之前他为白小纯欢呼时，因人群嘈杂，也就没有人注意到他。

可此刻，当他看到白小纯的那些飞剑之后，立刻抬起头，神色傲然，心底更是自豪。

"这些，都是我张大胖炼的！"

就在鬼牙以为白小纯再没有炼灵之物时，白小纯惊喜不已，因为他发现炼灵之物可以克制云雾，顿时大笑起来。随后他竟又取出两把飞剑，依旧是炼灵之物，他操控着飞剑直插云层。

"不可能！"鬼牙骇然失声。

轰的一声，在这一刻，天空的云雾被八把经过炼灵的飞剑轰击，再也无法承受，直接溃散开来。阳光落下，那十个厉鬼发出惨叫，齐齐后退，回到幡内。

与此同时，白小纯大笑，身体蓦然冲了出去，直奔鬼牙，双指银光闪耀，正是碎喉锁。

鬼牙脸色极为难看，正要反击，忽然喷出一口鲜血，身体开始颤抖。打开第二层封印的后遗症出现了，他眼中充满不甘，身体急速后退。

“认输！”他咬牙开口，知道以自己的状态，此刻绝非白小纯的对手。可他心底不服，方才那一刻，若非白小纯有那么多炼灵之宝，赢的人必定是自己。或者，如果现在是黑夜，那么，自己也一定可以赢！

在鬼牙认输的一瞬间，南岸众人先是一愣，然后激动不已，纷纷开始欢呼。

“赢了，我们南岸赢了！”

“哈哈，第一是我们的，前三我们有两位！”

“一雪前耻，白师叔无敌！”南岸的欢呼声震耳欲聋，而北岸众人却一个个愁眉苦脸，纷纷沉默。他们也看出来了，不是鬼牙不够强，而是白小纯的宝物太多。

“白小纯，你的炼灵之宝，为何这么多？”鬼牙盯着白小纯，他想输得明明白白。

“我师兄张大胖，是千年……不对，是万年难得一遇的炼灵天才。我的宝贝，都是他给我炼的。要怪，就怪你没有一位擅长炼灵的师兄。”白小纯傲然开口时，南岸众人立刻惊呼，那些紫鼎山的弟子，更是一片哗然。

“张大胖？如此神人，到底是谁？”

“张大胖，他、他是我们紫鼎山的啊！”

“他是掌座的弟子。天啊，他平日里很低调，没想到这么厉害！”

张大胖精神振奋，高高跃起，扯着嗓子，仰天大吼。

“我就是张大胖！白小纯的所有飞剑，都是我炼的！”他激动无比，吼出了最大的声音。就连露台上的掌门等人，也好奇地看了过去。

就在众人哗然时，白小纯眨了眨眼，抬起小下巴，小袖一甩，摆出绝世高手的样子，转身走下战台。

“唉，人生寂寞，我白小纯弹指间，天骄战所有天骄，灰飞烟灭……”

第 98 章

龙象化海经

这场天骄战，成就了张大胖。就连掌门等人看向张大胖时，都好奇不已。

掌门看了张大胖一眼后，身体一震：“念力！”他神色凝重，说出这句话后，那些长老与掌座，一个个都大吃一惊，仔细看去，纷纷眼睛一亮。

许媚香带吕天磊疗伤尚未归来，否则，此刻也一定会觉得不可思议。

“大胖这孩子，很小就被媚香师妹带回山上教导，如今总算有出息了。炼灵养念，念强灵强，此子日后要重点培养！”掌门欣喜，缓缓开口。

“说起来，轻柔那丫头也不错，虽不如天佑，但也有自身的机缘。她与我青峰山的护山剑有特殊缘法，如今正在青峰洞内感悟，若有所成，我青峰山未来或许会多一个剑灵守护者！”青峰山的掌座，微笑说道。

在南岸弟子欢呼，北岸弟子沉默时，掌门宣布了结果。

白小纯，成为南北两岸外门天骄战的第一人，以此等身份，晋升为内门弟子！他可以去种道山天角阁，选择一件凝气至宝！同时，获得一次进入灵溪宗秘境，感悟神通的机会！最后，还能得到一万块灵石的奖赏！

与此同时，郑远东更是钦点前十弟子，奖赏“天骄”之称，前十名以此身份晋升为内门弟子。掌门宣布完后，众人才慢慢散去。

北岸黯然，南岸振奋，那些天骄更是心情复杂。鬼牙盯着白小纯的背影，深吸一口气，依旧不服气，转身离去。

至于北岸的其他天骄，也都握紧了拳头，他们一个个都决定，回山后立刻闭关!

至于南岸的周心琪，她始终觉得这些不太真实。她望着白小纯，神情有些恍惚。相比于她，上官天佑觉得这一切更不真实。

他整个人都消沉了，四周几乎没有人看他。他偷袭白小纯的那一幕，成了他的耻辱，永远留在了南岸众人的心中。

上官天佑惨笑一声，狠狠地握住拳头。

“这才凝气而已，筑基……我一定会第一个达到筑基境界，超越白小纯，超越鬼牙！”上官天佑下了决心，挺起胸膛，化作长虹远去。

渐渐地，人群散了。天骄战结束了，可它带来的影响极为深远。

白小纯的名字，从这一刻起，传遍灵溪宗南北两岸。尤其是在北岸，他的名字无人不知，却成了一个禁忌。他是北岸的公敌，是带给北岸耻辱的卑鄙小人!

北寒烈被他的师尊带回山后，立刻就闭关去了。至于那条大狗，也被他解除契约，直接扔在了北岸。

这夜行兽虽不俗，但没有人敢去操控它，这使得那条大狗几乎成了野狗。

无数北岸弟子疯狂地修行，一个个都憋足了劲，发誓总有一天要一雪前耻，让白小纯付出代价!

北岸甚至自发成立了一个组织，叫作灭纯联盟，这个组织的使命，就是灭了白小纯!

而张大胖也因这一次的天骄战名震八方。白小纯与鬼牙最后一战中，那数件炼灵之宝，实在是太震撼人心了。

张大胖成了紫鼎山新的天骄，无数人前去拜访，希望可以收获张大胖的友情，得到炼灵之宝。

张大胖得意非凡，却矜持起来，不是什么人都帮。他越是如此，就越被人看好。

许媚香把张大胖召过去仔细地盘问之后，觉得匪夷所思，因为她在张大胖身上，清晰地感受到了“念”的存在！

最终，许媚香严禁张大胖给其他人炼灵，并告诉他，除非他给白小纯炼出经过五次炼灵的宝物，否则不可为旁人炼灵。

对此，张大胖虽感到诧异，却点头答应了。

“炼灵最是神秘，或许白小纯那孩子与张大胖之间，冥冥中存在某种联系，两人相辅相成。”

许媚香望着离去的张大胖，若有所思。她没有追问，因为灵溪宗的宗旨是每名弟子都有自身的缘法，不可有觊觎之心，否则就触犯了门规，责罚极重。况且，白小纯身份不一般，就算是她，也没办法随意拿捏。

灵溪宗万年不倒，越来越强大，这条铁律，也起到了重要的作用。

数日后，白小纯获得了内门弟子的衣衫与令牌，在香云山负责内门弟子事务的徐长老的引领下，整理好行李，离开了他居住了数年的院子。

内门弟子，可以居住在灵气更浓的洞府！

所谓洞府，乃洞天之府，内有乾坤。身为天骄战第一，白小纯可以任选洞府。他自然选择了一个最好的洞府，在香云山的后山，一条山间小路的尽头，那里十分幽静，灵气浓郁。

府内有石室五间，屋顶有夜明珠散发光芒。大厅中还有一个小泉眼，泉水叮咚，竟有些温度，形成了一个数十丈的温泉小湖，里面还有一些鱼儿游动。

整个洞府虽然简单，但颇为大气，炼药房、闭关室、灵植区、试法地一应俱全。更有两个修为堪比凝气五层的傀儡，负责白小纯的起居。

府内每间石室，都有自身的阵法。大厅的阵法一旦打开，上方的岩壁会变得虚幻，露出天空，夜晚可以观赏星辰月色。整个洞府还有一个大阵，一旦开启，就算是筑基初期的修士，一时半会儿也难以攻破。

这一处洞府是整个香云山内最好的洞府之一，就算是给筑基修士，也绰绰有余。

白小纯看得极为满意，心中惊喜，与这里比较，他觉得自己之前居住的院子，实在是太简陋了。

他高兴地送走徐长老，临走前，徐长老叮嘱白小纯，要去内门灵阁选择李青候指定的一门功法，交代完后这才离去。

白小纯眼看徐长老走了，立刻脱光，蹦到泉水里，整个人舒服极了。那些小鱼在泉水中游动，时而轻轻碰一下白小纯，那感觉，让白小纯觉得人生如此，实在别无所求了。

“可惜杜凌菲不在宗门，不然的话，在这里享受享受，该多好啊。”白小纯感慨，又想到了侯小妹，立刻眉飞色舞，打定主意，要找个机会把侯小妹带来，泡泡温泉，看看夜空星辰。

“我是一个善良的人，应该把侯小妹和杜凌菲都带过来，朋友们一起享受温泉才对。”

白小纯想了想，深以为然，好东西当然应该大家分享。

第二天清晨，白小纯早早地离开了洞府，顺着小路走出去，发现在距离自己洞府不远的地方，还有一处洞府。

两个洞府的距离其实只有数十丈，如同对门。这个洞府阵法开着，也是有人居住的样子。白小纯很好奇，多看了几眼，才收回目光走远。

白小纯一路慢吞吞地走在山峰的上半段，这里几乎没有外门弟子，都是一些内门弟子。

人数不多，大多数内门弟子要么闭关，要么外出执行任务。尽管如此，可白小纯仍不放过这次机会，在他们面前干咳一声，摆出傲然之色，等着对方一愣后称呼的那声“白师叔”。

就这样，在一声声“白师叔”的招呼声中，白小纯精神抖擞，大摇大摆地走到香云山的内门灵阁，这里是内门弟子学习功法的地方。每一名新晋内门弟子，都可无偿来此学习一种内门功法。

白小纯刚到来，打理灵阁的弟子就赶紧起身拜见，白小纯更为欣喜，拍了拍对方的肩膀，这才开始选择功法。

“天地斩？”

“水火真意？”

“九天灭地诀？”

这些功法似乎都很厉害，他看了半晌，眼花缭乱，也不知道该选什么，最后找到了徐长老所说的，李青候指定让自己修行的功法。

“龙象化海经？”白小纯拿着一枚玉简，将灵力融入其中，看了起来，很快他就睁大了眼。这玉简上的开卷语，让白小纯头皮一炸。

“人有桎梏，无论修为还是肉身，都存在生命本源不可突破的桎梏……老夫创造此功，适合凝气修士修行，虽不可打破桎梏，却能触摸、感悟！”

白小纯倒吸一口气，他立刻就想起了那位救了自己一命，自称守陵人的黑袍老者，想起了黑袍老者的话。

“不死五卷，突破生命五大桎梏；长生五卷，破解永恒五大封印！”

白小纯立刻就觉得，这龙象化海经非同寻常，连忙仔细去看。他看着看着，渐渐皱起眉头，发现此功似乎并没有什么惊天动地之力，甚至还不如方才看到的那些惊人的术法。不过，它可以提高冲击筑基的成功率！

多年以来，筑基一直都是白小纯梦寐以求的，此刻他想起来，心跳都加速了。

这龙象化海经只有三层，前两层分别对应凝气九层，凝气十层大圆满，最后一层则是筑基！

修士修炼到极致时，肉身将拥有龙象之力，体内灵力将化作磅礴大海，最难得的是将具备一个深厚无比的基础。修成之后的筑基修士，可以修炼任何功法神通。这可以说是平凡中的不平凡！

“就选它了！”

白小纯立刻有了决断，无论是开卷语所说的“桎梏”，还是提高冲击筑基的成功率，都让白小纯心动。他拿着龙象化海经的玉简，走出内门灵阁，换取此经后，向着洞府走去。

眼看快要到了，路过对门的洞府时，洞府的大门忽然打开，一名女子走了出来。她看到白小纯后一愣，想要回去已经晚了。

“咦？心琪师侄！”

白小纯立刻惊喜，天骄战时周心琪距离自己很远，他想让对方叫自己一声“师叔”，可惜没有机会。此刻一看，原来周心琪是自己的邻居，白小纯顿时高兴极了。

第 99 章

找上门来

周心琪面色难看，她也没想到，自己选择的洞府，居然就在白小纯的洞府旁边。当初在外门时，周心琪就知道，白小纯有个喜欢让人唤他“师叔”的嗜好，她心里觉得别扭，于是每次都及时避开了。可眼下，自己居然被堵在了门口。

“白……师叔！”周心琪深吸一口气，淡淡开口后，看都不看白小纯一眼，飘然而去。

周心琪踏着蓝绫飞起，长裙飘舞，衬托着她那绝美的容颜，看起来仿佛仙子。平日里，周心琪都是用这种方式拒绝那些倾慕者的，每次都很有效。这种超然的态度，会给人一种距离感，让人无法亲近。

白小纯很高兴，背着小手，摆出一副长辈的姿态，赞赏地望着周心琪，似乎毫不在意她的态度，要的就是一句“白师叔”而已。

直至周心琪走远了，白小纯才心满意足地回到洞府。他觉得今天是一个具有里程碑意义的日子，自己终于得偿所愿。

洞府内，白小纯拿出龙象化海经，仔细地看了看后，想起了天骄战时强大的鬼牙，神色慢慢认真起来。

“那鬼牙也不知道怎么修炼的，居然那么厉害……尤其是他竟然能像驭兽一样，操控那几个厉鬼。如果我也有一头凶兽就好了。”白小纯回想那一战，心有余悸，忽然心中一动，从储物袋内拿出一个木盒。

“育兽种……以后有机会去北岸的话，或许，我将获得一头属于自己的兽，而且这头兽，可能还是由我创造出来的！”白小纯想到育兽种的神奇，怦然心动，好半晌才压下心绪，将这木盒收起。

他沉吟片刻后，摇了摇头。

“打打杀杀的事情，我最厌烦了，还是快些达到凝气大圆满，这样的话，我就可以冲击筑基了。”白小纯想到这里，按照龙象化海经的内容，开始修行。

这龙象化海经与紫气驭鼎功的修行方式不一样。修炼龙象化海时，并非是像修炼紫气驭鼎那样摆出各种姿势。

玉简上有三幅图。第一幅图是一头远古巨象，气势磅礴，仿佛力大无穷，能开山凿石，可撼天动地。那种肉身的极致之力，使得白小纯看一眼，全身就不由自主地震颤起来，仿佛体内的血肉，都因这幅图而震颤，好像隐隐符合某种特殊的规律。

第二幅图是一条青龙，盘旋在云雾之中，若隐若现。白小纯看了一眼，脑海中就不由自主地浮现出这幅画面，仿佛烙印一般。可这画面刚刚出现，一息都不到，他的脑海中就轰鸣阵阵，灵力不受控制地扩散，在全身游走，身上传来阵阵剧痛。

白小纯猛地苏醒，出了一身冷汗。

“这是什么修行之法？”白小纯深吸一口气，没有去看第三幅图，而是开始仔细地研究龙象化海经的口诀。

半晌之后，他抬起头，若有所思，渐渐有了明悟。

“观想修行！”白小纯喃喃低语。

这种修行之法很玄妙，修士在不同的阶段，观看不同的图，借此来修行。可以想象，那三幅图上必定有某种神秘的天地之力，可以影响修士。

刚刚入门的弟子，是根本不适合用这种方法修行的。一旦强行以此法修行，甚至有可能反噬自身。唯有到了凝气八层后，体内灵力充足，才可以用这种方式修行。

白小纯深以为然，没有好高骛远，而是只看第一幅图。观想时，他身体颤抖，气血急速流转，全身银光闪耀。隐隐地，白小纯竟有一种感觉，这龙象化海经，似乎暗中契合了不死皮的特性，与不死皮配合起来，威力会更大。

时间流逝，很快半个月过去了。这半个月来，白小纯一边修炼龙象化海经，一边开炉炼制灵药，他的修为慢慢提升，不死皮的银色也慢慢加深，功力精进不少。

修炼龙象化海经后，他发现，这段时间自己明明没有修行紫气驭鼎功，但功力突飞猛进，施展起来游刃有余。

这让白小纯很吃惊，他想来想去，最终隐约找到了答案。

龙象化海经是一门辅助的功法，包容性极强，可以让所有神通术法威力大增，至于开卷语所说的“桎梏”……

白小纯若有所思，半晌后抬起右手，向前一指，他前方的空间立刻一震，一口紫色的大鼎蓦然出现。

大鼎栩栩如生，不但比以往更加庞大，释放的威压也更加强烈。白小纯甚至有种感觉，似乎自己一动念，就可以让这大鼎消散，化作灵力回到体内。

他这念头一动，大鼎顿时消失，阵阵灵气扑面而来，钻入体内后，补充了方才施展此神通所消耗的灵力。

白小纯惊喜不已，这种游刃有余，收放自如的感觉，正是紫气化鼎达到大成的特征。

“有了龙象化海经的辅助，我曾经想过的操控人的术法，或许也有了希望！”就在白小纯兴高采烈时，忽然神色一动，抬头看向洞府大门。他掐诀一指，大门立刻变得模糊，逐渐透明起来，使得他可以看到外面的天地。

此刻正值黄昏，只见上百道身影，从远处呼啸而来，速度较快的数十人甚至已经到了白小纯的洞府之外。

人群里，有一名青年。这青年相貌俊朗，却面色苍白，双眼布满血丝，整个人状似疯癫，似乎只要有人碰一下，他就会歇斯底里。

白小纯认识这名青年，此人正是北岸弟子北寒烈。

而北寒烈身边的数十人，每一个的修为竟都超过了凝气九层，其中甚至还有十多个达到了凝气大圆满。至于后面的上百人，每一个都拥有凝气九层修为！

尤其是北寒烈身旁的一名大汉，这大汉身材魁梧，整个人如同一座小山，相貌与北寒烈有几分相似，一头长发飞舞。他站在那里，一言不发，可身上的气势，让白小纯心中一惊。

那气息，已不是凝气修士所能具备的。在这大汉的四周，竟仿佛存在一个看不见的旋涡，使得八方的天地之力，都向他凝聚。

“上百个……凝气九、十层的内门弟子！”白小纯睁大了眼，头皮发麻，赶紧掐诀一指，洞府的阵法立刻全面开启。

这上百人，都是北岸的内门弟子，准确地说，他们都来自落日峰。今天到这里来，是要为他们的师弟北寒烈报仇。

上百人出动，立刻引起了香云山内门弟子的注意。周心琪第一个走出洞府，与此同时，不少香云山的内门弟子也快速赶了过来，将这上百人包围。香云山的内门弟子认出了北寒烈身边的大汉，失声惊呼。

“灵气成旋，这是、这是超越了凝气，半步筑基的征兆！”

“落日峰内门第一天骄，北寒风！”

四周众人立刻惊呼，洞府内的白小纯也听到了外面的声音，眼睛顿时睁得更大了。

“诸位同门，天骄战南岸胜出，无可厚非，北寒风自会恭贺南岸。今日来此，却与南北两岸无关，是我北寒家的私怨。这白小纯卑鄙无耻，给我族弟留下了一生的阴影，我身为兄长岂能忍下！”

“这次前来，我要为我族弟，要一个交代！”北寒风话语传出，不等四周香云山内门弟子回答，就猛地看向白小纯的洞府。

“白小纯，你给我滚出来！”

一旁的北寒烈，双眼赤红，隐隐有泪花。他歇斯底里地向着白小纯的洞府，发出凄厉的嘶吼。

“白小纯，滚出来！”

就在这兄弟二人开口之后，洞府内传出白小纯委屈的声音。

“你们不讲理啊，我当时就说了让你认输，这不怨我啊，当时那条大狗袭击你时，我还想着要救你……”

“闭嘴！白小纯，你出来，我北寒烈与你势不两立！”北寒烈怒吼，他觉得白小纯是故意揭自己的伤疤。此刻，他疯狂地轰击白小纯的洞府的阵法，仿佛要把这段时间内所有的怨气都发泄出来。

白小纯看得心惊肉跳，当他发现阵法只是波动，并没有崩溃的迹象后，这才放下心来，打定主意绝对不出去。白小纯看着发狂的北寒烈，叹了口气，继续劝说。

“北寒烈，其实也没什么啊。你这样想啊，经过这件事，说不定你因祸得福，从此变得更厉害……”白小纯是真的想安慰北寒烈。可他不开口倒好，这么一安慰，北寒烈暴跳如雷，怒吼声震天。

就连北寒风也面色阴沉，一步走到白小纯的洞府外，一掌落下。轰的一声，阵法颤抖，看得白小纯胆战心惊。

“住手！”这一刻，香云山的内门弟子看不下去了。他们与白小纯不熟，可如今落日峰打上门来，若就这么眼睁睁地看着他们出手，日后香云山的内门弟子在灵溪宗怕是会声名扫地。

香云山的内门弟子瞬间冲了出去，准备阻拦北寒风。北寒风兄弟带来的上百人，全部散开，挡住了香云山的弟子。双方没有打斗，那上百人只是拦住了香云山的内门弟子，让他们在短时间内无法干扰北寒风。

这种事情，已经算是两座山之间的私斗了，触犯了门规。可北寒风不在意，北寒家族一样是荣耀家族，只要他不杀人，现在的事不是什么大罪。

轰鸣间，阵法立刻扭曲，剧烈地波动，但这洞府非同寻常，白小纯开始还很紧张，可看着看着，发现阵法依旧没事后，立刻就松了口气。

他心地善良，也觉得有些不好意思，于是再次开口解释。

“这事真的不怨我。要不你把那条大狗炖了吧，你把它吃了，这样一来，谁都知道北寒烈英武不凡，谁敢攻击他，他就吃谁……”白小纯说着说着，发现自己好像跑偏了，正要绕回来时，门外的北寒烈，气得喷出一大口鲜血，整个人披头散发，发出凄厉之音，居然发了疯，一头狠狠撞在阵法上。

这一幕，看得白小纯心惊肉跳。

第 100 章

还不向你白师叔认错

白小纯更委屈了，他早就发现了，每次自己试图解释时，总是会莫名其妙地弄巧成拙。

这不是他的本意啊，他也不想的。

北寒烈的兄长北寒风也被白小纯的解释激怒了。他深吸一口气，右手竟在这一瞬发出了阵阵灰黑色光芒，眨眼间，他的手心中竟出现了一弯黑色的月牙！这黑色的月牙，散发出阵阵恐怖的力量，让人心神一震。

北寒风抬手，直接向着白小纯洞府的阵法按去。

轰的一声，整个洞府都颤动了几下，洞府外的阵法剧烈地扭曲，甚至有不少地方出现了碎裂的征兆，可最终还是没有崩溃，眨眼间就恢复如常。

这一幕让北寒风倒吸一口凉气。这洞府阵法之强，让他觉得极为头痛，此刻狠狠一咬牙，正要继续出手。

就在这时，一声冷哼，从远处的天空传来。

“北寒风，你在干什么？还不住手！”这声音如同闷雷，直接在北寒风耳边炸开，威震八方，也将北寒烈震得不发疯了，他胆战心惊，赶紧后退。

四周落日峰的内门弟子，一个个也脸色大变，齐齐停手退后。众人抬头看向天空，只见六道长虹，从远处的种道山疾驰而来，刹那间便到了近前。

吼出那句话的，正是其中一名中年男子。此人穿着黑色的长袍，方脸怒目，整个人散发出一股可怕的气息，仿佛能够毁灭一切。

“师尊……”北寒烈与北寒风，被这中年男子吼得心神颤抖，赶紧拜见。四周其他落日峰的内门弟子，一个个都在颤抖，齐齐低头。

“拜见掌座。”

这中年男子，正是北寒烈的师尊，也就是天骄战时，狠狠瞪了白小纯一眼，抱着北寒烈离去的落日峰掌座。

“不成器的东西，丢人现眼，还不滚到一旁，稍后老夫再收拾你们俩！”

“还有你等，回去后每个人闭关三年，作为惩罚！”中年男子怒道，北寒风兄弟二人心神颤抖，不知道自己做错了什么。虽然他们触犯了门规，来到这里，但师尊一向都很慈祥，不应该如此震怒啊。而且，天骄战那天，师尊明明也对白小纯很愤怒。

北寒风兄弟二人隐隐觉得，定是发生了什么事情，心底暗道不妙，忐忑地后退，看向天空中的师尊。这一看，两人更是头皮发麻，落日峰掌座身边，竟分别是北岸另外三座山峰的掌座。其中鸢尾峰的掌座老妪，更是神色不善，冷眼看着落日峰的那些弟子。

除了北岸四位掌座，掌门郑远东也来了。还有一人，神色淡然，仿佛毫不在意下方众弟子的争执，他正是香云山掌座，李青候。

这情况，不但落日峰的这些弟子觉得不妙，就连香云山的内门弟子，也都诧异，觉得这一幕有些诡异。

要知道，北岸一向狂妄、傲慢，今天这样的事情，以往也发生过数次，每次到了最后，北岸都会“大事化小，小事化了”。落日峰掌座像今天这样，怒斥弟子的情况，极为少见。就连洞府内的白小纯也怔了一下，好奇地看向洞府外的众人。

半空中，北岸四座山峰的掌座，彼此看了看，鸢尾峰的老妪干咳一声，看向李青候。

“李掌座，按照咱们之前商议的，你看……”

“若没有出方才的岔子也就罢了，现在我也为难，你们自己谈好了。”李青候摇头，淡淡开口，目光扫了眼下方白小纯的洞府，眼中有一抹笑意。

“这……”鸢尾峰老妪迟疑了一下，有些头痛地看向落日峰掌座。落日峰掌座心底长叹，知道麻烦是自己的弟子惹的，只能自己来解决，于是脸上露出笑容，看向白小纯的洞府。

“小纯师弟……”他说出这四个字后，自己都觉得非常别扭，整个人都不好了。但是没办法，他们北岸四峰商议后，都对白小纯的丹药极为重视。他们甚至还研究了那些战兽，得出结论，哪怕是一阶血脉，都可以被丹药影响。

这就让他们疯狂了，对北岸来说，这丹药就像圣物一样。要知道，有太多强悍的战兽，因为各种原因，很难留下后代。那些拥有一阶血脉的战兽，往往数十年乃至上百年才会发情一次，这也是北岸多年来深感头痛的几个问题之一。

尤其是眼下，落日峰两大圣兽之一的碧眼冥月猴，寿元即将耗尽，却没有留下血脉，此事迫在眉睫。

而白小纯的丹药居然如此厉害，让北岸这四位掌座志在必得。只是他们查找了无数资料，也没找到有关这个丹药的记载，最后他们确定，这是白小纯自创的丹药。于是，北岸四位掌座去找了掌门和李青候，想要拥有这种丹药。

若是换了其他弟子，哪怕是内门弟子，四位掌座只要一句话，此事简单得很，他们甚至有很多方法，可以让弟子乖乖上缴药方。

可白小纯不一样，他是荣耀弟子，是掌门的师弟，因此四位掌座只能想办法换取药方，无法用其他方式获得，甚至还需要经过白小纯的同意，不能强迫。

原本在掌门的调解下，北岸四位掌座已经与李青候谈好了一些条件，可还没等他们商量完，就听说落日峰的弟子去找白小纯的麻烦。北岸四位掌座顿时怒了，生怕落日峰的弟子不知道分寸，得罪了白小纯，使得换取药方的难度更大，这才有了方才落日峰掌座怒斥弟子的一幕。

“小纯师弟，还请出来说话。”落日峰的掌座，努力摆出和蔼可亲的样子，声音也轻柔了好多。此话一出，四周所有落日峰的弟子，全都身体一颤。北寒风兄弟二人，更是睁大了眼，呆若木鸡。

洞府内，白小纯眼珠一转，诧异地看着外面这一幕，他觉得很不对劲，又感受到李青候之前的目光，若有所思。尽管他不知道发生了什么，可心底有了无数种猜测。

“你的那些弟子太凶了，要打死我，我小命差点就没了，我可不敢出去。”白小纯心里想着事，嘴上委屈地开口。

他装得楚楚可怜，北寒风兄弟二人只觉得背后直冒冷汗，其他的落日峰弟子也神色大变。他们看出了北岸四位掌座对白小纯的重视程度，可以说是近乎讨好了。这个时候，白小纯说出这样的话，他们的下场可以想见。

李青候与郑远东嘴角微微抽搐，落日峰掌座猛地转头，狠狠地看着那些落日峰的弟子，低吼一声：“还不快向你们白师叔认错！”

那些落日峰的弟子，一个个哭丧着脸，赶紧抱拳向着洞府认错。

北寒烈悲愤欲绝，正要挣扎，可感受到师尊严厉的目光，他委屈地低下头，向着洞府抱拳。

“白师叔……我……我……我错了！”

北寒风沉默，挣扎中抬头望着师尊，看到师尊的目光变得越发冷厉后，他心底一颤，额头青筋鼓起，却不得不抱拳认错。

北寒风整个人都颤抖了，看向洞府的目光，已是怒火冲天。

“小纯师弟，你看这样可好？”落日峰掌座赶紧开口，努力让自己更和蔼可亲一些。

半晌后，洞府的阵法出现一道裂缝，白小纯的头钻了出来，赶紧四下看了看，这才干咳一声，大摇大摆地走了出来，抬起小下巴，一副趾高气扬的样子。

“算了算了，我身为长辈，不会与这些师侄一般计较的。”白小纯很大度地开口，小袖一甩。

北寒烈眼睛布满血丝，整个人不断地颤抖，恨不能上去一拳打在白小纯脸上，可他不敢这么做。北寒风也觉得天旋地转，那种憋屈的感觉，让北寒风几欲发狂。

二人的目光，让白小纯生气了，他狠狠地瞪了过去，心中暗道：这个时候，谁怕谁啊，比眼神，我白小纯这辈子还从没怕过别人。

“小纯，你的那枚可以控制战兽的丹药，可是你独创的？”落日峰掌座深吸一口气，柔声问道。

他这话一出，老妪和另外两位北岸掌座，都看向白小纯，目中露出期待。北寒风兄弟二人只觉得脑海中嗡的一声，彻底明白了原因。两人心中苦涩，对白小纯更为憎恨。

白小纯眨了眨眼，心里顿时明白了原因，挺起胸膛，傲然地点头。

“没错，那伟大的丹药，正是我白小纯的独门秘方，外人谁也炼不出来，只有我自个儿能炼制！”

北岸四位掌座，立刻心底大喜，却没表露出来，落日峰掌座微微一笑，点头开口。

“小纯师弟如此年轻，就能独创药方，不愧是天骄。这枚丹药的药方，对我灵溪宗至关重要，老夫拿出十万贡献点，换取你的药方，如何？小纯师弟，你将这药方献给宗门，可是造福整个宗门的大事，你身为荣耀弟子，宗门就是你的家啊。”落日峰掌座循循善诱。

“好啊！”白小纯立刻开口，大有一副我愿为宗门赴汤蹈火的架势，甚至直接就说起了药方，北岸四位掌座顿时惊喜。

“药方是决明子、菩木花、灵冬竹，还有……咦，还有什么来着，怎么想不起来了？莫非是方才受到惊吓后，忘了？”白小纯又皱起眉头，冥思苦想。

李青候嘴角露出笑容，郑远东有些无奈。北岸四位掌座，一个个都成精了，岂能听不出白小纯话中之意，他们纷纷苦笑。落日峰掌座一咬牙，怒视下方的落日峰弟子。所有落日峰弟子，包括北寒风兄弟二人，被他的目光扫过，全都身体一颤。

第 101 章

水泽国度与元磁翅

落日峰掌座冷哼一声，右手袖子一挥，立刻有一股大力轰然落下。那些落日峰的弟子，全身颤抖，一个个仿佛泰山压顶，心底叫苦，连连哀号。

尤其是北寒风兄弟二人，在这威压下，满脸凄苦之色，五脏六腑都在颤抖，心底对白小纯的恨意更强烈了，却不敢表露。

“你等还不滚回北岸，每个人闭关十年，不得外出！”落日峰掌座虽出手了，但这些人毕竟是他落日峰的弟子，他看似严厉，可实际上也在袒护他们。此刻开口间，大袖甩动，一股狂风扫过，直接卷起上百名落日峰弟子，甩向远方。

落日峰掌座这才重新看向白小纯，脸上勉强挤出笑容，试探着开口：“小纯，你现在能想起来了吗？”

白小纯知道不能太过分，他做人懂得分寸，知道这个结果已经是最好的了，闻言干咳一声，心底很得意。

“哈哈，师兄不必如此，我白小纯是荣耀弟子，是掌门的师弟，这些小辈师侄虽然喜欢胡闹，但我怎么会和他们一般见识呢，都是一群小孩子，难免顽劣。”白小纯摆出一副大家是同辈的模样，落日峰掌座心底苦笑，一旁的郑远东干咳一声，不知多么懊悔当初的决定。

白小纯装作没看到，一拍胸口，压下心中的得意，正要说出完整的药方，可就在这时，李青候咳嗽一声。

“对于药师而言，每一种独创的灵药，其药方都是极为珍贵的，北岸想要药方，不知要用什么来换？”

白小纯眨了眨眼，站在一旁不说话了，眼巴巴地看着北岸四位掌座。

北岸四位掌座彼此对视了一眼，鸢尾峰的老妪便从袖子里拿出一颗珠子。

这珠子呈青色，里面仿佛有一团气在流转，甚至还有阵阵磁力，使得四周出现一圈圈波纹。

“这颗元磁珠，取自一个元磁巨人的心核，具备一丝元磁之力，能影响一定范围内的法宝的运转，即使对筑基修士而言，也是不俗之宝。凝气修士使用元磁珠，或许有些勉强，不过，天角阁内有一对灵磁翅，相互配合使用，可作为凝气修士的撒手锏。速度之快，怕是连筑基修士想要追赶，也很困难！”

“白小纯，你获得天骄战第一，可以在天角阁选择一件宝物，灵磁翅我已为你带来。以此珠，换药方！”

老妪开口时，右手一挥，手中又多出一对青色的翅膀，与那珠子一起，飞向白小纯，飘浮在白小纯面前。

白小纯眼睛一亮，尽管他的速度不俗，可若筑基修士真心想要追击他，还是不难。他望着面前的元磁珠与灵磁翅，立刻就感受到了这两件法宝相互配合后，能爆发出的极致速度。对于这种能保命之物，他立刻心动。

“而且，若你有足够的机缘，说不定可以通过元磁之力，感悟出我灵溪宗十大秘法中的引斥秘法！”老妪皮笑肉不笑，淡淡开口。

白小纯舔了舔嘴唇，正要一口答应，却忍住了，瞄了眼李青候，等待李青候的决定。白小纯早就把李青候当成了亲人，在这种事情上，他会听从李青候的意见。即便是李青候让他无偿献出药方，对于他而言，也没什么大不了的。

只不过是一个药方而已，对于北岸来说这是圣物，可对他而言并非如此，他储物袋内那些不知道作用的怪丹还有不少。此刻他打定主意，回头一定要挨个儿尝试一下，或许这些怪丹，藏着很多奇妙的作用。

李青候扫了一眼元磁珠与灵磁翅，又看向北岸四位掌座，最后目光落在老妪身上，忽然开口。

“再加上十大秘法中，你们北岸传承的……水泽国度！”

李青候此话一出，掌门郑远东眼皮跳了一下。

“不可能！”落日峰掌座见李青候狮子大开口，立刻怒道。

不但他不同意，就连北岸穹顶峰的掌座，也立刻瞪起了眼：“李黑子，你别太过分了，水泽国度，那是我们北岸的传承秘法，是灵溪宗十大秘法里，与鬼夜行并列的第一秘法，绝对不能给你们南岸！”

白小纯正在下面看热闹，忽然听到穹顶峰掌座称呼李青候为“李黑子”，他愣了一下。

“笑话！一千年前，鬼夜行还是紫鼎山的传承秘法，不也一样被你们北岸拿了去，怎么今天换成我们南岸要你们的传承秘法，就不行了？！”李青候袖子一甩，冷笑开口。

北岸几位掌座一时语塞。

鬼牙峰的掌座，身影有些模糊，样子也模糊不清，此刻幽幽一叹。

“鬼夜行本就适合我们鬼牙峰，罢了，这是陈年往事，不说了。只是这水泽国度，多少年来，我们北岸除了八千年前的天翼老祖外，虽还有一些人炼成，但最后形成的，都是无用之灵。此秘法太难，李掌座你又何苦为难我们？”

“没有水泽国度，不换药方。”李青候斩钉截铁。

白小纯在下方，看着上面这些人为水泽国度争执，心底诧异。其实他觉得之前的条件已经很不错了，此刻心中纳闷，开始留意这神秘的水泽国度。同时，白小纯对于李青候有了新的了解。别看李掌座平日里那么严肃，可敲起竹杠来，实在是我辈楷模啊，莫非是因为这个，才被称为“李黑子”的？

白小纯想到这里，看向李青候时，眼中已有崇拜之意。

北岸四位掌座沉吟片刻，彼此传音，半晌后，还是同意了。传承秘法虽重要，但在如今的形势下，药方更加珍贵。

很快，在李青候的示意下，白小纯赶紧将完整的药方说了出来。此药方特殊，此地有几位掌座在，四周早已被封印了，白小纯说的药方，只有他们几人可以听到。

北岸四位掌座拿到药方后，研究了片刻，纷纷点头后，一枚蓝色的玉简，从鸾尾峰掌座的手中飞出，直奔白小纯。

“水泽国度，十大秘法之首，此神通需要观摩百兽，形成本命之灵，无中生有，以水泽化形，降临世间，形成国度。”

“万年来，我灵溪宗只有天翼老祖凝聚了一头天翼兽，纵横八方。尽管之后还有一些资质极佳之辈修成，可形成的本命之灵，都是凡俗之物。”

“修炼此法者，最终能凝聚出什么样的本命之灵，要根据修炼者的心性和他对灵兽的了解而定。一百个人修炼水泽国度，将出现一百种不同的本命之灵，可强可弱。天翼老祖凝聚出的是强悍无比的天翼兽，有的人却只能凝聚出一只兔子或一些蛇虫。”

“白小纯，你是南岸弟子，我灵溪宗南北两岸看似是竞争关系，实则仍是一家。我希望你最终能修成此法，幻化出属于你的本命之灵。”老妪望着白小纯，缓缓说道。

话虽如此，但无论是她还是另外三位掌座，都不认为白小纯可以将这水泽国度修炼至大成。因为修炼水泽国度者，需要观摩无数灵兽，而南岸并不具备这个条件。

交易完成，北岸四位掌座与郑远东离去，李青候留了下来。他看向白小纯时，眼神慈祥，可表面上还是很严厉。

李青候训斥了白小纯，让他不要因为天骄战得了第一而骄傲，对于白小纯在修为上的不解之处进行了指点，最终还把那个手镯，以及元磁珠的一些特殊用法告诉了他。

“元磁珠与灵磁翅对你用处很大，要多熟悉。还有那水泽国度，比我们香云山的草木皆兵更玄妙。还有龙象化海经，此功是由当年带领众修士杀到通天河下游，开宗立派的第一老祖所创，你要多揣摩。日后我传授你草木皆兵时，以此功推动，效果更好。”李青候又叮嘱了一番，这才离去。

白小纯心中感动，向着李青候抱拳，深深一拜，没忍住，问了一句。

“李叔，那个……他们为什么叫你‘李黑子’？太过分了！”白小纯好奇地看向李青候。

李青候在半空中脚步一顿，脸色一黑，回头瞪了白小纯一眼。

“大人的事，你不用理会。你只需记住，对我辈药师而言，药方珍贵，不可轻易给人！”说完，李青候转身离去。

白小纯若有所思，眼中钦佩之色更浓，心中暗道：十有八九，是李青候的丹药让不少人痛斥其心黑。

白小纯送走了李青候，回到洞府内，想起方才李青候所说的龙象化海经的来历，心底对于那位第一老祖，很敬佩。

“那位第一老祖在开卷语中提到了桎梏，到底什么是桎梏？”白小纯沉思片刻，隐隐有些想法，却无法证实。

他摇了摇头，将其放在了心底，看向手中的元磁珠，按照李青候指导的方法，一口吞下。

这珠子入口之后化作一团气，融入白小纯体内，于丹田盘旋。白小纯并没有什么不适，发现身体似乎轻了一些，活动一番，立刻察觉到速度比往常快了，仿佛与天地产生了某种奇异的联系。

白小纯大感神奇，又拿起灵磁翅。

这一对青色的翅膀，薄如蝉翼，隐隐有些透明。白小纯张嘴吐出一口灵气，将这对翅膀炼化。一炷香后，他双眼一亮，手中的灵磁翅消失了，再次出现时，已到了他身后。

那是一种水乳交融的感觉，元磁珠与灵磁翅相辅相成，形成一套法宝，名为元磁翅。元磁翅仿佛成了他身体的一部分，如同手臂一般，操控自如。

白小纯精神一振，心念微动，背后的翅膀猛地一扇，身体瞬间化作残影，朝着远处的岩壁撞过去，吓得他尖叫一声，赶紧停下，可是没控制好，整个人直接撞在岩壁上。

砰的一声，整个洞府都颤动了一下。白小纯的肉身太硬，在碰撞时，竟直接嵌入岩壁里，好半晌才扑通一声掉了下来，白小纯不由得发出哀号。

白小纯龇牙咧嘴，爬起来后，心有余悸地看了一眼被撞出一个大坑的岩壁，不敢再在洞府里尝试。他出了洞府，重新鼓起勇气，背后翅膀一扇，瞬间直奔远处。

数日后，白小纯已适应了这对翅膀爆发出的速度，心中美滋滋的，大有一种天下无敌之感。

“哈哈，我白小纯有这种速度，以后周长老休想追上我！”白小纯仰天大笑，一闪身，在半空中绕了个圈，回到了洞府。

第 102 章

有人在吗

时间一晃过去数月，白小纯对于香云山内门弟子的区域已非常熟悉，那种成为内门弟子的新鲜感也渐渐少了。

平日里他大都在洞府，要么修行，要么于炼药房内炼制灵药，雄香丹他也炼制了不少。

这样的日子，白小纯觉得很开心。对他来说，修行就是为了变得更加强大，更好地活着。

而炼制灵药，则是他的兴趣所在。他的理想是炼制出长生不死丹，为了这个伟大的梦想，他不断地炼制灵药，只是现实的残酷，在几个月后体现出来了，白小纯苦恼地发现，自己没有药草了。

尽管白小纯手中有天骄战后宗门奖励的一万块灵石，可是，炼制三阶灵药所需的材料，在宗门外的坊市买不到，又不能委托那些修真家族，因为价格太高。最好的方法，就是有足够的贡献点，去宗门换取药草。

“贡献点……”白小纯坐在洞府内，愁眉苦脸，他最缺的就是贡献点。白小纯踌躇一番，毅然走出洞府，去了内门弟子领取任务的石碑所在之地。

相比于人山人海的外门任务处，这里可不一样，此地内门弟子不多，大家都是来去匆匆，似乎时间宝贵。白小纯晃晃悠悠地到来，站在那里，望着任务石碑，选来选去。

“危险的不要！”

“贡献点少的不要！”

“长期的也不能要……”白小纯喃喃低语，最终目光落在了一个任务上。

此任务是宗门长老发布的，需要寄灭兽的内核，一枚内核，开出了一千贡献点的高价。并且给出了寄灭兽出没的地点，是在距离灵溪宗不远的荒芜山脉中。

白小纯沉吟片刻，这种寄灭兽在灵兽第四篇里有介绍，准确地说，它不是什么凶兽，而是一种以寄生方式生活的神奇生命。

寄灭兽寄生在一些凶兽身上，使得凶兽多出一个头颅，直到这个头颅完全成形，凶兽死去，寄灭兽成熟，化作九日鸟。

奇异的是，在寄生阶段，寄灭兽有很大的药用价值，可是待其成熟，破颅而出，成为九日鸟后，全身上下再没有丝毫价值。而这九日鸟，只能存活九天，它唯一的使命，就是在死亡前，重新选择一头凶兽，继续寄生，如同轮回一般。

从某种意义上来说，这种寄灭兽是罕见的永生之物，在无尽的轮回中，一直都存在。

白小纯当初熟记灵兽第四篇时，也对这寄灭兽印象很深。

“这任务的难度，是在寻找寄灭兽上。荒芜山脉太大了，寻找起来很麻烦，将耗费大量时间，所以长老才会给出如此高的贡献点。”

白小纯又查了下荒芜山脉，得知那里虽然范围很大，但凶兽的修为大多在筑基以下，修为堪比筑基的凶兽极为少见。

他思索片刻，接下了这个任务，但没有立刻出发，而是回到洞府，收拾一番后才出发，他踏着金乌剑，急速远去。

荒芜山脉距离灵溪宗不远，以白小纯的速度，持续飞行一天就可到达。只不过他的修为不够，只得时而飞行，时而在大地飞奔。就这样，四天后，他终于来到了荒芜山脉。

此地气势磅礴，远远看去，一处处山包连绵起伏，仿佛看不到尽头。地面上郁郁葱葱，形成了茂密的丛林，不时有鸟兽啼鸣传出。

白小纯没有立刻开始寻找寄灭兽，而是在这荒芜山脉中转悠。半个月后，他找到了一处山谷，在荒芜山脉中，此地是进入丛林的必经之地。在这山谷内，白小纯坐在一棵大树上，望着眼前这片区域。

“用正常的办法，太耗费时间，而且纯粹是碰运气，运气好，说不定能找到寄灭兽，运气不好的话，一个月估计也难碰到。”

“这一次，就是体现我白小纯智慧的时候了。”白小纯抬起下巴，一闪身，骤然远去。

一天后，白小纯在一处山头感受了一下风向，正要取出雄香丹，忽然想起了什么，向着四周大喊起来。

“有没有人啊？这里有没有灵溪宗的同门啊？”他声音尖锐，传遍四周，听起来仿佛是在求救。

远处，丛林内有一道身影，此刻正与一头凶兽交战。此人神色冷傲，穿着灵溪宗内门弟子的长袍，他遥遥地听到了白小纯的呼喊，目中露出轻蔑之色。

“又是一名自不量力，修为不够就来这里的弟子，此刻呼救有什么用？这荒芜山脉，只有强者才能来。”他十分不屑，根本就没有要去救援的想法。尽管宗门讲求团结，可还是有一些人天性冷漠。

白小纯喊了半天，不见有人回答，这才放心，快速扔出一把雄香丹。砰砰声中，这些丹药全部爆开，化作粉末，随风远去。

渐渐地，这片区域里所有的凶兽在闻到风中吹来的粉末后，身体都颤抖起来，双眼泛红，呼吸急促，发出阵阵嘶吼。

嘶吼声在山中回荡，白小纯听到后，背后翅膀一扇，直奔远方。

在白小纯没有注意到的区域中，那名冷漠的弟子，脸上仍带着轻蔑之色。一阵风吹过，与他厮杀的那头凶兽突然一震，双眼通红，发出疯狂的吼声，竟不顾一切地向他扑来。

这内门弟子吓了一跳，赶紧避开。可就在他避开的瞬间，这片区域的所有凶兽都嘶吼起来，纷纷冲了出来，眼珠子都红了，全部发了狂。这内门弟子心中骇然，飞快地逃命，身后有大量凶兽嘶吼着追出，吓得他连忙呼救。只是白小纯此时已经走远，听不到了。

三个时辰后，又在一处风口，白小纯再次大喊，等了等，不见有人回应，他才扔下大把雄香丹。

很快，这片区域内，也传来了嘶吼声。

白小纯没有停顿，在接下来的两天里，他以那处山谷为中心，在每个方向都扔下了雄香丹，将这一大片区域连在了一起。雄香丹的粉末，笼罩八方，使得这里的所有凶兽都发狂了，变得极为暴躁，横冲直撞，嘶吼之声震天。

眼看情况就要失控，白小纯飞快地回到了他最早选择的山谷内。在这里，他目光炯炯，挥舞着金乌剑，扫出一条路后，取出了一大把雌香丹，将其捏碎后，仔细地撒在地上。渐渐地，这里的香气极为浓郁。

白小纯很谨慎，小心翼翼地做完这一切，快速后退时，还换了一套衣服，确定自己没有沾染雌香丹的粉末后，这才躲在山谷上方，低头看着下面的小路。

“凶兽乖乖……快点到来。”白小纯哼着小曲，神采飞扬地等待。

随着时间的流逝，雌香丹的香气渐渐扩散。在雄香丹的刺激下，这一大片区域中的凶兽顿时向着山谷飞奔而来。很快，飞奔的凶兽越来越多，几乎形成了兽潮，地面都在震动。

半晌后，第一拨凶兽到来，白小纯立刻站起身，凝神看向下方。眨眼间，大量样子各异的凶兽，就从这山谷内的小路上飞奔而过。白小纯眼睛睁得老大，看着下方的凶兽，忽然他双眼一亮，右手掐诀一指，金乌剑立刻飞出，直奔这群凶兽中的一头虎兽。

这虎兽的背部，赫然还有一个头颅。金光一闪，这第二个头颅瞬间爆开，一枚内核飞出，白小纯一把抓住，将其扔在储物袋中。紧接着，金光再次闪烁，直奔远处另一头凶兽而去。

这股兽潮持续了足有一个时辰，甚至连山谷都在震动，仿佛要被那些凶兽撞碎。白小纯眉飞色舞，操控着飞剑，不断刺向凶兽。直至兽潮渐渐退去，他欣喜地发现，自己居然收集了十枚寄灭兽的内核。

“还是我白小纯聪明啊。”白小纯得意地看着储物袋里的内核，一闪身，离开了这片区域，去了下一个地方。

白小纯走了很久之后，这片区域内，一名青年全身衣衫破损，样子凄惨，身体颤抖，挣扎着一步步艰难地行走。他欲哭无泪，双眼茫然，那样子，似乎与北寒烈极为相似。

“这荒芜山脉怎么了？这个世界怎么了？这里的凶兽居然……我……我……”他眼泪都出来了，整个人失魂落魄。

就这样，时间一天天过去，白小纯凭着雄香丹，在这荒芜山脉中横行，所过之处，无数凶兽发狂。

白小纯每次扔出丹药前，都会先大喊几声，以此确认四周有没有人。有好几次，立刻就有弟子回应。每到这个时候，白小纯都会带着歉意，告诉对方自己的计划，并送出一枚内核作为谢礼，劝人离开，并希望他们告诉其他同门，如果愿意在这段日子暂时离开此地，自己也会送出一枚内核聊表谢意。

不少弟子一看到白小纯，就立刻认出了他，在听到白小纯的计划后，每个人都身体一颤，赶紧飞奔。

第 103 章

我要为宗门做贡献

在这荒芜山脉内，灵溪宗的弟子不多，大概十几人的样子。虽然这里少有筑基凶兽，但对于内门弟子而言，还是有一定的危险性，故只有那些认为自己足够强大的人，才会来这里。

在白小纯多日的呼唤下，荒芜山脉中的弟子，都陆续听到了他的声音。其中大多数人都听从了白小纯的劝告，拿着他给的内核离开。可还是有那么两三个天性冷漠之辈，以为白小纯是在求救，装作没听到，根本就不理会他，甚至还有等求救者死后，拿走其储物袋的心思。

这几人依旧在山脉中独来独往，他们开始还没觉得有什么，可很快就发现这里的凶兽有些不对劲，连习性都变了，暴躁又疯狂。

上官天佑也在荒芜山脉中，他一样听到了白小纯的呼唤，可他并没有理会，他接下的任务与白小纯一样，都是寻找寄灭兽的内核。

此刻，上官天佑很心惊，因为他亲眼看到一头实力堪比凝气六层的巨熊，不断撞击一棵大树。这样的一幕，他不是第一次看到了。途中，还有一只兔子，居然敢来袭击自己。那兔子目中的狂躁之色，让他头皮发麻，还有一种熟悉的感觉。

“不对劲，这荒芜山脉莫非发生了什么变故？”上官天佑倒吸一口气，他立刻就想到了白小纯的雄香丹，心底猛地一颤。

而此刻，白小纯的储物袋内，已有三十多枚寄灭兽的内核。他精神振奋，仍在继续散播丹药的粉末。

半个月后，白小纯惊喜地发现了一处八字形的山脉交会之地，这里居然有一个很大的风口，似乎四周的风，都会被引到这里，再扫过荒芜山脉。风速之急，按照白小纯的判断，只要三天的时间，就可以扫过荒芜山脉一半的区域。

站在这风口下，白小纯需要用很大的力气才可以稳住身体，不被吹飞，这还是他没太过靠近的缘故。他头发飞舞，看着上方的风口，整个人都激动了。

"这里就是绝佳的散播之地啊！而且，这山脉内应该没有同门了，我可以放心大胆地出手了！"白小纯兴奋了，为了不殃及同门，这段日子他送出了十多枚内核，但他并不心痛，毕竟他有把握拿到更多。此刻，他仿佛已经看到无数贡献点飞进了自己的口袋。

他深吸一口气，立刻将所有雄香丹都取了出来，全部捏碎，撒向风口。粉末被风卷向前方，笼罩了荒芜山脉的一半区域。

白小纯站在山顶，傲然望着大地与丛林，一股高手睥睨天下的感觉，油然而生。

"我白小纯为了造福荒芜山脉，不容易啊。想来若干年后，这条山脉的凶兽会多出不少……这都是我的功劳。"

他发出感慨时，一声嘶吼从不远处的丛林中传出，紧接着又响起阵阵嘶吼，很快，这嘶吼之声越来越大，在山中回荡。一天后，荒芜山脉一小半的区域都充斥着震耳的吼声。三天后，荒芜山脉一半的区域彻底疯狂！

就在这时，白小纯快速飞了出去，每隔一段距离，就扔下大把雌香丹，引来这片区域所有的凶兽后，取走寄灭兽的内核。

这一路他非常满足，不仅有收获内核的喜悦，还有那种造福整条荒芜山脉的成就感。

"我是一个好人，以后这条山脉的所有凶兽，都会感激我的。"白小纯快速飞出，又扔下一大把雌香丹。

山脉内，灵溪宗那几名之前没理会白小纯的弟子，此刻一个个目瞪口呆，他们看着四周发狂的凶兽，每个人都倒吸一口气。

“这、这是怎么回事？”

“这一幕……怎么这么熟悉？”这几名弟子心中骇然，拔腿就跑。

“白小纯！”上官天佑也顾不得击杀凶兽，赶紧飞奔远去，他觉得这里太恐怖了。尤其是当北寒烈的脸浮现在他脑海中后，他面色苍白，身子都哆嗦了。

可他们每个人，都已处于荒芜山脉的深处，想要离开不是那么容易的事情，而且，此刻这荒芜山脉一半的区域内，凶兽都在发狂，想要出去更是无比艰难。

白小纯一路十分愉快，飞奔而过，时而扔下丹药，引来大量凶兽，取走内核。直至半个月后，当他离开荒芜山脉时，他的储物袋内，已有将近两百枚寄灭兽的内核。

白小纯心满意足地出了荒芜山脉，直奔宗门而去。

白小纯离开数日之后，上官天佑等人才一个个陆续出来，每个人都面色凄苦，双眼无神，披头散发，异常狼狈。他们走出山脉时，都仰天发出凄厉之音。至于他们在这条山脉里究竟发生了什么事情，则成了一个永恒的谜团。

白小纯一路疾驰，精神振奋，回到宗门，赶紧去了任务处。当任务处的弟子看到白小纯居然一口气拿出了两百枚寄灭兽的内核后，眼珠子都差点掉下来了，满脸难以置信。他将每一枚都仔细地检查后，看向白小纯时，已是目瞪口呆。

这名弟子在这任务处待了好多年，收集寄灭兽内核的任务经常出现，可接受任务的内门弟子最多也就带回来几十枚内核而已，这还是耗费了一年时间的结果。可白小纯只去了几个月，居然带回来这么多内核。

“不愧是掌门的师弟，荣耀弟子，天骄战第一的白小纯……”这内门弟子倒吸一口气，对白小纯极为恭敬。白小纯拿着二十万贡献点，努力想要表现出风轻云淡的模样，可那股得意劲儿，根本就掩饰不住。

此事也轰动了南岸，白小纯一次性拿到二十万贡献点，无论是谁听到，都会觉得难以置信。而当那些在荒芜山脉被白小纯劝走的弟子，苦笑着告诉其他人原因之后，南岸三山，每一名内门弟子看到白小纯时，都会心神一颤。

“这是一个狠人！”

“太疯狂了，他居然给半条荒芜山脉撒了雄香丹！”

“短时间内，那里去不得了……”

就在众人议论纷纷时，上官天佑与另外几名狼狈的弟子，也陆续归来。

上官天佑本就知道此事是白小纯所为，可另外几人此刻才明白过来，纷纷发出凄厉的嘶吼，却对白小纯无可奈何，毕竟白小纯的呼唤他们都听到了，只是他们心底都在后悔，若是当时回应一句，或许就不会如此凄惨了。

这一次的收获，令白小纯对做任务产生了浓厚的兴趣。于是，他的身影经常在任务处出没，他每次都会选择这种与凶兽有关的任务。

白小纯仿佛上了瘾，每次接下任务后就炼制丹药，然后立刻外出，而每一次，都会有一些弟子发狂。不管是参与任务的，还是没参与任务的，都会抓狂。因为只要是白小纯去过的地方，短时间内别人就别想去了，太危险了。

云端山脉，寒林山脉，景峰山脉，原东山脉……

在接下来的一年内，白小纯化身“任务狂魔”，横扫任务处所有与凶兽有关的任务，每一次都收获极大。一次次轰动任务处的同时，也让无数内门弟子抓狂。

甚至当香云山的凶兽任务都没了后，白小纯又去了青峰山、紫鼎山，抢夺与凶兽有关的任务。这一去，紫鼎山与青峰山的弟子，都体会到了什么叫“任务狂魔”。

到了最后，南岸的内门弟子绝望地发现，但凡是宗门附近的山脉，都已经不能去了，那些地方充满了可怕的凶兽。

无奈之下，数百内门弟子，齐齐上书宗门，要求宗门免去白小纯做任务的资格。

这事就连李青候都无法干预，难得白小纯这么热心地完成任务。最终，连掌门都头痛了。他发现，自从白小纯进入宗门后，几乎每隔一段时间，自己都会因他头痛。现在，他一听到“白小纯”这个名字，就会下意识地叹息。

“他不认真还好，这一认真……实在是……唉，这白小纯，是一个在任何地方，都可以掀起风雨的家伙！”

“他不是要去炼丹吗？去炼丹吧，贡献点宗门出了，只希望他能消停一下……”

眼看上书的内门弟子从之前的数百人增加到了上千人，掌门一咬牙，与李青候商议之后做出决定，免除了白小纯十年内做任务的资格。

他是整个宗门唯一一名十年内不需要完成任何任务，而且每个月还可以获得一笔不菲贡献点的弟子。

白小纯也委屈，当他在任务处又看好一个任务，准备接下时，被告知了这个结果，他都傻眼了。

第 104 章

我保证

“凭什么？我要为宗门做贡献，我要为宗门付出，你们太过分了！”白小纯愤愤地开口。在任务处弟子敬畏的目光下，白小纯长叹一声，最终无奈地抬起小下巴，小袖一甩。

“我白小纯弹指间，任务处灰飞烟灭。”他摇头叹息，身影透出一丝寂寞，忧郁地离去。

带着忧郁和委屈，白小纯回到了洞府内，在那里长吁短叹。

“一个人如果太优秀，也不是一件好事，我就是这样，连宗门都担心，免除了我十年的任务，每个月还给我贡献点。”

白小纯美滋滋地“发愁”，觉得自己实在太优秀了，这么下去该怎么办？

“罢了罢了，既然不让我执行任务，那么我就炼药吧，原本执行任务也是为了赚取贡献点。”

白小纯想到这里，颇有一种为了宗门牺牲自己的感觉，缓缓走入炼药房。

“我要掌握所有三阶灵药的炼制方法！”白小纯一踏入炼药房，神色就变得严肃起来。

时间流逝，转眼间过去了半年。

这半年里，白小纯每天除了固定的修炼时间，其他时候都在炼药房炼丹，没有材料就用贡献点换取，整个人渐渐有些疯魔起来，大有不掌握所有三阶灵药的炼制方法决不罢休的架势。

宗门内，也因白小纯不再执行任务而慢慢恢复正常。不少人心底都松了口气，尤其是掌门郑远东，终于觉得清静了好多，认为自己免除白小纯十年任务的决定非常正确。

不仅他如此，南岸的掌座与长老也慢慢放下心来，甚至在一次南岸三山例会时，这些筑基修士还说起了白小纯。

“白小纯这孩子，最近都在炼药，宗门内也恢复如常了。”

“炼药是好事，让他炼吧，炼药是最安全的了，不会影响其他人。”

众人纷纷含笑，一个个对于这半年来的宁静很感慨。

可这宁静的日子还没持续多久，数日后，一声惊天巨响从白小纯的洞府内传出，传遍香云山，使得无数内门弟子惊醒，就连下方的那些外门弟子，都被吓得心神一震。

“发生了什么事？”

“天啊！莫非有人攻打我们灵溪宗？”

就在众人哗然时，白小纯一边咳嗽，一边从洞府的炼药房跑出来，一脸漆黑，鼻涕眼泪都出来了，他直接跳到温泉里清洗一番，这才皱着眉头爬了出来。

“居然炸了？”

白小纯很费解，洞府内的丹炉，是内门弟子的常规之物，与炼药阁的一模一样。按照道理来说，就算是灵药炼制失败了，丹炉也不会炸的。

可方才，丹炉居然炸开了，甚至连洞府的阵法都被激发出来。

白小纯百思不得其解，沉吟片刻，叹了口气，开始修炼龙象化海经。随着这段日子的修炼，他的修为快突破了，只差一点点。

白小纯不着急，修炼完龙象化海经后，又吞下增加元气的灵药，开始修炼不死长生功，全身银光更为璀璨，隐隐地，似乎要出现一丝金芒。

直至晌午，白小纯才深吸一口气，收了功法。他站在洞府内，闭上双眼，抬起双手，按照水泽国度的口诀修行。半炷香之后，他猛地睁开双眼，向前大吼一声。

一股惊人的气势蓦然从他身上散发出来。四周的环境仿佛有所改变，隐隐出现了水雾，可只维持了一次呼吸的时间，这一切就消散了。

白小纯有些虚脱，擦去汗水，他几乎每天都会练习水泽国度，可到了现在，也仅有一股气势而已。

“还要继续努力啊。”

白小纯休息片刻，结束了今天的修行。他又想起了丹炉炸掉的事情，这半年来，他尝试炼制三阶灵药，虽偶有成功，可大多时候都失败了。这让他很无奈，此刻他沉吟许久，隐隐想到了丹炉炸掉的原因。

“是药力不稳定，造成了爆炸？”

白小纯若有所思，立刻外出，用贡献点换了丹炉回来，继续炼制。

而香云山的人，也慢慢知道了之前的轰鸣来自白小纯的洞府。他们一个个神色古怪，尽管不知道这声音是如何形成的，可也能勉强接受。

数日后，白小纯在洞府的炼药房内，正聚精会神地炼制灵药。这三阶灵药的难度太大，其他人炼制，都是凭借经验与运气，十次能成三次就很不错了。可白小纯追求完美，不解决所有问题，决不罢休，他要弄清每一个细节。

这一刻，白小纯猛地睁大双眼，因为他感觉到丹炉内灵药已不受控制了，更看到丹炉出现了丝丝裂缝。白小纯倒吸一口气，背后翅膀一扇，瞬间离开炼药房。

在他离开的刹那，一声比之前还要强烈的轰鸣炸响。

香云山众人哗然，众人好不容易才忍下这口气，可三天后，白小纯在炼药房内，又发出一声尖叫，他急速逃出，第三声轰鸣炸响，更为惊人。

七天后，白小纯正心惊胆战地炼丹，突然倒吸一口气，全速逃遁，在他身后，第四声轰鸣响起，震耳欲聋，炼药房都坍塌了一小半。

香云山彻底震动，所有弟子眼睛都红了，他们都知道白小纯在炼丹，可他们想不明白，白小纯到底是怎么炼丹的，居然会传出这种巨响。

“我问了灵药堂，这段日子，白小纯去换了七八个丹炉了！”

“那声音，是丹炉炸开的声音。这白小纯到底在炼什么？他也不怕把自己给炸死！”

众人愤怒不已，可这轰鸣巨响并没有停止，仍陆续传出。

一个月的时间里，白小纯的洞府足足传出七声巨响，一次比一次强烈。尤其是最后一次，整个香云山居然都摇晃了一下，白小纯的洞府差点被炸塌，吓得他赶紧跑了出去。

香云山的所有弟子都抓狂了。这一个月，他们甚至都不能潜心修行，每一次都被惊醒，心脏狂跳，精神恍惚，被这爆炸折磨得目中有了血丝，一个个都快压抑不住怒火了。就连隔音的阵法似乎都挡不住这声音。

弟子们怒火中烧，就连长老们也很心惊，觉得这一切实在是不可思议。

“这是丹炉炸开的声音，这白小纯是在炼药吗？他、他在炼什么药？”

白小纯并没有罢手，第二个月，这声音更大了，轰鸣不断，一共传出十多次，几乎每两天必有一次。

香云山的弟子都承受不住了，纷纷发狂，集体冲到白小纯的洞府外，高声怒吼。

白小纯委屈，赶紧出来解释，他看着洞府外的上千弟子，面色都苍白了，最后用力地拍着胸口，保证绝对不会有下一次，这才平息了众怒。

白小纯好不容易送走众人，哭丧着脸回到洞府内，看着已经坍塌了大半的炼药房，他唉声叹气地走了进去，拿出新的丹炉，在那里发呆。

数日后，白小纯忽然一拍大腿，双眼冒光。

“对了，一定是没有温炉的缘故！”

他想到这里，立刻振奋起来，再次尝试。

三天后的深夜，香云山所有人再次听到一声惊天动地的轰鸣。

一名内门弟子被吓得险些崩溃，披头散发地冲了出来，发出凄厉的嘶吼。

“白小纯！哪怕你是天骄，我也要揍你！”

很快，在这深夜，几乎所有内门弟子都冲了出来，就连周心琪也一脸疲惫地出现了，众人直奔白小纯的洞府。

白小纯一边赔着笑脸，一边连连保证，众人心里无奈，白小纯的态度太好了，让他们不知道该怎么办，如果态度不好还好说，大不了打一架，可眼下众人只能咬牙接受。

白小纯疲惫地回到洞府，欲哭无泪，他觉得想要坚持自己的理想太不容易了，困难重重。

“我白小纯绝对不会放弃的！”

他一咬牙，再次取出一个新的丹炉，死死地盯着。

这一次，他观察了半个月，将所有问题都想了一遍，连每一个细节都琢磨了好久。

“地火，一定是地火的缘故！”

白小纯猛地抬头，目中带着血丝，再次开始炼制。

五天后，清晨，一声巨响从香云山蓦然传出。李青候目瞪口呆，甚至连紫鼎山与青峰山都听到了。

距离白小纯洞府较近的内门弟子，一个个都被这巨响震傻了，头晕眼花。尤其是周心琪，整个人都要疯了。

周长老的几只鸟发出尖叫，被吓得羽毛都脱落了不少。灵尾鸡纷纷颤抖，口吐白沫。

而白小纯的洞府，此刻所有阵法齐齐开启，一股地火轰然爆发，甚至引动了香云山的大阵。白小纯挣扎着爬出来，全身上下一片漆黑，目中却有激动之色，他终于找到了原因所在。

“不是地火引起爆炸，而是灵药的相生相克引起了无穷变化，才出现了这样的事情。三阶灵药已经讲究相生相克之法了！”

很快，香云山上到长老，下到外门弟子，全部出动，浩浩荡荡地冲向白小纯的洞府，每个人手中都拿着石块。被上万人怒视，白小纯忐忑地爬起，狠狠一拍胸口。

“我保证……”

他话还没说完，不少人就立刻扔出石头。毕竟是同门，在这里斗法不合适，可扔石头还是可以的。

“保证你个头！”

无数带着怒意的石头，狠狠砸向白小纯。

第 105 章

动物“大越狱”

白小纯望着铺天盖地朝自己飞来的石头，吓得心底一颤，立刻跑回洞府。洞府阵法摇晃，阻挡了上万块石头。白小纯哭丧着脸，知道自己犯了众怒，可他也委屈啊，他真的不是故意的。

“我保证，这是最后一次，我非常确定！”他赶紧开口。

等众人发泄完怒火，白小纯在洞府内好说歹说，带着余怒的众人才纷纷离去。

白小纯唉声叹气，整理了洞府的碎石，又来到炼药房内，坐在那里思索，回想之前的一幕幕。

许久，他一咬牙，小心翼翼地取出最后一个丹炉，按照自己的分析，慢慢炼制灵药，着重关注各种药草相生相克的情况。

数日后，当药香传出时，白小纯热泪盈眶，振奋地大吼一声。他终于克服了丹炉炸开的问题，而且初步了解了药草的相生相克。

“熟练地炼制三阶灵药，指日可待！”白小纯意气风发，在这之后的日子里，再次沉浸在炼药中，浑然忘我。

慢慢地，香云山的弟子没有再听到丹炉炸开的巨响，也渐渐放下心来。香云山的日子，似乎又回归了以往的平静。

但白小纯发现，尽管自己解决了丹炉的问题，可在炼制三阶灵药时，成功率依旧不高，而且总是会炼制出各种各样的怪丹。

面对这些怪丹，白小纯没有像以往那样置之不理，而是觉得每一种都藏着大秘密，说不定其中就有像雄香丹那样的神奇灵药。

“需要一一尝试，看看这些丹药有什么作用……”白小纯凝重地喃喃自语。

他立刻走出洞府，去了山下坊市，买了不少小兽回来，还用贡献点从宗门换取了一些小兽，养在洞府内，再次开始了他的试验。甚至他还满怀期待，取出一枚空白的玉简，准备一一记录下来。

一切准备就绪，白小纯深吸一口气，取出一只兔子，从自己炼制的众多怪丹中选出一枚黑色的丹药，扔给兔子。

那兔子闻了闻，一口吃下，吃完后突然身体哆嗦，两腿一蹬，居然扑通一声摔倒，一动不动。

“死了？”白小纯睁大了眼，赶紧上前观察，这才松了口气。这兔子没死，只是这丹药药效太强，灵气上头，它昏迷了。

过了两个时辰，这兔子才醒过来，竟两腿直立，如人一样站起，直勾勾地盯着白小纯。

白小纯轻咦一声，可紧接着，这兔子也轻咦一声，白小纯吓了一跳。

“你会说话？”

“你会说话？”兔子也露出吓了一跳的样子，学着开口。

白小纯立刻振奋，绕着兔子走了几圈，那兔子也振奋，绕着白小纯走了几圈。一人一兔，在这洞府内走走停停，呈现出诡异的一幕。

到了最后，白小纯大笑起来。

“哈哈！这丹药不错，我白小纯的确厉害，这兔子都会说话了。”

兔子也大笑起来，说着一样的话语。白小纯觉得有些怪异，索性打开一间石室的门，将这兔子扔了进去。

“也罢，你既然有了灵智，日后若修行有成，记得过来报恩。我先把你关在里面，以后再去宗门外放生。”

白小纯把兔子扔了进去，也没太在意，开始进行下一次试验。这一次，他选择的是一只猴子，他挑选了一枚黄色的丹药，扔给了猴子。猴子开始时假装没看到，可后来仔细地看了看，一把抓起丹药，在嘴边啃，碎末掉了不少，可大部分还是吃下去了。

吃完后，猴子没什么变化，只是似乎有一股阴风扫过，风很快就消失了。白小纯好奇地将这猴子抓来，摆弄一番。这猴子好似傻了，只会发呆。白小纯确定没更多变化后，叹了口气，将这猴子扔进石室内。

在之后的几天，白小纯继续试验，一群兔子吃了他的丹药后，眼睛变得更红，居然发出低吼，纷纷跳起来要咬白小纯。

白小纯诧异，一边记录，一边将这些兔子扔进石室。它们相互撕咬，却都没有流血。

还有几只鸭子，被白小纯买来，喂了丹药。这些鸭子居然哆嗦起来，翅膀明显变得更加宽大，竟在洞府内飞了起来。而且，它们的身姿居然变得颇为优雅，看得白小纯目瞪口呆，这使他对自己炼制的这些怪丹兴趣更大了。

时间流逝，半个月过去了，这段日子以来，白小纯不断试验，并将结果一一记录，他的洞府内不时还会传出疯狂的笑声。

数日后，几只普通的家鸡吃下丹药，身体竟急速膨胀，变得几乎与大象一样高大。这让白小纯对于药道的神奇有了更深的了解。他精神抖擞，继续取出怪丹进行试验。

慢慢地，他的石室内，出现了一群全身长满眼睛的蛤蟆，这些蛤蟆不断叫唤，每次叫唤时，全身的眼睛都在眨。

白小纯还用灵石买来一头老虎。老虎吃下丹药后，居然长出了八个头，加上之前的头颅，成了九头虎。它每次怒吼，九个头都一起开口，很威风。

还有一群寻常的飞鸟，吃下丹药后，没有什么特殊的变化，只是不停地腹泻。

时间慢慢过去，白小纯的试验没有停止，大有一副要弄清楚所有怪丹的药效的架势。于是，他的石室内又多了一群猴子，它们吃下他的丹药后，竟好像集体患上了癫痫，不断抽搐。

还有一群猫，居然每天都在打嗝，声音如雷一般，让白小纯觉得极为诧异，他不知道自己炼制的到底是一些什么怪丹。

最夸张的是一群大鹅，它们在吃下丹药后，眼珠子竟成了白色的，看起来很瘆人。可它们偏偏非常忠诚，居然如狗一样，主动给白小纯看守洞府。

到了最后，白小纯还拿温泉里的鱼试验了一下。那群鱼发了狂，争先恐后地跳了出来，居然都长出了腿，在白小纯的洞府内走来走去。

白小纯看着这些鱼，有些傻眼，索性将它们通通扔进那间石室里。此刻，他的那间石室，已经成了一个古怪的世界。

石室里，一只猴子在高处托着下巴发呆，好像在沉思。一群猴子在下方抽搐。一群眼睛鲜红的兔子，正和大象般大小的鸡打架。

旁边是一群蛤蟆，无数只眼睛一眨一眨，看着热闹。还有一只兔子，在一旁不断比画，时而发出声音。

“咦？”

“你会说话？”

“哈哈！这丹药不错，我白小纯的确厉害，这兔子都会说话了。”它只会这三句。

半空中，一群鸭子优雅地飞来飞去。一群飞鸟同样在飞舞，鸟粪不断落下。地面上，九头虎全身都是鸟粪，不停地怒吼。它身边围绕着一群长着腿的鱼儿，后面还有一群打嗝的猫，不断追着鱼儿。

门口的位置，还有一群大鹅，在那里冷眼看着一切，一副守卫的模样。

白小纯呆呆地看着这间石室，他的怪丹此刻只试验了一部分，储物袋里还有更多，他想继续试验，却没有小兽了。

“药道太神奇了……”白小纯喃喃低语，他收回目光，决心要把所有怪丹都试验完，于是离开洞府，下山去了坊市，继续购买小兽。

可就在白小纯走出洞府后，这石室内，那只从始至终都没什么变化，只是喜欢发呆的猴子，突然眼珠一转，低下头，望着石室的大门，双眼之中似乎蕴含着如人一般的智慧。它跳下来，直奔石室大门，很快，石室的门竟然开了！

紧接着，白小纯洞府的大门，竟也在那猴子的摆弄下被打开了！

外面的阳光照进来，这只喜欢沉思的猴子瞬间冲了出去。其他的鸡鸭鱼猫，此刻都愣了一下，眨眼间，这群被白小纯关在石室内的动物全都“越狱”，冲了出去。

周心琪此刻恰好从洞府内走出，她刚刚出门，就看到天空中一群鸭子嘎嘎叫着，优雅地飞走。周心琪一愣，仔细看了几眼。她早就将灵兽五篇熟记于心，可生生没认出眼前这些飞鸭到底是什么玩意儿。

“这是什么东西？”周心琪诧异地喃喃低语时，忽然又看到几只如大象一般的鸡，从身边飞奔而去，鸡的身上，还有一只兔子，正在低吼。

“咦？”

“你会说话？”

“哈哈！这丹药不错，我白小纯的确厉害，这兔子都会说话了。”

周心琪目瞪口呆，半晌都没有反应过来，甚至觉得这一切都是自己的幻觉。

（本册完）